Inhalt

Vorwort

Der fünfte Zeuge« ist das dritte Abenteuer, das die drei Hobbydetektive Klaus Weixler, Gisbert sowie Rainer Müller-Berg miteinander erleben.

Denjenigen geneigten Lesern, die diese drei Herren noch nicht kennen, sollen sie vorweg kurz vorgestellt werden.

Klaus Weixler ist evangelischer Gemeindepfarrer irgendwo im Süden Deutschlands. Seine frühere Pfarrstelle Holliwinden hat er vor der Streichung gerettet, indem er unter abenteuerlichen Umständen einen alten Kirchenschatz, den »Schatz des Heiligenmeisters«, wiedergefunden hatte und zur Finanzierung der Pfarrstelle verwenden konnte. Ebenfalls von Holliwinden aus konnte er im lebensgefährlichen Kampf gegen eine rechtsradikale Gruppe Beweisdokumente für die Auferstehung Jesu sicherstellen, nachzulesen in »Das Thorhammer-Komplott«. Mittlerweile hat er die Stelle gewechselt. Näheres dazu auf den folgenden Seiten.

Sein treuer Weggefährte ist Gisbert, der seinen Familiennamen nicht mehr nennen will, seit seine Familie mit ihm vor etlichen Jahren gebrochen und ihn zum schwarzen Schaf erklärt hat. Denn Gisbert war nach schweren Schicksalsschlägen völlig aus der Bahn geworfen worden und hatte jahrelang als »Penner« gelebt, wie er es selber nennt. Weixler lernte ihn während seiner Suche nach dem »Schatz des Heiligenmeisters« kennen und schätzen und nahm ihn als Haushälter und Kirchendiener in seinen Junggesellenhaushalt auf. Mittlerweile ist Gisbert entschiedener Christ und für Weixler auch bei dessen Detektivarbeit ein unverzichtbarer Helfer geworden. Seine direkte Art und seine lose Schnodderschnauze sind allerdings etwas gewöhnungsbedürftig.

Der dritte Mann im Bunde ist Rainer Müller-Berg, ein schwergewichtiger Koloss, der seit der gemeinsamen Jugendzeit in Mosried eng mit Klaus Weixler befreundet ist. Müller-Berg arbeitet als Bibliothekar im landeskirchlichen Archiv in Gerstadt, wo alte Kirchendokumente fachgemäß gelagert sind. Mehr durch Zufall ist er in die Suche nach dem »Schatz des Heiligenmeisters« hineingeschlittert und gehört seither zum frommen Detektivtrio dazu, als perfekte Ergänzung der beiden anderen.

Wie die drei Freunde an den neuen Fall gekommen sind, der in diesem Buch beschrieben wird, ist eine Sache für sich. Die Geschichte beginnt zunächst ohne sie und zwar ziemlich »reptilienmäßig« …

Prolog

Leise klangen die Schläge der Radichheimer Kirchenglocken durch die Nacht: vier dumpfe Schläge, dann folgten drei helle.

Corinna Aschhauser schreckte aus ihrem unruhigen Schlaf hoch. Einen Moment lang wusste sie nicht, wo sie war. Dann tastete sie nach dem Wecker, der auf dem Nachttisch neben ihrem Bett stand. Sie stöhnte leise. Erst drei Uhr! Dann hatte sie gerade mal eine halbe Stunde schlafen können. Wenn die Luft so drückend und stickig war wie heute, dann wälzte sie sich oft von einer Seite auf die andere und fand keinen Schlaf.

Corinna gähnte und reckte sich. Sie überlegte, ob sie nicht besser aufstehen sollte, wenn heute Nacht sowieso kaum an Schlaf zu denken war. Doch rasch verwarf sie diesen Gedanken wieder. Schließlich war heute ein so ungemein wichtiger Tag für sie. Der Termin war auf neun Uhr angesetzt. Da wollte sie nicht völlig übermüdet erscheinen. Seufzend drehte sie sich auf den Bauch.

Ein leises Rascheln ließ sie aufblicken. Dann merkte sie, dass das Geräusch aus ihrem Terrarium gekommen war. Ihre beiden Schlangen waren offenbar noch aktiv, trotz der Hitze. Kein Wunder, dachte Corinna schlaftrunken. Eigentlich müssten sie dieses drückende Klima aus ihrer Heimat am Amazonas gewöhnt sein.

Schließlich döste sie wieder ein.

Doch erneut war ihr kein langer Schlaf vergönnt. Sie wachte von einem leisen Zischen und einer Bewegung direkt auf ihrem Körper auf. Das konnte sie überhaupt nicht einordnen. Panisch warf sie sich zur Seite.

Das hätte sie besser bleiben lassen sollen. Die Schlange, die gerade über ihren Bauch gekrochen war, fasste diese Bewegung als Angriff auf. Ein glühender Schmerz durchzuckte Corinna, als sich die Zähne der Schlange in ihren Hals gruben.

Corinna schrie auf. Sie hatte das Gefühl, dass ihr ganzer Körper sich in rascher Geschwindigkeit mit Feuer anfüllte. Corinnas Kopf drohte zu zerplatzen und in ihrem Ohr summte es in höchsten Tönen.

Ihre Hand tastete noch nach dem Lichtschalter der Nachttischlampe, aber sie erreichte ihn nicht mehr. Die Ohnmacht war schneller. Noch ein paar Zuckungen des malträtierten Körpers und das vom Schlangengift überstrapazierte Herz von Corinna Aschhauser verweigerte seinen Dienst.

Als alles wieder ruhig war, quietschte die Balkontür leise, die Corinna Aschhauser in solchen Nächten immer geöffnet ließ. Leise trat Grete in den Raum hinein.

Der Lichtstrahl ihrer Taschenlampe wanderte durch das Zimmer. Schließlich konnte er die Schlange erfassen, die durch die plötzliche Helligkeit geblendet war und darum starr liegen blieb.

Mit einem geübten Griff packte Grete das Reptil im Genick und warf es in das Terrarium. Dadurch richtete sie unter den bisherigen Bewohnern ein heilloses Chaos an, aber das interessierte Grete nicht sonderlich.

Stattdessen wandte sie sich Corinna Aschhauser zu. Mit festem Griff packte sie die Hand der jungen Frau. Sie fühlte und wartete ab. Als Grete sich schließlich sicher war, dass kein Puls mehr durch die Adern von Corinna klopfte, kicherte sie hämisch vor sich hin.

Rasch entblößte sie den Rücken der Verstorbenen. Dann griff sie nach dem Werkzeug, das sie in ihrer Tasche mit sich getragen hatte, und machte sich ans Werk. Trotz ihrer gründlichen Planung brauchte Grete dafür länger, als sie gedacht hatte.

Der neue Tag dämmerte bereits herauf, als Grete wieder fast lautlos aus der Balkontür glitt und dann im Gebüsch hinter dem

Haus verschwand. Die lange Trockenheit hatte den Boden steinhart werden lassen, sodass Grete nicht befürchten musste, irgendwelche Fußspuren zu hinterlassen. Als sie wieder in Sicherheit war, blieb sie aufatmend stehen.

Sie fühlte eine tiefe innere Ruhe in sich.

Der erste Schritt war getan.

Der Hilferuf

»Also, Freunde, hat noch einer von euch eine Frage zu seiner Hausarbeit?«

Weixler ließ den Blick über die kleine Schar seiner Zwölftklässler schweifen. Der Religionskurs hatte nur 13 Schüler und den heutigen sehr heißen Montag hatten offenbar einige für einen Abstecher ins Schwimmbad genutzt. Weixler war schon gespannt darauf, was sie ihm in der nächsten Stunde an Entschuldigungen präsentieren würden. Die Spitzenleistung bisher war gewesen, dass sich ein Schüler wegen »alkoholbedingten Sodbrennens« krankgemeldet hatte.

Weixler hatte keine Lust, Polizist zu spielen und jeder einzelnen Entschuldigung nachzuspüren. Die Schüler der Oberstufe waren erwachsen und mussten selber wissen, was sie taten. Der Stoff lief weiter, ob nun alle da waren oder nicht. Und bei den Klausuren und danach beim Abitur wurde der gesamte Stoff vorausgesetzt.

Weixler nahm das gelegentliche Fehlen von Oberstufenschülern nicht persönlich, zumal er wusste, wie hoch die täglichen Arbeitsanforderungen an sie waren. Das war eines der Dinge, die er an diesem Gymnasium gelernt hatte. Seit seinem Wechsel von Holliwinden nach Germstal war Weixler nur noch mit halbem Deputat Gemeindepfarrer und arbeitete mit der anderen Deputatshälfte als Religionslehrer am Gymnasium in Radichheim, wo er 12 Stunden pro Woche unterrichtete.

Zu den Anforderungen in Klasse 12 seit der letzten Oberstufenreform gehörte auch, dass jeder Schüler neben der Klausur eine weitere schriftliche Arbeit in jedem Halbjahr bei Weixler vorlegen musste. Um das für die Schüler erträglicher zu machen, hatte Weixler ihnen erlaubt, über ein selbst gewähltes Thema eine Hausarbeit zu verfassen. Sie musste nur etwas mit dem großen Thema dieses Halbjahres – »Kirche« – zu tun haben. Nun war der Tag der Abgabe herbeigerückt.

»Mirjam, wie sieht es aus: Bist du weitergekommen mit deiner Arbeit über die Klöster unserer Gegend?«

Die Schülerin nickte. »Vorgestern war ich im Kloster drüben in Bittelbronn. Dort hat mir einer der Mönche viel über die Geschichte erzählt. Ich denke, dass das für die Arbeit reichen wird.«

Weixler nickte zufrieden. Dann wandte er sich dem Nächsten zu. »Peter, wie steht es bei dir? Bist du fündig geworden wegen der Hexenverfolgung hier in Radichheim?«

Peter schüttelte den Kopf. »Leider war das Thema ein Reinfall. In der Chronik unseres Ortes steht nur etwas über einen einzigen Hexenprozess und selbst er wird nur am Rande erwähnt. Und außer der Chronik habe ich keinerlei Material gefunden. Deshalb bin ich schließlich umgestiegen auf eine Arbeit über die Idee des ersten Kreuzzugs.«

Weixler war etwas erstaunt. Das passte nicht so ganz zu diesem Schüler – normalerweise verbiss er sich in ein Thema, wenn es ihn erst einmal gepackt hatte. Andererseits verstand er Peter auch gut. Dieser Schüler war ein sehr ehrgeiziger junger Mann, der eines Tages die Firma seines Vaters erben würde. Und da er nicht den Eindruck erwecken wollte, es nur wegen seines Vaters zu etwas gebracht zu haben, wollte Peter unbedingt mit besten Leistungen aufwarten. Von seinem hohen Selbstanspruch her konnte er es sich deshalb nicht leisten, eine magere Arbeit abzuliefern.

»Regina, du wolltest etwas über die Kirchensteuer schreiben. Klappt alles gut oder brauchst du noch Hilfe?«

»Alles paletti«, versicherte Regina. »Ich habe ein langes Gespräch mit meinem Gemeindepfarrer geführt. Er hat mir eine Menge Sachen gesagt, die mir weitergeholfen haben. Glauben Sie mir: Ich werde beweisen, dass die Kirchensteuer eine

Erfindung des Teufels ist, um die Kirche vom Staat abhängig zu machen!«

Weixler konnte ein Schmunzeln nicht unterdrücken. So liebte er seine Schüler. Engagiert, mit Herzblut bei der Sache. Er hatte überhaupt nichts dagegen, wenn sie sich kritisch mit dem derzeitigen System von Kirche auseinander setzten. Schlimm war für ihn nur, wenn jemand ihr gleichgültig gegenüberstand.

In dieser Weise ging der Lehrer einen Schüler nach dem anderen durch. Als er sich schließlich überzeugt hatte, dass niemand mehr seine Hilfe für den Schlussspurt der Hausarbeiten brauchte, beendete er die Stunde und ging hinüber zum Lehrerzimmer.

* * * * *

»Also, Frau Jäger, schicken Sie bitte das Angebot für die Firma Hauptmann noch raus, dann können Sie auch für heute Feierabend machen.«

Unternehmungslustig stand Ralf Steiner vor seiner Sekretärin. Seine Aktentasche, in der er sonst Arbeit für den Feierabend mit nach Hause nahm, war heute nicht zu sehen. Denn Ralf Steiner hatte feste Angewohnheiten. Der Montagnachmittag war bei ihm regelmäßig für Wellness reserviert. Da mussten seine Aufgaben als Prokurist einmal zurückstehen.

Frau Jäger nickte. Sie und Ralf Steiner waren ein eingespieltes Team. Seit mittlerweile fünf Jahren arbeitete sie in seinem Vorzimmer. Insider der Firma unkten, dass man nicht wisse, wer Ralf Steiner besser kenne: seine Frau oder seine Sekretärin.

Das Telefon auf dem Schreibtisch der Sekretärin klingelte. Der Prokurist verzog sein Gesicht. Er machte eine abwehrende Handbewegung. »Ich bin nicht mehr da!«, sollte dies bedeuten.

Marina Jäger nickte und nahm das Gespräch entgegen. Als sie hörte, wer am anderen Ende war, zögerte sie und blickte ihren Chef fragend an. Dann hielt sie die Sprechmuschel mit der

Hand zu. »Etwas Privates, Herr Steiner«, flüsterte sie. »Herr Elsässer ist dran. Er fragt an, ob Sie mit ihm heute Nachmittag in die Sauna gehen wollen.«

Er nahm ihr den Hörer aus der Hand. Dann meinte er: »Hallo Günter! ... Du, das ist eine großartige Idee, aber heute geht es nicht ... Montags habe ich immer ein festes Programm für meine Wellness, langjährig erprobt ... Was ich vorhabe? Erst eine Runde Squash spielen, dann geht es zur Massage und so gegen fünf Uhr reite ich noch eine Runde aus ... Aber das mit der Sauna können wir ja am Freitagabend nachholen, ich denke, Michaela möchte da auch mit ... Ja, fest versprochen, das machen wir auf jeden Fall ... Und grüße Gabi von mir!«

Ralf Steiner legte den Hörer auf. Dann schaute er seine Sekretärin nochmals kurz an. »Tragen Sie es bitte in den Kalender ein: Am Freitagabend bin ich bereits verplant. Nur, falls wieder einer auf die Idee kommen sollte, für den Freitagnachmittag eine von diesen furchtbaren Besprechungen anzusetzen, die eh niemals pünktlich fertig sind!«

Und während Frau Jäger noch schrieb, winkte ihr Chef ihr fröhlich zu und steuerte auf den Ausgang zu. Die Sekretärin blickte kurz auf die Uhr, die über der Tür hing. Es war genau 12.10 Uhr.

* * * * *

Das Lehrerzimmer im Radichheimer Gymnasium war ein großer, heller und freundlicher Raum. Die Lehrerinnen und Lehrer hatten ihre Plätze an einzelnen Tischgruppen, setzten sich aber auch gerne mal zu anderen Tischen hinüber, um ein wenig mit den Kollegen zu plaudern. Von Anfang an war Weixler vom guten Umgangston in diesem Kollegium sehr angetan gewesen.

An eine Sache hatte sich Weixler aber erst einmal gewöhnen müssen. An seinen früheren Schulen war es den Schülern streng verboten gewesen, das Lehrerzimmer zu betreten. Sie hatten an der Tür fragen müssen, ob dieser oder jener Lehrer zu sprechen sei. In Radichheim war das anders. Es entsprach der Philosophie der Schule, dass die Schüler ins Lehrerzimmer hineingehen durften, wenn sie einen Lehrer etwas fragen oder etwas in sein Fach legen wollten. So weit es das Schulsystem erlaubte, wollte man kameradschaftlich mit den Schülern umgehen.

Weixler merkte aber gleich beim Hereinkommen, dass die Stimmung heute gedrückt war. Eine Kollegin stand am Fenster und erzählte etwas, und die anderen hatten einen Halbkreis um sie gebildet. Neugierig trat Weixler näher. Bald erfuhr er, was los war: Eine Schülerin der 8. Klasse, die schon eine Weile im Krankenhaus gelegen hatte, war in der vergangenen Nacht ihrem Krebsleiden erlegen.

Weixler hatte sie nicht persönlich gekannt, da sie katholisch gewesen war, aber dennoch berührte ihn diese Nachricht tief. Sie erinnerte ihn an andere Fälle, bei denen er junge Leute hatte beerdigen müssen.

»Irgendwie ist bei uns der Wurm drin«, meinte Richard Hirsch, ein altgedienter Mathematiklehrer. »Dass wir uns von einem Schüler verabschieden müssen, kommt zwar immer wieder mal vor. Aber Marianne ist nun schon die dritte innerhalb von einem Jahr.«

»Und was für tragische Fälle das waren«, ergänzte Gudrun Singer, eine katholische Religionslehrerin. »Wenn ich nur daran denke, was mit dem Paul passiert ist ...«

»Da hast du Recht«, bestätigte ein jüngerer Kollege, den Weixler bisher nur vom Sehen kannte. »Und es war ja auch ein bodenloser Leichtsinn von ihm. Mit dem Wagenheber das Auto anheben und dann darunter kriechen, um etwas zu reparieren – da sagt einem doch schon der gesunde Menschenverstand, wie gefährlich das ist.«

Alle schwiegen. Sie erinnerten sich noch gut an die Beerdigung des jungen Mannes.

Mitten in die Stille hinein vibrierte das Handy in Weixlers Hosentasche. Möglichst unauffällig zog er sich in eine Ecke des Lehrerzimmers zurück, um die SMS anzuschauen.

* * * * *

»Das hast du mal wieder prima hingekriegt, mein Schatz!« Anerkennend und dankbar tätschelte Ralf Steiner die Hand seiner Frau Michaela. Sie lächelte ihn aufmunternd an, während sie den Nachtisch – Obstsalat mit Vanilleeis – auf den Tisch stellte.

Ralf Steiner war, wie bereits erwähnt, ein Mann mit festen Angewohnheiten. Dazu gehörte auch, dass er zum Mittagessen falls irgend möglich zu Hause war und sich Zeit nahm, eine Weile ungestört mit seiner Frau zu reden. Er war sich der Gefahr bewusst, dass sein zeitaufwändiger Beruf und die unterschiedlichen Hobbys zu einer wachsenden Sprachlosigkeit und damit auch Entfremdung zwischen den Ehepartnern führen konnten. Umso wichtiger war es ihm, diese mittägliche Stunde in Ruhe mit seiner Frau zu verbringen.

Um fit zu sein für sein Wellness-Programm an diesem Nachmittag, nahm Ralf Steiner nur leichte Kost zu sich. Einen Geflügelsalat, der mit Joghurt angemacht war; dazu leckeres Weißbrot; und schließlich den beschriebenen Nachtisch. Statt des Glases Wein, das er sich sonst mittags mit seiner Frau teilte, trank er montags nur Tee.

Danach kuschelten Ralf und Michaela Steiner noch eine Weile auf dem Sofa, bevor er sich gegen 14 Uhr auf den Weg machte. Seine Frau drückte ihn an diesem Tag noch fester an sich als sonst. Irgendwie hatte sie ein merkwürdiges Gefühl im Magen, ohne recht erklären zu können, woher es kam. Am liebsten hätte sie ihn gebeten, zu Hause zu bleiben, aber dann schien ihr das doch zu verrückt zu sein.

* * * * *

Pfeifend öffnete Weixler die Tür des Germstaler Pfarrhauses. Auch für ihn war gekocht worden, wenn auch nicht von einer liebenden Ehefrau.

»Hallo, altes Haus!«, begrüßte er seinen alten Freund Gisbert, der mit einer Schürze angetan in der Küche herumwerkelte. »Lass mich raten: Du hast wieder mal deine delikaten Pfannkuchen fabriziert.«

»Woran hast du das gemerkt, Kumpel?«, gab Gisbert zurück. »Sind dir die schwarzen Rauchwolken draußen schon entgegengewabert?«

Beide grinsten sich an. Dann wendete Gisbert den letzten Pfannkuchen in der Pfanne, während Weixler rasch die Post durchschaute, die auf dem kleinen Tisch im Wohnzimmer lag.

Als der Pfarrer von Holliwinden nach Germstal gewechselt hatte, war es für Gisbert keine Frage gewesen, dass er seinen alten Freund begleiten würde. Er hatte sich nur darüber Gedanken machen müssen, womit er künftig seine Brötchen verdienen würde.

In Holliwinden hatte Gisbert das Amt des Kirchendieners innegehabt. Es war ihm aber zunehmend schwerer gefallen, nachdem er seine schweren Schussverletzungen auskuriert hatte, die ihm die Killer von »Thorhammer« zugefügt hatten. An manchen Tagen war er, wie er es selber ausdrückte, »fit wie ein Turnschuh«, an anderen Tagen aber brauchte er viel Ruhe. Daher konnte er beruflich nichts machen, wo er wie als Kirchendiener die meiste Zeit auf Abruf bereitstehen musste.

Deshalb hatte er den Ortswechsel auch für einen Berufswechsel genutzt. In Germstal gab es einen kleinen Computershop, einen typischen Einmannbetrieb. Der Inhaber hatte mehr Aufträge, als er selber bewältigen konnte, aber doch nicht genug, dass sich die Einstellung eines festen Mitarbeiters gelohnt hätte. Gisbert hatte davon erfahren, und da er sich mit Computern gut auskannte, konnte er sich schnell mit dem Mann einigen. Er arbeitete nun als freier Mitarbeiter im Computershop mit und konnte das von zu Hause aus erledigen. Jeden Montag holte er die Computer im Shop ab, die repariert werden mussten, und brachte sie am darauf folgenden Montag wieder zurück. Da konnte er sich seine Zeit frei einteilen.

Während des Essens plauderten sie über Gott und die Welt. Und als sich beide nach dem Essen noch einen Cappuccino gönnten, meinte Weixler: »Sag mal, altes Haus, hast du heute Nachmittag schon was vor?«

»Eigentlich nicht«, erwiderte Gisbert. »Jedenfalls nichts Dringendes. Bei dem Kischtle, an dem ich gerade sitze, muss ich eh auf ein Ersatzteil warten, das ich beim Hersteller bestellen musste. Warum denn? Wolltest du mir eine Eintrittskarte für ein Konzert der Stones schenken?«

»Fast«, erwiderte Weixler. »Ich brauche deine Hilfe.«

»Nachtigall, ick hör dir trapsen. Wobei denn?«

»Als ich in der Schule war, erreichte mich eine SMS von meinem Chef. Dekan Großmann. Er bittet mich dringend zu sich.«

»Und warum sehnt er sich so sehr nach dir?«, erkundigte sich Gisbert.

»Das stand nicht in der SMS mit drin. Aber ich wette, es hat mit der neuen Computeranlage im Dekanat zu tun. Der Chef hat neulich so was angedeutet, dass er damit nicht klarkommt. Und aus irgendeinem Grund hält er mich für einen Crack, der ihn da einweisen kann.«

»Ausgerechnet du«, grinste Gisbert schwach.

»Eben«, meinte Weixler nachdrücklich. »Und damit meine Unwissenheit nicht zum Fiasko für das Dekanat wird, nehme ich dich vorsichtshalber mit.«

* * * * *

Gegen 16.30 Uhr verließ Ralf Steiner das Gesundheitsstudio, wo er sich seit Jahren massieren ließ. Ganz zufrieden war er heute nicht. Der Chinese, der normalerweise seine Verspannungen am Rücken bearbeitete, hatte vier Wochen Urlaub genommen und war in seine Heimat geflogen. Und die Vertretung, die das Studio für ihn eingestellt hatte, taugte nach Steiners Ansicht nicht allzu viel. Umso mehr freute er sich auf den Ausritt, zumal bei dem wunderbaren Wetter heute.

Während sein Auto schließlich den Kiesweg erreichte, der zum Reiterhof führte, malte sich Steiner vor seinem inneren Auge bereits aus, welche Strecke er heute reiten würde. Wobei er auch hier feste Angewohnheiten hatte. Bei gutem Wetter ritt er meistens den Rundweg, der am alten Grillplatz vorbeiführte und dann eine Strecke am Wald entlang verlief.

* * * * *

Etwa zur gleichen Zeit, als Steiner sein Pferd sattelte, klingelte im Dekanat in Radichheim die Türglocke. Als Dekan Großmann öffnete, sah er sich Weixler und Gisbert gegenüber.

»Tag Chef!«, begrüßte Weixler ihn fröhlich. »Leider ist es etwas später geworden. Gerade als wir aufbrechen wollten, kam eine Frau aus unserem Besuchsdienst vorbei. Sie hat gestern bei einem Neuzugezogenen etwas gehört, das sie sehr belastet hat und über das sie mit mir reden wollte. Na ja, Sie wissen ja, wie das ist.«

Großmann nickte. Schließlich war er nicht nur Dekan, sondern auch der Gemeindepfarrer hier in Radichheim. Er kannte diese dringenden Gespräche, die man als Seelsorger um nichts in der Welt aufschieben durfte.

Falls der Dekan erstaunt war, dass Gisbert mit dabei war, ließ er sich das nicht anmerken. Zu ihrer Überraschung führte er die beiden aber nicht in das Büro, wo der Computer des Dekanats stand. Stattdessen ging es in sein Arbeitszimmer, wo bereits Kaffee und Gebäck auf dem Besprechungstisch bereitstanden.

Nachdem alle am Tisch saßen und der Dekan eingeschenkt hatte, herrschte zunächst einmal eine kurze Zeit Schweigen. Die ernste Miene seines Chefs hatte Weixler klar gemacht, dass es um mehr gehen musste als nur um ein technisches Problem. Aber er blieb still und wollte warten, bis der Dekan von selbst erzählte, was Sache war.

Schließlich räusperte sich Großmann und hob an: »Ich habe eine sehr ernste Sache mit Ihnen zu besprechen. Ich darf mich doch darauf verlassen, dass Sie beide darüber absolutes Stillschweigen bewahren werden?«

Seine beiden Gäste nickten. Ihnen war natürlich bewusst, in welche Richtung der Satz des Dekans zielte. Weixler war durch seinen Beruf sowieso zur Verschwiegenheit verpflichtet. Also war Gisbert der Einzige, den man dazu auffordern musste. Aber es war taktvoll vom Dekan gewesen, es allgemein zu formulieren.

Man merkte Großmann an, dass er nach den richtigen Worten suchte. Schließlich meinte er: »Bruder Weixler, ich habe bald eine sehr schwierige Beerdigung vor mir.«

Blitzschnell überlegte Weixler, ob der Dekan ihn wohl um Vertretung bitten wollte. Aber sofort verwarf er diese Idee wieder. Dafür hätte ein Anruf bei ihm genügt.

»Es handelt sich um eine junge Frau«, erzählte der Dekan weiter. »Corinna Aschhauser. Vielleicht haben Sie von dem tragischen Fall in der Zeitung gelesen.«

Weixler musste passen. Er war in den vergangenen Tagen kaum zum Zeitunglesen gekommen.

Gisbert war besser informiert. »Ist das nicht die Dame, die man morgens tot in ihrer Wohnung aufgefunden hat? Und wo man noch herumrätselt, an was sie gestorben sein könnte?«

Großmann nickte. »Ja, das hat die Presse berichtet. Auf Wunsch der Polizei und mit Rücksicht auf die Angehörigen sollte sie nicht mehr veröffentlichen. Aber so ganz ahnungslos ist man nicht über die Todesursache.«

Er ließ diese Worte ein paar Sekunden lang wirken. Dann fragte Weixler: »Ich vermute mal, dass Sie mehr wissen als diese Schreiberlinge?«

»Notwendigerweise«, bestätigte der Dekan. »Schließlich habe ich das Trauergespräch mit einer Tante der Verstorbenen geführt. Und da hat die Dame sehr offen mit mir geredet. Um es kurz zu sagen: Frau Aschhauser starb durch Schlangengift.«

Er merkte, wie seine beiden Besucher erstarrten. Darauf waren sie nicht gefasst gewesen. Gisbert fing sich als Erster wieder. Er fragte: »Woher weiß man das so genau? Hat es eine Autopsie gegeben?«

»Aber sicher«, erwiderte der Dekan trocken. »Was denken Sie denn? Wenn eine junge Frau, bei der keine schwere Krankheit bekannt war, morgens einfach tot in ihrer Wohnung liegt – glauben Sie etwa, dass die Staatsanwaltschaft darüber so einfach hinweggeht? Da wird auf jeden Fall überprüft, was die Todesursache war und ob Fremdverschulden ausgeschlossen werden kann.«

»Ups, da muss ich ja beim nächsten Mal aufpassen«, sagte Gisbert vor sich hin.

Warnend trat Weixler ihm auf den Fuß. Er wusste, dass Gisbert durch eine solche flapsige Bemerkung über seine Betroffenheit hinwegspielen wollte. Aber Weixler traute seinem Chef nicht allzu viel Sinn für Humor zu, zumal in einer so ernsten Lage.

»Hat man denn den Täter schon gefasst?«, wollte Gisbert nun wissen, als ihm klar geworden war, dass er ins Fettnäpfchen getreten war.

Großmann musterte ihn kühl. »Wenn Sie damit die Giftschlange meinen – ja, die hat man gefunden. Sie lag im Terrarium, das im Schlafzimmer von Frau Aschhauser steht.«

»Das ist wirklich tragisch!«, sagte Weixler. »Von der eigenen Schlange umgebracht zu werden ...«

»Falsch!«, widersprach ihm der Dekan. »Das Tier lag zwar in ihrem Terrarium, aber es gehörte ihr nicht. Das habe ich beim Trauergespräch erfahren. Frau Aschhauser besaß zwar zwei Schlangen, aber das waren Würgeschlangen aus dem Amazonasgebiet. Sie wollte erklärtermaßen niemals Giftschlangen halten, das war ihr zu gefährlich. Nein, man kann sicher sein: Diese Giftschlange muss irgendjemand bei der Verstorbenen eingeschmuggelt und nach ihrem Tod dann wohl ins Terrarium befördert haben, gewissermaßen als kleinen Gruß an die Ermittler. Meine Herren: Es handelt sich hier eindeutig um ... Mord.«

Dieses Wort stand wie mit glühenden Buchstaben in die Luft geschrieben. Jeder der drei Männer hing seinen Gedanken nach. Dann fragte Weixler: »Ohne Frage eine scheußliche Sache. Aber mir ist nicht so ganz klar, warum Sie mich hierher gebeten haben und mir all das erzählen. Ich weiß auch nicht, ob das den Angehörigen gefallen würde.«

Der Dekan musterte ihn leicht verärgert. Doch schließlich entspannten sich seine Züge wieder. »Selbstverständlich habe ich vorher die Tante gefragt, ob ich den Fall mit Ihnen durchsprechen darf. Sie stimmte zu, nachdem ich ihr erklärt hatte, warum ich das für notwendig halte.«

Gisbert lehnte sich zurück. »Das ist ja prima, dass Sie das der Tante erklärt haben. Wir würden uns freuen, wenn nun auch wir in den Genuss dieser Erklärung kommen dürften.«

Großmann nickte. »Nun, Bruder Weixler unterrichtet zwar hier am Gymnasium, aber meine Kirchengemeinde kennt er nicht allzu gut. Sonst hätte es bei ihm geklingelt, als ich den Namen der jungen Frau genannt habe. Corinna Aschhauser ist eine verdiente Mitarbeiterin unserer Kirchengemeinde. Oder natürlich: Sie war es.«

»Was hat sie denn gemacht in der Gemeinde?«, erkundigte sich Weixler.

»Nun, sie hat eine Art diakonische Nachbarschaftshilfe organisiert, auf ehrenamtlicher Basis«, erklärte der Dekan. »Viele ältere Leute hier im Ort konnten nur dank ihrer Hilfe in ihren Wohnungen bleiben. Sie leitete einen Kreis von Leuten, die für die Senioren einkaufen gegangen sind, Putzarbeiten übernommen haben und so weiter. Wer von den Senioren genug Geld hatte, konnte dann für diese Arbeit etwas spenden, aber es wurde von niemandem erwartet.«

»Gute Sache«, lobte Weixler. »Der Tod einer solchen Powerfrau ist sicher ein großer Verlust für Ihre Gemeinde. Doch mir ist immer noch nicht ganz klar, was das mit mir zu tun hat.«

Der Dekan stand auf und ging hinüber zum Fenster. Dann winkte er seine Gäste zu sich.

»Schauen Sie sich unseren schönen Ort an«, forderte er sie auf. »Friedlich. Lebenswert. Weit entfernt von all der Gewalt, die in manchen Städten tobt.«

Die beiden nickten. Das war etwas, was sie selbst an der Gegend sehr schätzten.

»Aber können Sie sich vorstellen«, fuhr der Dekan fort, »was hier los sein wird, wenn die Todesursache von Frau Aschhauser bekannt werden wird? Nicht nur im Ort als solchem, sondern auch in unserer Kirchengemeinde? Ich denke mal, sie wird nie mehr dieselbe sein können.«

»Das kann gut sein«, räumte Weixler ein.

»Und deshalb muss alles getan werden, um den Mord schnellstens aufzuklären«, erklärte der Dekan. »Nur dann kann wieder Frieden einkehren und die Wunden werden heilen. Die Aufklärung sollte möglichst schon erfolgen, bevor die Leute erfahren, dass es sich überhaupt um Mord gehandelt hat.«

»Das wäre sicher etwas Gutes«, bestätigte Weixler vorsichtig. Er begann zu ahnen, was nun folgen würde.

Großmann schaute ihn eine Weile an. Dann sagte er langsam: »Bruder Weixler, Sie haben sich bereits erfolgreich als Kriminalist betätigt. Das ist zwar vor Ihrer Zeit in unserem Kirchenbezirk gewesen, aber natürlich ist Ihr Ruf Ihnen vorausgeeilt. Deshalb habe ich gehofft, dass Sie hier eigene Ermittlungen aufnehmen könnten. Parallel zu dem, was unsere Polizei macht. Und so helfen könnten, schnellstens Licht in diese furchtbare Sache zu bringen.«

Weixler schwieg und schaute vor sich hin. Gisbert wollte etwas sagen, machte dann aber seinen Mund wieder zu. Er wusste, dass er diese Entscheidung seinem Freund überlassen musste. Er durfte ihm nicht vor dem Dekan in den Rücken fallen.

Schließlich hatte sich Weixler zu einer Entscheidung durchgerungen. Fast unmerklich und doch entschlossen schüttelte er seinen Kopf. Dann sagte er: »Herr Dekan, auch wenn es vielleicht anders aussehen mag – ich bin kein Pater Brown, der nur danach lechzt, möglichst interessante Fälle zu lösen. Meine Aufgabe ist es, das Wort Gottes zu verkünden. Oder, um es theologisch auszudrücken: Mein Dienst ist im Reich Gottes, nicht im Reich der Welt, im Regiment zur Rechten und nicht zur Linken.«

»Aber Ihre bisherigen Fälle ...«, begann der Dekan seine Einwände. Doch Weixler schnitt ihm das Wort ab.

»In meine beiden bisherigen Fälle bin ich gewissermaßen hineingeschlittert. Da war etwas in meiner eigenen Gemeinde geschehen und ich konnte nicht anders. Und glauben Sie mir: Ich hatte damals schon Gewissensbisse, weil ich natürlich wegen diesen Ermittlungen meine Arbeit als Gemeindepfarrer ein Stück weit vernachlässigt habe. Um es kurz zu machen: Überlassen Sie diesen Fall besser der Polizei. Ich werde mich nicht daran beteiligen.«

Sein Chef wollte noch etwas sagen, schluckte das aber hinunter. Es war Weixler deutlich anzumerken, dass er sich von dieser Entscheidung nicht wieder würde abbringen lassen.

Und so ging der Besuch von Weixler und Gisbert nach einer letzten Tasse Kaffee und einigen belanglosen Worten zu Ende. Als die schwere Holztür wieder hinter ihnen ins Schloss gefallen war, fragte Gisbert: »Endgültig, Kumpel?«

»Endgültig!«, bestätigte Weixler.

Gisbert dachte sich seinen Teil dazu. Irgendwie ging ihm der Titel eines James Bond-Films durch den Kopf: »Sag niemals nie«.

Und auch Weixler hätte vielleicht anders entschieden, wenn er gewusst hätte, was sich in diesem Augenblick gerade abspielte ... nur einige Kilometer entfernt, in den schönen Wäldern rund um Radichheim ...

Der Henkerswald

Eigentlich war Ralf Steiner als ein nüchterner und sachlich denkender Mann bekannt. Das Reiten war für ihn ein Hobby, das ihm Freude bereitete, aber von Sprüchen wie »Alles Glück dieser Erde liegt auf dem Rücken der Pferde« war er normalerweise weit entfernt. Doch als er nun im warmen Abendlicht auf dem Rücken seines Wallachs »Blacky« dahinpreschte, die Kraft des Pferdes unter sich fühlte, ein Windhauch ihn umwehte und die Weizenfelder goldgelb strahlten – da jubelte alles in seinem Inneren.

Mit donnernden Hufen galoppierte Blacky über den Feldweg. In Ralf Steiners Gedanken kam immer mehr das Kind durch, das in jedem Mann steckt. Er war jetzt nicht mehr der Prokurist, der nur Entspannung suchte. Nein, er verwandelte sich jetzt in Tschepe Nojan, den verwegenen Feldmarschall von Dschingis Chan, der gerade 20.000 mongolische Reiter im Sturmangriff gegen ein chinesisches Heer führte. Steiner las gerne historische Romane als Bettlektüre und gestern Abend war ein Buch über den Mongolensturm dran gewesen.

Bald darauf ließ er Blacky zurück in den Schritt fallen, um das Tier nicht allzu sehr zu strapazieren. Merkwürdige Gedanken schossen ihm durch den Kopf. Er überlegte sich, woher bei ihm als bekennendem Christen solche Gewaltfantasien kamen.

Doch dann schüttelte er diese Gedanken wieder ab. Er lenkte den Wallach in Richtung Henkerswald. Als er den Weg erreicht hatte, der im Schatten der Bäume lag, beschleunigte er wieder das Tempo und ließ Blacky galoppieren.

Er kam an der kleinen Anhöhe vorbei, auf der im Mittelalter die Richtstätte von Radichheim gestanden und von der der

26

Wald auch seinen Namen bekommen hatte. Flüchtig dachte er daran, wie viele Menschen hier wohl ihr Leben hatten lassen müssen.

Dann bemerkte er aus den Augenwinkeln eine Bewegung am Waldrand. Einen Moment lang dachte er, er habe ein Reh gesehen und zog die Zügel an. Steiner hatte die brenzlige Situation noch nicht vergessen, in die er auf Blacky einmal geraten war, als ein Reh direkt vor ihm über den Weg gerannt war. Er hatte alle Hände voll zu tun gehabt, um das erschrockene Pferd wieder zu beruhigen.

Steiner merkte noch, wie der Wallach langsamer wurde, als er plötzlich vor sich einen grellen Blitz sah. Sekundenbruchteile später dröhnte ein lauter Donnerschlag an sein Ohr.

Die Experten von der Kriminalpolizei würden später herausfinden, dass ein in Eigenbau hergestellter großer Silvesterböller mitten auf dem Weg explodiert war. Blacky bremste abrupt ab und stieg hoch. Beide Bewegungen gleichzeitig waren zu viel, als dass der ebenfalls geschockte Reiter sie hätte ausgleichen können.

Mit voller Wucht schlug Ralf Steiner auf dem Boden auf. Vielleicht hätte er das sogar noch überleben können, wenn nicht sein Kopf dabei auf einen Stein geprallt wäre. Der Anblick seines Kopfes war hinterher so grässlich, dass der Sarg im Leichenschauhaus nicht mehr geöffnet werden durfte.

Steiner bekam den Aufprall nicht mehr bewusst mit. Erst recht nicht konnte er mehr spüren, was kurz danach mit seinem Körper gemacht wurde.

Der blutüberströmte Leichnam blieb dann noch mehr als zwei Stunden lang dort liegen. Auf diesem abgelegenen Weg kamen nur selten Spaziergänger vorbei. Erst als der völlig verstörte Wallach Blacky ohne seinen Reiter zurück zum Reiterhof kam, ahnte man, dass etwas Furchtbares passiert sein musste.

27

Das Experiment

Wer am folgenden Nachmittag in der 9. Stunde am Klassenzimmer Nr. 8.4 im Radichheimer Gymnasium vorbeikam, der musste den Eindruck gewinnen, dass dieses Zimmer gerade leer stand und die Klasse ausgeflogen war.

Denn während normalerweise immer eine leichte Geräuschkulisse zu hören war – das Kratzen der Kreide an der Tafel, Stühleklappern, Stimmen –, die beim Nachmittagsunterricht noch etwas ausgeprägter war als vormittags, herrschte heute darin eine schon fast gespenstische Stille.

Doch der Schein trügte. Es fand durchaus Unterricht darin statt. Und die Schülerinnen und Schüler der 9. Klasse gehörten auch nicht unbedingt zu den ruhigsten Exemplaren, die Weixler unterrichtete. Aber heute war ihre Aufmerksamkeit von einem Experiment gefesselt, das Weixler im Rahmen der Unterrichtseinheit Okkultismus angesetzt hatte.

Die Schülerinnen und Schüler saßen an kleinen Gruppentischen, wobei sie so verteilt worden waren, dass nirgendwo mehr als fünf von ihnen Platz genommen hatten. Sonst wäre die Konzentration nicht möglich gewesen, die für dieses Experiment gebraucht wurde. Und Weixler wollte sich nicht dem Vorwurf aussetzen, es habe nur darum nicht geklappt, weil die äußeren Voraussetzungen nicht gestimmt hätten.

Gespannt hielt Markus einen Bindfaden zwischen zwei Fingern, an dessen Ende ein Ring befestigt worden war. Möglichst ruhig platzierte er den Ring in der Luft über einem Foto von Jennifer Lopez, das auf dem Tisch lag. Gespannt achteten die anderen darauf, was nun passieren würde.

Schließlich erzitterte der Ring, und langsam setzte er sich in

Bewegung. Erst konnten die Schülerinnen und Schüler nicht erkennen, was für eine Bewegung es war. Doch dann sahen sie es immer deutlicher: Der Ring an dem Faden drehte sich im Kreis.

»Das gibt's doch nicht!«, sagte Christina ungläubig. Doch sofort legte ein anderer mahnend den Zeigefinger auf die Lippen. Christina verstummte. Für einen Augenblick hatte sie vergessen, dass völlige Ruhe das oberste Gebot war.

Danach nahm Barbara das Pendel in die Hand. Währenddessen tauschten die anderen das Foto auf dem Tisch aus; jetzt war dort Arnold Schwarzenegger zu sehen. Und wieder tat das Pendel genau das, was Weixler in seiner Arbeitsbeschreibung (die auf einem Blatt stand, das der Gruppe vorher gegeben worden war) angekündigt hatte. Während es über Frauenbildern eine Kreisbewegung vollführte, schwang es bei Männerbildern hin und her.

Auch am Nachbartisch war man schwer beeindruckt, wie genau das Pendel die Personen auf den Bildern erkannte. Mit insgesamt 10 Bildern wurde ausprobiert, ob die ersten Erfolge nur Zufallstreffer gewesen waren. Doch in fast allen Fällen verlief es nach Plan. Nur bei einem Bild von Daniel Küblböck wusste das Pendel offenbar nicht so recht, ob es ihn als männlich oder weiblich einstufen sollte, was trotz des Schweigegebots zu amüsierten Reaktionen führte.

Als alle vier Tischgruppen fertig waren, sagte Weixler: »Markus, könntest du nun bitte allen erzählen, wie das Experiment bei euch gelaufen ist?«

»Das war voll krass!«, meinte Markus vergnügt. »Egal, ob Männlein oder Weiblein – das Pendel ließ sich nicht reinlegen. Bei allen Frauen hat es sich gedreht, und bei allen Mannsbildern ist es hin- und hergeschwungen.«

Die Mitglieder seiner Gruppe nickten beifällig, ebenso die Gruppe vom Nachbartisch. Aber von den beiden Tischen, die am anderen Ende des Klassenzimmers gestanden hatten, brandeten wütende Proteste auf.

»Du hast wohl einen Knick in der Optik!«, rief Susanne hitzig. »Bei Männern hat es sich gedreht, bei Frauen gependelt, und nicht umgekehrt, du Knalltüte!«

Johlende Zustimmung von ihrer Gruppe belohnte diese Worte. Das wollte aber Markus nicht auf sich sitzen lassen.

Er griff nach dem Arbeitspapier, das seine Gruppe von Weixler bekommen hatte, und hielt es anklagend in dic Höhe. »Schau doch mal da drauf, falls du überhaupt lesen kannst!«, giftete er. »Da steht es klar und deutlich, was das Pendel bei wem macht. Und genau da dran hat es sich auch gehalten!«

Weixler merkte, wie die Stimmung in der Klasse kurz vorm Kippen war. Dazu mochte auch beitragen, dass es in dem fensterlosen Klassenzimmer bei diesem heißen Wetter sehr drückend war. Daher hielt er den Zeitpunkt für gekommen, klärend einzugreifen.

»Markus hat Recht, Susanne«, sagte er, und noch bevor er selbst zum Objekt ihrer Angriffswut werden konnte, fügte er rasch hinzu: »Ich meine damit, dass es ja nicht schaden kann, wenn du dir das Arbeitsblatt einmal anschaust.«

Man konnte Susanne anmerken, dass sie diesen Vorschlag für ziemlich unsinnig hielt. Dennoch ließ sie sich darauf ein.

Sie musterte das Papier, das Markus immer noch in die Höhe hielt. Dann nahm ihr Gesicht einen verwirrten Ausdruck an. Sie riss das Blatt an sich, trug es hinüber zu ihrem Gruppentisch und legte es dort neben das eigene Arbeitsblatt. Aufmerksam geworden, schauten sich alle aus ihrer Gruppe die beiden Papiere genauer an. Dann richtete Susanne ihren Blick auf Weixler und schaute ihn böse an.

»Sie haben uns reingelegt!«, fauchte sie.

Weixler lächelte. »Nein, Susanne. Ich wollte euch nur beweisen, dass ihr euch durch das Pendel selbst hereinlegt. Deshalb habe ich den ersten beiden Gruppen gesagt, dass sich das Pendel bei Frauenbildern im Kreis dreht und bei Männerbildern hin und her schwingt – und bei den anderen beiden Gruppen habe ich genau das Gegenteil behauptet. Und wie ihr seht: Bei allen vier Gruppen hat das Pendel genau das gemacht, was ihr wegen meiner Vorgabe erwartet habt. Das bedeutet, dass ihr selbst unbewusst das Pendel lenkt.«

Weixler nutzte die verblüffte Stille, um den Schülerinnen und Schülern zu erklären, wie das alles wissenschaftlich vor sich ging. Wie das Pendel durch ihre eigenen Atembewegungen, die Kapillarpulswellen und das Spannungszittern in Bewegung gebracht wurde und wie die Hand durch den so genannten Carpenter-Effekt unwillkürlich die Bewegung machte, an die sie intensiv gedacht hatten.

An den Gesichtern seiner Schülerinnen und Schüler konnte Weixler erkennen, dass er die meisten damit überzeugt hatte. Anschließend ließ er sie die Hefte nach oben holen, um ihnen eine Zusammenfassung zu diktieren.

Doch während die Klasse noch schrieb, bemerkte Weixler, wie sich Susannes Gesicht immer mehr verfinsterte. Schließlich warf sie den Stift vor sich auf den Tisch und schaute den Lehrer aggressiv an.

»Ich sehe nicht ein, warum wir so einen Scheiß aufschreiben sollen!«, erklärte sie laut. »Kann ja sein, dass Sie die anderen mit diesem Taschenspielertrick getäuscht haben. Aber mich können Sie damit nicht über den Tisch ziehen.«

Weixler blieb ruhig. »Worin soll denn deiner Meinung nach der Trick bestanden haben?«, wollte er wissen. »Warst du nicht selber überzeugt davon, dass beim Experiment alles mit rechten Dingen zugegangen ist?«

»Da wusste ich auch noch nicht, dass Sie uns verarschen wollen«, keifte Susanne. »Ich dachte wirklich, dass Sie selber unvoreingenommen an die Sache herangingen. Aber ich hätte mir denken können, dass Sie nur alles platt machen wollten, was nicht in Ihr merkwürdiges Weltbild hineinpasst. Typisch Pfarrer!«

Weixler beherrschte sich weiterhin. »Ich muss dich wirklich bitten, höflich zu bleiben. Schließlich beleidige ich dich ja auch nicht.«

Susanne funkelte ihn an. »Für mich ist das aber eine Beleidigung! Sie stellen doch alle Leute, die pendeln, als Beknackte dar, die einfach nicht merken, was wirklich abläuft. Aber wenn man fest an das Pendel glaubt, dann verrät es einem wirklich etwas. Ich habe beispielsweise meinen Freund durch das Pendel gefunden. Es hat mir gezeigt, dass Peter genau der Richtige für mich ist. Und ich bin mit ihm so glücklich, wie Sie garantiert mit Ihrer Frau niemals sein werden!«

»Kunststück!«, erwiderte Weixler. »Vor allem, wenn man daran denkt, dass ich gar nicht verheiratet bin ...«

Die Klasse begann zu lachen, was Susannes Wut nur noch steigerte. Mit verschränkten Armen lehnte sie sich zurück und schaute Weixler herausfordernd an. »Reden Sie, was Sie wollen – ich schreibe diesen Blödsinn jedenfalls nicht auf!«

Weixler merkte, wie die anderen Schülerinnen und Schüler gespannt auf seine Reaktion nach dieser Provokation warteten. Blitzschnell überlegte er, was er nun tun sollte. Doch in dem Augenblick ertönte ein lautes Klopfen an der Tür.

»Herein!«, bellte Weixler.

Die Tür öffnete sich ein wenig und eine der beiden Sekretärinnen der Schule streckte ihren Kopf herein. »Entschuldigen Sie bitte die Störung, Herr Weixler. Aber da ist ein Herr am Telefon, der Sie unbedingt sprechen möchte. Ich habe ihn darauf hingewiesen, dass Sie gerade im Unterricht sind, aber er ließ sich nicht abwimmeln.«

Weixler nickte. Dann wandte er sich wieder der Klasse zu. »Olaf, komm mal bitte nach vorne!«, bat er einen der Schüler. Als Olaf neben ihm stand, sagte Weixler: »Hier auf diesem Blatt steht alles drauf, was ihr euch dazu notieren müsst. Bitte schreibe es an die Tafel und die anderen schreiben es ab.«

Olaf war einverstanden. Und ohne Susanne noch einmal eines Blickes zu würdigen, verließ Weixler das Klassenzimmer und folgte der Sekretärin. Er war nicht undankbar darüber, dass er einen kurzen Aufschub zum Nachdenken erhalten hatte.

* * * * *

Im Sekretariat griff Weixler nach dem Hörer, der neben dem Telefon auf dem Schreibtisch lag. »Ja, Weixler«, meldete er sich.

»Entschuldigen Sie vielmals die Störung, Bruder Weixler«, tönte die Stimme von Dekan Großmann aus dem Hörer. Schon an der Stimme merkte Weixler, dass sein Chef völlig durch den Wind war. »Ich habe Sie bestimmt nicht gerne aus Ihrem Unterricht herausgeholt. Aber ich weiß mir nicht mehr zu helfen.«

»Was ist denn passiert?«, wollte Weixler wissen.

»Gestern Abend ist einer unserer Kirchengemeinderäte ums Leben gekommen: Ralf Steiner, ein hervorragender Mann. Er hatte einen Reitunfall, ist vom Pferd gestürzt und hat sich dabei das Genick gebrochen. Jedenfalls dachte ich, dass es ein Unfall gewesen sei. Vor wenigen Minuten habe ich aber einen Anruf bekommen.«

»Und da hat man Ihnen mitgeteilt, dass es ein Mord gewesen sei«, erfasste Weixler sofort die Lage.

»Ja. Die Polizei hat herausgefunden, dass direkt vor dem Pferd ein selbst gebastelter Feuerwerkskörper explodiert ist. Das kann kein Zufall gewesen sein, jedenfalls nicht in dieser Jahreszeit. Kurz nach Silvester verschießen ja viele ihre übrig gebliebenen Kracher. Aber mitten im Sommer? Nein, die Polizei geht eindeutig davon aus, dass es ein Mordanschlag gewesen ist.«

Es herrschte kurzes Schweigen. Weixler überlegte fieberhaft. Ihm war klar, was nun als Nächstes folgen würde. Und da sprach der Dekan es auch schon aus.

»Bruder Weixler, unsere Lage ist katastrophal. Zwei wichtige Mitarbeiter meiner Kirchengemeinde binnen weniger Tage ermordet! Ich denke nicht, dass es ein Zufall gewesen ist. Und die Leute hier in Radichheim werden das auch nicht glauben. Bruder Weixler – finden Sie für uns diesen verrückten Mörder oder unter unseren Mitarbeitern wird Panik ausbrechen! Jeder wird befürchten, selbst der Nächste zu sein.«

Weixler atmete tief durch. Dann sagte er: »Ich werde es mir

überlegen, Chef. Erst mal gehe ich jetzt in meinen Unterricht zurück. Und nachher muss ich mich mit meinem Freund Gisbert kurzschließen. Aber ich verspreche Ihnen, dass ich noch heute Abend zurückrufen und Ihnen Bescheid geben werde.«

Man merkte Großmann an, dass ihm diese zögernde Reaktion von Weixler überhaupt nicht gefiel. Aber wohl oder übel musste er einwilligen. Die beiden verabschiedeten sich voneinander, dann legte Weixler auf und ging gedankenverloren zurück ins Klassenzimmer.

*****

Dort waren die Schülerinnen und Schüler eifrig damit beschäftigt, Olafs Tafelanschrieb in ihre Hefte zu übertragen. Auch Susanne schrieb mit. Weixler nickte zufrieden, hütete sich aber, das in irgendeiner Form zu kommentieren.

Er hatte auf diesen Ausgang des Streites gehofft. Er kannte Susanne als ein sehr intelligentes Mädchen. Daher war ihr nach dem ersten Eifer des Gefechts klar geworden, welche disziplinarischen Folgen eine offene Arbeitsverweigerung für sie haben würde. Und da nun nicht mehr der Lehrer selbst vorne gestanden hatte, sondern ein Mitschüler, hatte sie ohne allzu großen Gesichtsverlust vor den anderen doch noch die Arbeit erledigen können.

*****

Normalerweise war Dekan Großmann ein Mensch, den nichts so leicht aus der Ruhe bringen konnte. Doch an diesem Abend tigerte er unruhig vor dem Telefon auf und ab. Bei jedem Klingeln stürzte er daran, nur um dann wieder enttäuscht darüber zu sein, dass es doch nicht der ersehnte Anruf war.

Als er schließlich gegen neun Uhr abends endlich Weixlers Stimme hörte, erfüllte ihn das mit einer Mischung aus Erwartung und Bangen.

»Ich habe mit meinen Freunden gesprochen, Herr Dekan«, leitete Weixler seine Nachricht ein.

»Mit Ihren Freunden? Plural?«, gab der Dekan erschrocken zurück.

»Keine Angst«, tönte es aus dem Hörer. »Bei unseren bisherigen Ermittlungen gab es immer auch einen Dritten im Bunde, ohne dessen Hilfe Gisbert und ich es nicht geschafft hätten. Er ist natürlich absolut vertrauenswürdig und verschwiegen.«

Der Dekan nickte, keineswegs sonderlich beruhigt.

»Um es kurz zu machen – wir haben uns entschlossen, dass wir versuchen werden, Ihnen bei Ihren Problemen zu helfen.«

Großmanns Herz tat einen gewaltigen Sprung. Doch die nächsten Worte von Weixler holten ihn rasch wieder auf den Boden zurück.

»Es gibt aber vier Bedingungen«, hörte er Weixler nämlich sagen.

»Was denn für Bedingungen?«, wollte Großmann nervös wissen.

»Zum Ersten: Sie dürfen keine Wunderdinge von uns erwarten. Wir sind schließlich keine richtigen Detektive, auch wenn wir die beiden bisherigen Fälle lösen konnten.«

»Das ist mir klar!«, versicherte der Dekan. »Es ist nur ein Strohhalm von uns, mehr nicht. Niemand wird Ihnen Vorwürfe machen, wenn Sie uns nicht helfen können.«

»Prima. Dann zur zweiten Bedingung. Wir erwarten eine uneingeschränkte Unterstützung von Ihrer Seite. Was auch immer wir brauchen – wir müssen uns darauf verlassen können, dass Sie das Möglichste tun werden.«

»Versprochen!«, sagte Großmann.

»Gut«, fuhr Weixler fort. »Dann kommen als Punkt drei und vier gleich die ersten beiden Dinge, für die wir Ihre Unterstützung brauchen.«

»Ich bin ganz Ohr«, erwiderte sein Chef.

»Meine Gemeinde darf nicht darunter leiden, wenn ich mich wieder als Detektiv betätige«, sagte Weixler ernst. »Deshalb erwarte ich, dass Sie mir Ihren Vikar Matthias Wagner zur Verfügung stellen, damit er in meiner Gemeinde Aufgaben übernehmen kann, die ich liegen lassen muss. Ich denke an Beerdigungen, Geburtstagsbesuche und so weiter. In die Schule können wir ihn nicht schicken an meiner Stelle, der Direktor würde unangenehme Fragen stellen, aber für die Gemeinde werden wir schon einen offiziellen Grund finden, weshalb Wagner zu meiner Unterstützung abgestellt worden ist.«

Großmann seufzte. »Meinetwegen, Bruder Weixler. Wobei ich betonen möchte, dass ich ihn hier erst recht brauchen würde – bei dem, was mir in den nächsten Tagen und Wochen hier bevorstehen wird.«

»Ich werde ihn sicher nicht dauernd beanspruchen, nur im Bedarfsfall«, sagte Weixler. »Und nun zum vierten Punkt: Sie haben doch gute Beziehungen in den Oberkirchenrat.«

»In begrenztem Maß«, schränkte der Dekan vorsichtig ein.

»Nun stellen Sie Ihr Licht bitte nicht so unter den Scheffel. Ich verlange ja auch nichts Unmögliches von Ihnen.«

»Dann spucken Sie es mal aus!«, forderte Großmann ihn auf.

»Sorgen Sie bitte dafür, dass ein Mitarbeiter im landeskirchlichen Archiv für ein paar Tage Sonderurlaub bekommt«, erklärte Weixler.

»Das müsste sich machen lassen«, meinte Großmann, erleichtert darüber, dass nichts Schlimmeres von ihm verlangt wurde. »Um wen handelt es sich denn?«

»Um den Dritten in unserem Bunde. Rainer Müller-Berg.«

36

Das Hauptquartier

Schwere Schritte waren auf der Treppe zu hören, die in den Keller des Germstaler Pfarrhauses führte. Die Deckenlampe im Hobbyraum begann sanft hin- und herzuschwingen. Weixler und Gisbert unterbrachen ihre Arbeit und grinsten sich vielsagend an.

»Unser Bücherwurm ist im Anmarsch«, meinte Weixler.

»Unschwer zu hören«, gab Gisbert zurück. »Offenbar hat er die Hoffnung noch nicht aufgegeben, doch noch in einer japanischen Schule für Sumoringer aufgenommen zu werden.«

Da wurde auch schon die Tür aufgestoßen. Rainer Müller-Berg erschien im Türrahmen, den er fast ganz ausfüllte.

Alte Freunde bezeichneten ihn gern vielsagend als »Pfundskerl«. Das nahm Müller-Berg mit der gleichen stoischen Ruhe zur Kenntnis wie alle anderen Bemerkungen über seinen Körperumfang. Er wusste, wie sehr er mit seiner Figur dem Schlankheitswahn in der westlichen Gesellschaft widersprach.

Rainer Müller-Berg war fast ebenso breit wie hoch. Ein mächtiger Vollbart vollendete das Bild von einem Urviech. Beruflich arbeitete er als Bibliothekar im landeskirchlichen Archiv in Gerstadt.

Mit Klaus Weixler war er seit der gemeinsamen Kinderzeit in Mosried eng befreundet. Und so hatte es sich ergeben, dass er bereits bei der Suche nach dem »Schatz des Heiligenmeisters« mitgeholfen hatte. Im Lauf der Zeit war dann aus den beiden Freundespaaren Weixler und Gisbert einerseits und Weixler und Müller-Berg andererseits ein Trio geworden, das miteinander durch dick und dünn ging.

»Hallo zusammen!«, hallte seine Bassstimme durch den

Hobbykeller. »Eure Pfarramtssekretärin hat mir aufgemacht und mir verraten, wo ihr beiden Chaoten steckt. Aber«, schnüffelte er und verzog das Gesicht, »wie wäre es denn, wenn ihr hier unten mal ein wenig Luft reinlassen würdet?«

»Oh, wir hatten Luft hier drin«, gab Gisbert zurück. »Aber die ist rausgegangen, als du reingekommen ist. Es war nun mal nicht genügend Platz da für euch beide.«

Müller-Berg lachte dröhnend. Dann nahm er nacheinander seine beiden Freunde in den Arm und drückte sie so fest, dass sie hinterher jeden Knochen einzeln spürten.

Als die Begrüßung vorbei war, schaute sich Müller-Berg die Wand an, an der seine beiden Freunde gerade beschäftigt gewesen waren. Er staunte nicht schlecht, als er die Einzelheiten erkannte.

»Da habt ihr euch ja eine Menge Mühe gegeben!«, lobte er.

»Aber hallo!«, erwiderte Weixler. »Wir haben in unserem alkoholgeschwächten Gedächtnis gekramt, um uns zu erinnern, wie die Profis in Büchern und Fernsehen so etwas angehen.«

Müller-Berg ließ seinen Blick noch einmal über die Wand schweifen. Da Weixler ihm telefonisch bereits viele Einzelheiten der beiden Mordfälle genannt hatte, wurde ihm rasch klar, welches nützliche Kunstwerk da entstand.

Auf der rechten Seite hing eine große Karte von Radichheim und Umgebung. Farbige Fähnchen markierten die Wohnungen von Ralf Steiner sowie Corinna Aschhauser. Bei Steiner steckte ein zusätzliches Fähnchen an der Stelle, wo man seine Leiche gefunden hatte. Außerdem war auf der Karte mit Strichen eingezeichnet worden, welchen Weg der Prokurist in seinen letzten Lebensstunden zurückgelegt hatte. Gisbert hatte am gleichen Morgen ein langes Telefonat mit Großmann geführt und die Details erfragt, die der Dekan mittlerweile von den Angehörigen erfahren hatte.

Rund um die Karte hingen einige Fotos. Nachdem Gisbert mit dem Dekan gesprochen hatte, war Weixler mit seinem Motorroller auf Tour gegangen und hatte mit der Digitalkamera einige wichtige Stellen fotografiert und diese Bilder gleich nach der Rückkehr ausgedruckt: das Haus, in dem Corinna Aschhauser gestorben war; der Platz, wo Ralf Steiner ums Leben gekommen war; Steiners Reitstall; das Pferd Blacky (die Pferde hatten alle auf einer Koppel gegrast, aber Weixler hatte es verstanden, eine junge Helferin unauffällig auszufragen, sodass er erfahren hatte, auf welchem Pferd Steiner geritten war). Auf dem Rückweg hatte er sich bei Großmann auch recht aktuelle Fotos der beiden Verstorbenen besorgt, die bei Gemeindeveranstaltungen aufgenommen worden waren.

In der Mitte der Wand war ein großes Pinnboard befestigt worden. Es war dafür vorgesehen, dass man in mehreren Spalten Zettel mit Informationen anstecken konnte. Unter anderem gab es eine Spalte mit »Neuesten Infos«, die schon recht gut bestückt war; dagegen herrschte in der Spalte »Verdächtige« noch gähnende Leere.

Ganz links konnte man auf einem großen Organisationsschema sehen, wer alles in der Kirchengemeinde Radichheim mitarbeitete und wer dort mit wem näher zu tun hatte. Hinter die Namen Aschhauser und Steiner waren schwarze Kreuze gemalt worden. Einen Moment lang fragte sich Müller-Berg, hinter welchem Namen wohl bald das nächste Kreuz stehen würde – oder ob sie schneller sein würden als der Mörder ...

Nachdem Müller-Berg alles in Ruhe gemustert hatte, wandte er sich wieder seinen Freunden zu. »Trotz all der vielen Arbeit, die ihr euch gemacht habt, dürft ihr eines nicht vergessen«, erklärte er ruhig. »Zum einen ist noch gar nicht erwiesen, dass diese beiden Morde überhaupt etwas miteinander zu tun haben, dass es sich bei ihnen um den gleichen Mörder handelt. Zumal ja beide Verbrechen auf sehr unterschiedliche Weise begangen wurden. Zum anderen: Selbst wenn beide Morde miteinander in Zusammenhang stehen – dann muss es noch lange nicht das gemeinsame Engagement der beiden in der Kirchengemeinde sein, was sie auf die Todesliste gebracht hat. Versteht mich bitte nicht falsch: Ich möchte nur verhindern, dass wir uns zu sehr auf eine Richtung festlegen, die uns dann hinterher vielleicht gar nichts bringt.«

»Doch, Rainer, daran haben wir bereits gedacht«, versicherte Weixler bedächtig. »Wir wollen deshalb, wie es die Polizei so schön nennt, in alle Richtungen ermitteln. Wobei ich damit auch schon unser großes Manko angesprochen habe. Wir haben weder die personelle Besetzung noch die technische Ausstattung noch die ganzen Rechte noch die ganzen Informationen wie die Polizei, sodass es uns schwer fallen wird, mehr als ein oder zwei Spuren gleichzeitig zu verfolgen. Mal abgesehen davon, dass wir im Moment nicht mal eine einzige haben.«

»Mir kam noch eine Idee«, schaltete Gisbert sich nun in das Gespräch ein. »Wäre es nicht möglich, dass es hier so einen Trittbrettfahrer gegeben hat? Also so einen Typen, der vielleicht schon lange Steiner im Visier gehabt und jetzt nach dem ersten Mord die prima Möglichkeit gesehen hat, dass man alles dem Mörder von Aschhauser anhängen würde?«

Weixler überlegte kurz, dann schüttelte er den Kopf. »Grundsätzlich schon möglich, Gisbert. Aber in meinen Augen wenig wahrscheinlich. So ein Trittbrettfahrer hätte schon äußerst schnell reagieren müssen, wenn man daran denkt, wie wenig Zeit zwischen den beiden Verbrechen gelegen hat. Außerdem wusste ja kaum jemand, dass der Tod von Corinna Aschhauser ein Mord gewesen war. Die Presse hat nichts davon berichtet.«

»Na, einer zumindest hat es gewusst. Und zwar dein Chef«, wandte Müller-Berg ein.

Weixler starrte ihn an. »Du tickst wohl nicht ganz richtig«, meinte er dann langsam. »Willst du im Ernst meinem Dekan die Morde anhängen?«

Müller-Berg sah ihn etwas mitleidig an. »Klaus, hast du wirklich alles vergessen, was wir in jungen Tagen über Sherlock Holmes gelesen haben? Da gab es doch beispielsweise diesen einen Mord, bei dem die Polizei völlig im Dunkeln tappte, weil niemand auf die Idee gekommen wäre, den Grafen und seinen Sohn zu verdächtigen. Wir werden nicht weiterkommen, wenn wir bestimmte Leute von vornherein aus der Liste der Verdächtigen herausstreichen.«

»Aber Großmann hat uns doch überhaupt erst gebeten, diese Morde aufzuklären!«, warf Gisbert ein.

»Auch so einen Fall haben wir bei Sherlock Holmes gelesen«, erklärte Müller-Berg. »Da hat ein alter Farbenhändler seine Ehefrau und deren Liebhaber mit Giftgas umgebracht und dann die Leichen verschwinden lassen. Danach hat er nicht nur eine Vermisstenanzeige bei der Polizei aufgegeben, sondern auch Sherlock Holmes damit beauftragt, nach den beiden zu suchen. Nach dem Motto: Schaut alle her, ich nehme die Sache so ernst, dass ich sogar den berühmten Meisterdetektiv einschalte!«

Alle drei schwiegen kurz und hingen ihren Gedanken nach. Schließlich war es Weixler, der wieder das Wort ergriff.

»Danke für deine Worte, Rainer. Du hast Recht: Wir dürfen keinen von vornherein als Verdächtigen ausschließen. Aber Spekulationen helfen uns im Augenblick nicht weiter. Deshalb sollten wir solider anfangen. Einer von uns sollte möglichst unauffällig das Umfeld erkunden, in dem Frau Aschhauser gelebt hat. Dabei habe ich an dich gedacht, Rainer.«

Müller-Berg schaute an sich runter. »Klar, alter Freund. Wenn du jemanden suchst, dessen Gestalt völlig unauffällig ist, dann hast du mit mir den richtigen Griff getan.«

»Darum geht es jetzt doch gar nicht!«, rief Weixler etwas verärgert. »Wir dürfen nicht vergessen, dass Radichheim und Germstal nur sieben Kilometer auseinander liegen. Das heißt: Wenn Gisbert oder ich dort herumlaufen, dann ist die Gefahr recht groß, dass irgendeiner uns durch einen dummen Zufall erkennt und dann blöde Fragen stellt. Bei dir aber können wir sicher sein, dass du anonym bleibst.«

»Und überhaupt«, sagte Gisbert mit einem breiten Grinsen, »siehst du richtig vertrauenswürdig aus, Dicker. Ich habe es doch schon immer gesagt: Dich könnte man ohne Probleme als Nikolaus engagieren und die Kinder würden dir jedes Wort abnehmen.«

Müller-Berg seufzte. »Gut, gut, ich gebe mich geschlagen. Wie soll das Ganze nun genau laufen?«

Weixler kam nicht mehr dazu, seinen Plan zu erläutern, weil es in diesem Augenblick laut und vernehmlich an der Haustür klingelte. Alle standen still da und lauschten. Sie hörten, wie oben die Sekretärin öffnete und sich kurz mit jemandem unterhielt. Dann kam sie schon die Kellertreppe herunter und schaute in den Hobbykeller.

»Herr Pfarrer, da ist ein Herr für Sie da und möchte Sie unbedingt sprechen. Wo soll ich ihn hinführen?«

»Auf gar keinen Fall hier herein«, entschied Weixler rasch. »Keiner braucht zu sehen, was wir hier machen. Er soll bitte im Besprechungszimmer auf mich warten.«

Die Sekretärin nickte und verschwand wieder. Weixler folgte ihr langsam und versuchte, sich auf seinem Weg nach oben gedanklich von der Detektivarbeit zu lösen und sich auf die alltäglichen Anliegen einzustellen, von denen er mit Sicherheit gleich eines zu hören bekommen würde.

* * * * *

Im Besucherzimmer erwartete ihn ein älterer Herr, den Weixler auf Anfang 60 schätzte. Er machte einen äußerst gepflegten Eindruck und trug einen ausgezeichnet geschnittenen Maßanzug. Als Weixler auf ihn zuging, um ihm die Hand zu geben, stieg der Duft eines sehr teuren Rasierwassers in seine Nase.

»Wir haben noch nicht das Vergnügen miteinander gehabt«, sagte sein Gast. »Ich darf mich kurz vorstellen: Mein Name ist Julius Eschhagen.«

»Julius Eschhagen?«, wiederholte Weixler erstaunt. »Sind Sie etwa ...«

»Richtig erraten«, lächelte der Fremde, obwohl Weixler seinen Satz noch gar nicht zu Ende geführt hatte. »Ich bin der Inhaber der August Eschhagen GmbH.«

Weixler brauchte einen Augenblick, um diese Nachricht zu verarbeiten. Seinem Gast gehörte also die größte Firma weit und breit, die am Ortsrand von Radichheim angesiedelt war, aber auch mehrere kleinere Ableger in der Gegend hatte. Weixler hatte gehört, dass die Anfänge dieses Unternehmens jahrhundertweit zurückreichten. Damals war es eine Manufaktur für landwirtschaftliche Geräte gewesen. Mittlerweile produzierte Eschhagen Maschinen der verschiedensten Art als Zulieferer großer Konzerne. Da er sich nicht auf einen einzelnen Großkunden festgelegt hatte, war sein Unternehmen viel weniger krisenanfällig als vergleichbare Firmen. Wenn Weixler es recht im Kopf hatte, war sein Gast der Brotherr von rund 1200 Menschen. Direkt oder indirekt hing fast die ganze Umgebung von Eschhagen ab.

»Nun, meine Zeit als Geschäftsmann ist begrenzt, und ich denke mal, dass auch Sie genug zu tun haben«, erklärte der Unternehmer. »Zumal Sie derzeit neben Ihrer Arbeit als Gemeindepfarrer ja auch noch als Detektiv eingespannt sind. Ich möchte mich deshalb kurz fassen und gleich zum Grund meines Besuches kommen.«

Diese Worte waren für Weixler wie ein Schlag in die Magengrube. Woher um alles in der Welt wusste sein Gegenüber von seiner Tätigkeit als Detektiv? Hatte der Dekan etwa nicht dicht gehalten? Wenn seine Ermittlungen bereits Tagesgespräch waren, dann konnte das Trio ebenso gut gleich einpacken.

Eschhagen merkte, was in seinem Gesprächspartner vorging. Er lächelte. »Nein, Herr Pfarrer, Sie brauchen sich keine Sorgen zu machen. Außer mir und einem alten Schulfreund weiß niemand etwas von der Sache. Aber erlauben Sie mir, Ihnen das zu erklären.«

Der Fabrikant rückte sein Jackett zurecht und begann zu erzählen: »Sie wissen vielleicht, dass meine Familiengeschichte sehr weit zurückgeht. Und meine Familie ist untrennbar verbunden mit meiner Firma, die einer meiner Vorfahren gegründet hat. Deshalb ist die Ahnenforschung ein altes Hobby von mir. Ich versuche, auch die Seitenlinien der Eschhagens genauer zu erforschen. Und ich kann in aller Bescheidenheit sagen, dass ich damit schon recht weit gekommen bin.«

Etwas stolz schaute er Weixler an. Doch damit stieß er auf wenig Gegenliebe. Die Geschichte der Familie Eschhagen interessierte Weixler keinen Deut. Außerdem wartete er darauf, dass sein Besucher endlich zur Sache kam und ihm erklärte, wo die undichte Stelle war.

»Aber wie es nun mal so ist«, fuhr Eschhagen fort, »in meiner Position hat man für seine Hobbys wenig Zeit. Deshalb habe ich mich an meinen alten Schulfreund gewandt, der mittlerweile bereits Rentner ist. Auch er hat sich immer für Ahnenforschung interessiert. Darum hatte er gar nichts dagegen, sich ein kleines Zubrot zu verdienen, indem er für mich einige Dinge in alten Kirchenbüchern nachgeschlagen hat. Seit ein paar Wochen ist er ständiger Gast im Pfarrhaus in Radichheim.«

Weixler nickte. Er kannte solche Forscher aus eigenem Erleben. Flüchtig dachte er daran, dass dieser Schulfreund von Eschhagen wohl eher ein Fall für Rainer Müller-Berg war, den altgedienten Bibliothekar.

»Nun, Dekan Großmann ist ein netter Mensch. Er hat Christoph – so heißt mein alter Freund – gerne erlaubt, im Archivraum des Pfarrhauses zu arbeiten. Dieser Raum liegt aber direkt neben dem Arbeitszimmer des Dekans. Und obwohl die meisten alten Pfarrhäuser sehr massive Wände haben, ist die zwischen dem Archivraum und dem Arbeitszimmer offenbar sehr dünn. Ich vermute mal, dass sie nachträglich eingezogen worden ist. Nun, deshalb hat Christoph jedenfalls unfreiwillig manches mitgehört, was im Arbeitszimmer gesprochen worden ist.«

Weixler begann zu ahnen, was geschehen war. Im Hinterkopf notierte er sich, dass er unbedingt den Dekan auf diese Sicherheitslücke hinweisen musste.

»Unter anderem hat mein Freund große Teile des Gesprächs gehört, das der Herr Dekan vorgestern mit Ihnen und Ihrem Freund Gisbert geführt hat. Christoph hat sich nichts dabei gedacht. Das änderte sich aber, als gestern auch einige Fetzen des Telefongesprächs an sein Ohr drangen, in dem der Herr Dekan Ihnen davon berichtet hat, dass der Tod von Ralf Steiner kein Unfall gewesen sei. Und da hat es bei ihm geklingelt. Obwohl er große Gewissensbisse hatte wegen dieses Vertrauensbruchs, sah er sich dennoch gezwungen, mir davon zu berichten.«

»Warum geklingelt?«, fragte Weixler. »Hatte Ralf Steiner etwas mit Ihnen zu tun?«

Eschhagen lächelte erneut. »Nun, da sieht man, dass Sie nicht vollständig informiert worden sind. Es wäre viel zu wenig, zu sagen, dass Ralf Steiner etwas mit mir zu tun hatte. Er war mein wichtigster Mann. Um es genau zu sagen: Herr Steiner war mein Prokurist. Und da ich mich aus Altersgründen aus manchen operativen Geschäften etwas zurückgezogen habe, ist seine Bedeutung für die Firma größer denn je gewesen. Sie können sich sicher vorstellen, was für ein Verlust sein Tod für meine Firma bedeutet. Zumal, nachdem wir mit Frau Aschhauser bereits eine andere wichtige Kraft verloren haben.«

Weixler beugte sich vor. Dieses Gespräch wurde immer interessanter. »Habe ich Sie da richtig verstanden?«, vergewisserte er sich. »Corinna Aschhauser war auch eine Mitarbeiterin von Ihnen?«

»Ganz genau. Obwohl Frau Aschhauser noch recht jung war, hatte sie durch ihre großen Fähigkeiten und ihren Fleiß bereits eine wichtige Position in der Firma errungen. Sie leitete unsere Marketingabteilung. Das ist umso wichtiger, als wir gerade dabei sind, mit einigen neuen Maschinen den Weltmarkt etwas aufzumischen. Wenn da das Marketing stimmt und wir genügend Aufträge dafür bekommen, dann würde uns endgültig der Sprung zum Global Player gelingen. Uns, der kleinen Firma aus dem kleinen Radichheim.«

»Und das ist jetzt in Gefahr, nachdem Frau Aschhauser von Ihnen gegangen ist?«, fragte Weixler nach, ohne auf den letzten Satz seines Besuchers einzugehen.

»Nun, wir werden es wohl dennoch schaffen. Aber es wird für uns um einiges schwieriger. Zumal eben mit Ralf Steiner auch der Mann nicht mehr da ist, der solche Sachen schnell in den Griff bekommen hat. Ich selber bin nicht mehr der Jüngste und dafür nicht mehr flexibel genug, fürchte ich.«

In Weixlers Kopf arbeitete es wie wild. Völlig neue Möglichkeiten taten sich auf.

»Sie werden sicher verstehen, Herr Pfarrer, dass ich gewisse Zweifel hege an der Meinung von Dekan Großmann, hinter dem Tod meiner beiden Mitarbeiter habe deren Engagement in der Kirchengemeinde gestanden. Ich befürchte vielmehr, dass da ganz andere Interessen zugrunde liegen. Wir haben Konkurrenten im osteuropäischen Raum, die, nun, sagen wir mal vorsichtig, etwas andere Moralvorstellungen als wir haben. Denen wäre es, mit allem Respekt, durchaus zuzutrauen, ein gewisses Störmanöver gegen unsere Firma in Auftrag zu geben.«

Weixler wusste nicht so recht, was er davon halten sollte. Die Morde an Aschhauser und Steiner Auftragsmorde, verübt von der Russenmafia? Er war sich nicht sicher, ob da nicht etwas die Fantasie mit Eschhagen durchging. Aber er entschloss sich abzuwarten, was sein Besucher konkret von ihm wollte.

»Lange Rede, kurzer Sinn, Herr Pfarrer: Ich möchte Sie bitten, bei Ihrer Detektivarbeit auch diese Spur zu verfolgen, diese Möglichkeit nicht auszuschließen. Und egal, ob nun wirklich meine Konkurrenten dahinter stehen oder nicht – Sie werden sicher verstehen, dass ich größtes Interesse daran habe, möglichst bald den Mörder meiner beiden Mitarbeiter hinter Schloss und Riegel zu sehen. Und deshalb möchte ich Ihnen einen zusätzlichen Anreiz geben, obwohl ich natürlich weiß, dass Sie auch ohne weiteren Anreiz Ihr Möglichstes geben werden.«

»Was für einen Anreiz denn?«, fragte Weixler. Obwohl er sich bemühte, konnte er eine gewisse Schärfe in seinem Ton nicht vermeiden. Bildete sich sein Besucher etwa ein, ihn kaufen zu können?

»Sie würden natürlich niemals einen persönlichen Vorteil

annehmen«, erklärte Eschhagen. »An Ihrer Integrität besteht für mich kein Zweifel. Aber ich weiß, dass Ihr Gemeindehaus demnächst saniert werden muss und dass die Kirchenleitung in Gerstadt kaum noch Geld dafür zur Verfügung stellt. Und deshalb wäre ich bereit, bei einem Fahndungserfolg diese Sanierung mit einer großzügigen Spende möglich zu machen. Natürlich auf einem sicheren und anonymen Weg, damit niemand dumme Fragen an Sie stellt.«

Weixler stand auf. Unsicher erhob sich auch der Fabrikant. »Nun, Herr Eschhagen, ich danke Ihnen für Ihren Besuch. Das mit der Spende lassen Sie schön bleiben, egal, ob wir den Täter finden oder nicht. Denn das hätte auf jeden Fall ein G'schmäckle, wie man so schön sagt.«

»Heißt das, dass Sie diese Spur nicht verfolgen wollen?«, warf Eschhagen ein.

»Das kann ich Ihnen noch nicht sagen. Ich muss erst mal mit meinen Freunden darüber sprechen. Sollten wir die Spur verfolgen, wären wir natürlich auf Ihre Hilfe angewiesen.«

»Daran wird es auf gar keinen Fall scheitern!«, meinte der Fabrikant und drückte Weixler fest die Hand. »Vorerst werde ich mich in Geduld fassen und abwarten, was geschieht. Nur eines möchte ich klarstellen. Wenn ich das Gefühl bekommen sollte, dass Sie meine Hinweise nicht ernst nehmen, werde ich selbstständig aktiv werden und Privatdetektive beauftragen, sich ebenfalls mit dem Fall zu beschäftigen. Und das kann wohl kaum in Ihrem Interesse sein. Zu viele Köche verderben bekanntlich den Brei.«

Weixler war sich nicht sicher, ob er diese Drohung ernst nehmen sollte oder ob das nur ein Bluff war. Jedenfalls verlief der Abschied von seinem Besucher sehr kühl.

Als die Haustür hinter dem Fabrikanten ins Schloss gefallen war, blieb Weixler noch einen Augenblick stehen und atmete tief durch. Jetzt brauchte er erst einmal einen Kaffee, um alles in Ruhe durchdenken zu können, bevor er den Fall mit Gisbert und Rainer besprechen würde.

Die Sammlung

Schaudernd blickte Rainer Müller-Berg an dem fünfstöckigen Haus hinauf, vor dessen Eingang er stand. Er war sich fast sicher, dass dieses Gebäude ebenso wenig einen Aufzug haben würde wie die in der Nachbarschaft. Als er die Aufgabe übernommen hatte, das Umfeld von Corinna Aschhausers Wohnung zu sondieren, hatte er sich nicht vorstellen können, dass daraus so eine Konditionsübung werden würde. Sein Respekt für die Frauen und Männer, die normalerweise hier für die Diakonie sammelten, war erheblich gewachsen.

Dazu trug auch bei, dass Müller-Berg in manchen Wohnungen nicht sehr freundlich empfangen worden war. Einige Leute hatten ihn offenbar für einen Vertreter gehalten und ihm die Tür vor der Nase zugeknallt, noch bevor er mit seinem Ausweis deutlich machen konnte, dass er lediglich im Auftrag der Kirchengemeinde für die Diakonie sammeln wollte. Von anderen bekam er Bemerkungen zu hören wie zum Beispiel: »Da sieht man es mal wieder! Normalerweise kümmert sich die Kirche keinen Strich um einen – aber wenn sie Geld braucht, dann ist sie da!« Und an zwei Haustüren hatte sich eine längere Predigt angeschlossen nach dem Motto: Was ich diesem blöden Verein Kirche schon immer mal sagen wollte, wozu ich aber bisher keine Gelegenheit gehabt habe ...

Der Bibliothekar schaute missmutig vor sich hin. Die abfälligen Aussagen über die Kirche hatten ihm weniger ausgemacht als manche persönlichen Seitenhiebe. So hatte eine Frau ihn von oben bis unten gemustert und dann nur gemeint: »Wenn du etwas weniger fressen würdest, dann hättest du selber Geld, um was für die Armen zu spenden!«

Aber Müller-Berg wollte auch nicht undankbar sein. Denn es gab auch sehr nette Begegnungen an diesem Morgen. Einige ältere Leute waren erkennbar dankbar dafür, dass mal jemand bei ihnen vorbeischaute. Sie hatten nicht nur ihren Geldbeutel geöffnet, sondern auch ihr Herz, und dem netten Sammler einiges aus ihrem Leben erzählt. Wobei Müller-Berg zugeben musste, dass kaum etwas Brauchbares dabei gewesen war für den Auftrag, den er hier eigentlich ausführen sollte. Alle Versuche, das Gespräch möglichst unauffällig auf Frau Aschhauser zu lenken, waren gescheitert. Er war sich nicht sicher, ob die Leute seine zarten Anspielungen wirklich überhört oder ob sie einfach keine Lust gehabt hatten, auf dieses heikle Thema einzugehen.

Nochmals blickte Müller-Berg an dem Haus hoch, in dem Corinna Aschhauser zuletzt gelebt hatte. Er hatte sich dieses Haus bis zuletzt aufgehoben, um zuvor einige Eindrücke aus der Umgebung zu sammeln. Jetzt aber war es so weit. Die Höhle des Löwen wartete auf ihn.

Wenn er die Reihenfolge auf den Klingelknöpfen richtig deutete, dann hatte Corinna Aschhauser im Erdgeschoss des Hauses gewohnt. Müller-Berg trat noch einmal einige Schritte zurück, um die ganze Frontseite des Gebäudes überblicken zu können.

Er überlegte kurz, auf welcher Seite wohl die Wohnung der Verstorbenen zu finden war. Vom Klingelknopf her vermutete er sie eher rechts. Und seine ersten Eindrücke schienen diese Vermutung zu stützen. Denn während auf der linken Seite ein Fenster etwas offen stand und dahinter Bewegungen zu erkennen waren, rührte sich auf der rechten Seite überhaupt nichts.

Müller-Berg ging ein paar Schritte an der Häuserwand entlang. Jetzt konnte er die Balkontür sehen, durch die der Mörder vermutlich in die Wohnung eingedrungen war. Jedenfalls war das die Version, welche Dekan Großmann von der Tante erzählt worden war. Die Balkontür war nur zu erreichen, wenn man sich an einem ziemlich stachligen Gebüsch vorbeidrückte. Müller-Berg nickte zufrieden. Nach seinem Gefühl hatte er jetzt den ersten Anhaltspunkt überhaupt an diesem Morgen gefunden. Wer auch immer der ungebetene Besucher gewesen war – man konnte kaum erwarten, dass er zufällig an diese Balkontür geraten war. Corinna Aschhauser war wohl ein gezieltes Opfer gewesen.

Der Detektiv hätte sich gern noch mehr mit den Örtlichkeiten beschäftigt. Doch er musste befürchten, dabei beobachtet zu werden – und das hätte für einen Diakoniesammler wirklich merkwürdig ausgesehen. Deshalb schlenderte er langsam zur Haustür zurück und überlegte kurz, wo er jetzt wohl zuerst klingeln sollte.

Als er sich das noch durch den Kopf gehen ließ, öffnete sich plötzlich die Haustür. Eine Frau unbestimmten Alters trat heraus. Die langen schwarzen Haare hingen ihr teilweise vorm Gesicht. Die Strickjacke erschien Müller-Berg als etwas zu warm für einen derart heißen Tag, zumal ihr Unterkörper um einiges luftiger gekleidet war; ein schwarzer Rock bauschte sich um ihre Beine. An ihren Füßen trug sie merkwürdige schwarze Schuhe, wie sie Müller-Berg noch niemals gesehen hatte.

Die Frau warf Müller-Berg einen kurzen Blick zu und huschte dann rasch an ihm vorbei. Seinen freundlichen Gruß erwiderte sie nicht. Er schaute ihr kurz nach, wie sie die Straße hinunterging, bevor er dann die offene Tür nutzte, um in das Haus zu kommen, in dem Corinna Aschhauser auf so merkwürdige Weise zu Tode gebracht worden war.

Drinnen empfing ihn ein übler Geruch, der ihm auch schon in anderen Mietshäusern dieser Straße in die Nase gestiegen war: eine Mischung aus Zigarettenrauch, Küchengerüchen und Schweiß. Nachdenklich blieb Müller-Berg stehen. Er fragte sich, ob die Verstorbene trotz ihrer angeblich so wichtigen Arbeit für die Firma Eschhagen ein so geringes Gehalt bezogen hatte, dass sie sich keine bessere Unterkunft hatte leisten können. Er nahm sich vor, darüber am Abend mit den beiden anderen zu sprechen. Hier schien es die ersten Ungereimtheiten in der Darstellung des Fabrikanten zu geben.

Eine Viertelstunde später stand Müller-Berg wieder an der gleichen Stelle, nun aber tief atmend und ziemlich verstimmt. Er hatte oben im Haus begonnen und an jeder Tür geklingelt – doch obwohl er mehrmals Geräusche hinter den Wohnungstüren gehört hatte, war ihm nirgendwo geöffnet worden. Jetzt blieb nur noch die eine Wohnung links im Erdgeschoss übrig, die der Wohnung der Verstorbenen direkt gegenüberlag.

Zunächst einmal schaute er auf das Türschild. »E. Lehmann« war darauf zu lesen. Wofür wohl das »E« stand, für Erwin oder Erna ... Dann klingelte er. Nach seinen Erfahrungen in den oberen Stockwerken war das Klingeln recht laut und energisch.

Auch hier regte sich zunächst nichts. Doch plötzlich hörte er ein Scharren an der Wohnungstür. Müller-Berg merkte, wie er durch den Spion in der Tür beobachtet wurde.

Er holte seinen Sammlerausweis aus der Tasche und hielt ihn vor den Spion. »Einen schönen guten Tag! Mein Name ist Müller-Berg, und ich komme von der evangelischen Kirchengemeinde. Wir sammeln derzeit in den Häusern für die Diakonie, also für die soziale Arbeit mit Bedürftigen. Dürfte ich auch Sie um eine kleine finanzielle Unterstützung bitten?«

Einen Moment lang herrschte noch Stille, dann hörte er das typische Geräusch, mit dem eine Kette an der Tür zurückgeschoben wurde. Die Tür öffnete sich. Ein älterer Mann erschien, den Müller-Berg auf etwa 70 Jahre schätzte. Der Blick des Alten war misstrauisch, aber auch ein Stück weit neugierig.

»Herr Lehmann?«, vergewisserte sich Müller-Berg.

Der Alte nickte. »Und wer sind Sie?«, brummte er. »Sie behaupten, dass Sie für die Diakonie sammeln. Aber da kommt doch sonst immer eine Frau. So eine junge und hübsche.«

Müller-Berg lachte. »Damit kann ich leider nicht dienen«, bedauerte er. »Frau Maier ist kurzfristig krank geworden, und deshalb hat sie mich gebeten, dass ich ausnahmsweise ihren Bezirk mit übernehme beim Sammeln.«

Herrn Lehmanns Gesicht konnte man nicht entnehmen, ob er die Ausrede glaubte, die Müller-Berg mit dem Dekan vereinbart hatte. Jedenfalls trat er zur Seite und knurrte: »Na gut, kommen Sie rein.«

Lehmann führte seinen Besucher in ein altdeutsch eingerichtetes Wohnzimmer: dunkle Eichenmöbel und an der Wand die typischen Bilder Marke »Röhrender Hirsch am frischen Wasser«. Er lud den vermeintlichen Sammler dazu ein, sich ihm gegenüber zu setzen, und bot ihm dann ein Glas Mineralwasser an, was Müller-Berg nach dem anstrengenden Vormittag auch gerne annahm.

Dann saß Lehmann da und schaute seinen Besucher erwartungsvoll an. Müller-Berg räusperte sich kurz und sagte: »Es freut mich sehr, dass ich wenigstens Sie zu Hause angetroffen habe. Es war wohl ungeschickt von mir, vormittags zu kommen. Ich hätte damit rechnen müssen, dass da die meisten Leute auf Arbeit sind.«

Sein Gastgeber lachte kurz auf. »Auf Arbeit? Nee, da haben Sie sich das falsche Haus ausgesucht. Von den Mietern hier drin arbeitet kaum einer mehr.«

»Warum nicht?«, wollte Müller-Berg wissen.

»Na, die meisten sind wie ich eingezogen, als das Haus gebaut worden ist«, erklärte Lehmann. »Das heißt, die sind alle schon in Rente. Mal abgesehen von der jungen Frau Aschhauser gegenüber. Aber da werden Sie wohl woanders nachfragen müssen, wenn Sie die antreffen wollen.«

Müller-Berg zog eine Augenbraue hoch. Lehmann sah diese Bewegung und deutete sie richtig. »Na, Sie als einer von der Kirchengemeinde werden wohl Kontakt nach oben haben. In den Himmel, meine ich. Und dort ist meine Nachbarin jetzt auch anzutreffen.«

»Oh, das tut mir Leid«, erwiderte Müller-Berg. »In unserem Gemeinderegister ist noch gar nicht verzeichnet, dass sie verstorben ist. Jedenfalls steht ihr Name noch auf meiner Sammelliste.«

»Verständlich, es ist ja auch erst ein paar Tage her, dass das passiert ist«, erklärte Lehmann. »Da ist es wohl noch nicht bis zu Ihnen durchgedrungen.«

Müller-Berg nickte gewichtig. »Ja, das sind die kleinen Peinlichkeiten, wenn man so einen Dienst übernimmt. Es nimmt mich auch immer besonders mit, wenn ein junger Mensch stirbt.«

»Und dazu noch auf so eine Art und Weise«, fügte Lehmann geheimnisvoll hinzu.

»Wie darf ich das denn verstehen?«, gab sich Müller-Berg ahnungslos.

Lehmann lehnte sich zurück und grinste Müller-Berg an. Offenbar genoss er es, seinen Gast etwas auf die Folter zu spannen. Dem Detektiv schoss durch den Kopf, dass der Alte sonst vermutlich wenig Gelegenheit hatte, irgendjemandem etwas Spannendes zu erzählen.

Schließlich war Lehmann aber offenbar der Meinung, dass er die Situation genug ausgekostet hatte, und begann zu erzählen: »Ich will ja nichts gesagt haben. Aber irgendjemand hat behauptet, dass Corinna von einer eigenen Schlange gebissen und dann an dem Gift gestorben sei. Die Kripo soll das herausgefunden haben. Aber das ist lächerlich. Ich weiß genau, dass sie keine Giftschlange besessen hat.«

Müller-Berg schaffte es, einen überraschten Gesichtsausdruck aufzusetzen. »Woher wissen Sie das so genau? Sind Sie hier drin so eine Art Hausmeister oder was Ähnliches?«

Lehmann lächelte sichtlich geschmeichelt. »Nein, so etwas wie einen Hausmeister gibt es hier drin nicht mehr. Den hat die Hausverwaltung schon vor einigen Jahren eingespart. Wenn jetzt irgendwas ist, dann müssen wir bei einer Firma drüben in Öttigheim anrufen, und die schicken dann jemanden vorbei. Wenn wir Glück haben. Aber ein bisschen Recht haben Sie schon. Weil halt von der Seite so wenig Unterstützung kommt, bin es normalerweise ich, der sich hier drinnen um die nötigsten Dinge kümmert. Erst neulich hat Frau Aschhauser zu mir gesagt: ›Erich, wenn wir dich nicht hätten, dann wären wir ganz schön aufgeschmissen!‹«

»Ja, solche Leute braucht man«, schmierte Müller-Berg ihm

etwas Honig ums Maul. »In dem Wohnblock, wo meine Eltern gelebt haben, gab es auch so einen Mann. Der hatte dann ein richtiges Vertrauensverhältnis zu allen Leuten im Haus.«

»Und so ist es auch bei mir«, antwortete Lehmann. »Und zu Corinna Aschhauser hatte ich eine besonders enge Beziehung. Die junge Frau war offenbar sehr tüchtig bei der Arbeit und hat sich irgendwie auch in der Kirchengemeinde engagiert. Aber deshalb hatte sie kaum Zeit, sich hier Freunde zu suchen. Sie ist auch nur deshalb hierher gezogen, um sich ein wenig um ihre alte Tante zu kümmern, die oben im Haus wohnt.«

Wieder eine wertvolle Information. Müller-Berg wurde immer zufriedener mit diesem Gespräch.

»Und weil wir uns als Nachbarn unterhalten haben, wurde ich im Lauf der Zeit so was wie ein väterlicher Freund für Corinna«, fuhr der Alte fort. »Wenn sie irgendein Problem hatte, kam sie damit zu mir und fragte mich um Rat. Sie wollte ihre Tante irgendwie nicht um Hilfe bitten, sie war ja hergezogen, um ihr zu helfen, und nicht, um ihr Arbeit zu machen. Ich habe ihr dann auch einiges gerichtet in der Wohnung, wenn da mal was kaputt war oder so. Und deshalb kann ich mit Sicherheit sagen, dass sie keine giftigen Schlangen besessen hat. Das wäre hier drin auch gar nicht erlaubt. Wissen Sie, wegen des Mietvertrags und so.«

Müller-Berg nickte. »Sie glauben also, dass Ihre Nachbarin gar nicht an einem Schlangenbiss gestorben ist?«

»Doch, das nehme ich schon an. Das wird sich die Kripo kaum aus den Fingern gesogen haben. Aber wenn es eine giftige Schlange gewesen ist – dann hat sie auf gar keinen Fall der Corinna gehört.«

»Glauben Sie etwa, dass jemand dieses Tier bei ihr eingeschmuggelt hat?«, flüsterte Müller-Berg verschwörerisch.

»Ach, ich will nichts gesagt haben. Aber ich habe sie schon oft gebeten, dass sie beim Schlafen immer die Balkontür schließen soll. Wissen Sie, ich schaue mir immer im Fernsehen ›Aktenzeichen XY‹ an. Und da wird dauernd davor gewarnt.«

Der Detektiv tat so, als müsse er diese unglaubliche Neuigkeit erst einmal verdauen. Sein Gastgeber war erkennbar stolz darauf, den vermeintlichen Diakoniesammler so beeindruckt zu haben.

Schließlich wagte Müller-Berg die Bemerkung: »Das ist ja entsetzlich, Herr Lehmann. Aber wenn Sie Frau Aschhauser so gut gekannt haben, dann könnten Sie doch der Polizei vielleicht einen Tipp geben, ob sie irgendwelche Feinde gehabt hat oder so. Ich meine ja nur, weil Sie doch so ein enges Verhältnis zu ihr gehabt haben ...«

Energisch schüttelte Lehmann den Kopf. »Das kommt nicht in die Tüte! Ich will mir keinen Ärger einhandeln. Nachher nenne ich noch irgendeinen Namen und kriege dann eine Anzeige an den Hals von wegen Verleumdung ... Ich weiß sowieso nichts von Feinden. Das habe ich auch bereits den Polizisten gesagt, als sie danach gefragt haben.«

»Die Polizei hat Sie danach gefragt?«, echote Müller-Berg, nun wirklich erstaunt. »Ich dachte, dass die Polizei von einem Unglücksfall mit einem eigenen Tier ausgeht?«

Lehmann zwinkerte ihm zu. »Merken Sie was? Die haben selber festgestellt, dass an der Sache etwas faul ist. Auch wenn es ziemlich lange gedauert hat, bis bei denen der Groschen gefallen ist.«

»Wann sind die denn drauf gekommen?«, wollte der Detektiv wissen.

»Das war erst gestern Abend«, erklärte sein Gastgeber. »Da haben sich so zwei merkwürdige Gestalten hier im Haus herumgedrückt. Die taten ganz harmlos und hatten Arbeitshosen an, so als ob sie was reparieren wollten. Aber man musste nur auf ihre Hände sehen, um zu merken, dass das keine Handwerker waren. Und die haben den Leuten so nebenbei Fragen gestellt. Wer nur ein bisschen Grips im Kopf hatte, konnte merken, dass das Bullen waren. So verdeckte Ermittler oder wie das heißt. Das hat den Leuten hier im Haus gar nicht geschmeckt, wissen Sie. Wir sind alle friedliche und ehrsame Bürger und wollen in nichts hineingezogen werden.«

In Müller-Bergs Kopf rotierte es. Diese Begebenheit konnte erklären, warum so viele Haustüren vor ihm verschlossen geblieben waren. Vermutlich hatten die Leute gedacht, dass da wieder ein verdeckter Ermittler der Polizei herumging und blöde Fragen stellte.

Doch dann durchzuckte ihn plötzlich ein Gedanke. Was, wenn das gar keine Polizisten gewesen waren? Hatte vielleicht Eschhagen doch schon Privatdetektive auf den Fall angesetzt? In Müller-Berg begannen etliche Alarmglocken zu schrillen.

Dem Detektiv lagen noch viele Fragen auf der Zunge, die er Lehmann gerne gestellt hätte. Doch ihm war klar, dass er langsam vorsichtig sein musste. Das Gespräch hatte längst Dimensionen angenommen, die über normales neugieriges Interesse weit hinausgingen. Vielleicht würde er bei anderer Gelegenheit noch einmal die Chance haben, dem »väterlichen Freund« weitere Fragen zu stellen. Möglicherweise konnte sich auch einer der anderen Detektive unter irgendeinem Vorwand an diesen redseligen Nachbarn heranmachen. Das konnte aber nur funktionieren, wenn Müller-Berg jetzt die Kurve bekam, weg von dem heiklen Thema und Lehmann nicht misstrauisch wurde.

Der Dicke warf daher einen kurzen Blick auf seine Uhr. Dann sagte er in erschrockenem Ton: »Was, schon so spät? Es wird wirklich langsam Zeit für mich, mit der Sammlung weiterzumachen. Schließlich muss ich ja meinen eigenen Bezirk auch noch abklappern. Haben Sie herzlichen Dank für den freundlichen Empfang. Das tat gut nach all den verschlossenen Türen.«

Lehmann winkte ab. »Ach was, es macht mir doch selber Spaß, mich zu unterhalten. Zumal jetzt, wo die Corinna eben nicht mehr da ist. Aber warten Sie mal, ich möchte Ihnen was mitgeben, damit Sie nicht ganz umsonst in unser Haus gekommen sind.«

Mit diesen Worten stand der Alte auf und verließ das Zimmer. Müller-Berg hörte, wie er sich im Nebenraum an einer Kommode zu schaffen machte. Papier raschelte.

Der Detektiv war sich sicher, dass Lehmann einen kleinen

Geldbetrag für die Sammlung in einen Briefumschlag steckte. So hatte er es schon mehrere Male an diesem Morgen erlebt. Die Leute hatten offenbar ein Problem damit, offen eine Spende zu übergeben, und verhüllten sie darum mit einem Umschlag. Sei es, weil sie sich für ihre geringe Gabe schämten, sei es, weil sie bei einer größeren Summe nicht als Angeber dastehen wollten.

Müller-Berg dachte fieberhaft nach. Die kurze Abwesenheit des Hausherrn gab ihm Gelegenheit, über einen möglichst effektiven Abgang nachzudenken. Als Lehmann mit einem zufriedenen Lächeln wieder ins Zimmer trat und tatsächlich dem Detektiv einen Brief in die Hand drückte, hatte Müller-Berg sich etwas überlegt.

Er stand auf, nahm den Umschlag entgegen, bedankte sich herzlich und schüttelte dem Alten freundlich die Hand. Doch als er sich dann bereits zum Gehen gewandt hatte, drehte er sich ganz nach der Art von Inspektor Columbo noch einmal kurz um.

»Ich muss unbedingt Frau Maier erzählen, dass Frau Aschhauser verstorben ist«, meinte er beiläufig. »Nicht, dass bei der nächsten Sammlung wieder jemand kommt und sie um einen Beitrag bitten will.«

Wie von Müller-Berg erhofft, sprang Lehmann nochmals auf das Thema an. Er meinte: »Das dürfte wohl kaum notwendig sein. In Ihrer Kirchengemeinde wird sich das bald rumsprechen, zumal ja Corinna auch was für die Kirchengemeinde gemacht hat. Aber warten Sie mal, da fällt mir etwas ein.«

Müller-Berg schaute ihn erwartungsvoll an. Dann sagte Lehmann: »Corinna hat vor kurzem erst mit mir über diese Sammlung gesprochen. Sie meinte, dass sie oben bei ihrer Tante einen Umschlag für die Sammlung hinterlegen wollte, weil sie eben selten zu Hause war. Vielleicht sollten Sie oben mal nachfragen, ob sie das wirklich gemacht hat. Ich meine, es wäre bestimmt ganz in Corinnas Sinn, dass das Geld noch seinen Empfänger erreicht, auch wenn sie nicht mehr unter uns weilt.«

Müller-Berg bemühte sich, sich seine Freude darüber nicht anmerken zu lassen, dass er nun einen Vorwand für eine Kontaktaufnahme mit der Tante gefunden hatte. Bedächtig wiegte er seinen Kopf. »Na, ich weiß nicht. Ob das wohl viel Sinn macht, nochmal oben zu klingeln? Vorhin hat doch keiner aufgemacht!«

»Da war ja auch Papa Lehmann noch nicht mit dabei«, meinte der Alte jovial. »Wenn sie mich sieht, dann macht sie bestimmt auf. Auch wenn sie sonst ein sehr vorsichtiger Mensch ist. Kommen Sie, wir gehen mal hoch.«

Lehmann nahm einen Schlüssel vom Schlüsselbrett, das neben der Wohnungstür hing, und ging voraus ins Treppenhaus. Müller-Berg folgte ihm. In Gedanken legte er bereits fest, was er gleich im Gespräch mit der Tante sagen wollte.

Auf ihrem Weg nach oben begegneten sie einer älteren Frau, die mit einer Einkaufstasche unterwegs war. Sie lächelte freundlich, als sie Lehmann sah, aber ihr Blick erstarrte, als er auf Müller-Berg fiel.

»Morgen, Margret!«, rief Lehmann fröhlich. Sie erwiderte den Gruß kaum und war offensichtlich bemüht, schnell an dem Detektiv vorbeizukommen. Als sie nach unten verschwunden war, wandte sich Müller-Berg an Lehmann. »Sehe ich so erschreckend aus?«, wollte er wissen.

»Das dürfen Sie nicht persönlich nehmen«, versicherte Lehmann. »Margret ist ein wenig sonderbar geworden, seit ihr Mann letztes Jahr gestorben ist. Da ist sie übrigens auch hier ausgezogen. Sie hat gesagt, dass sie es nicht mehr in der Wohnung aushält, wo alles sie an ihren Walter erinnert. Jetzt wohnt sie zwei Straßen weiter. Aber manchmal kommt sie noch vorbei und macht Besuche im Haus.«

Lehmann verstummte schwer atmend, denn der Aufstieg im Treppenhaus war an diesem warmen Morgen eine kräftezehrende Sache. Doch schließlich waren sie im obersten Stockwerk angekommen.

Der Alte wandte sich nach links, wo auf dem Türschild zu

lesen war: »Renate Fischer«. Er klingelte. Doch in der Wohnung regte sich nichts.

Auch ein nochmaliges Klingeln hatte keinen Erfolg. Dann rief Lehmann mit halblauter Stimme: »Mach auf, Renate, ich bin es, der Erich!«

Erneut erfolgte keine Reaktion. Lehmann trat einen Schritt zurück und musterte erstaunt die Wohnungstür. »Merkwürdig, ich müsste es doch gesehen haben, wenn sie weggegangen wäre«, murmelte er. Dann trat er an die Tür heran und klopfte erst leise, dann heftiger.

Als sein Klopfen eine gewisse Stärke erreicht hatte, sodass Müller-Berg schon befürchtete, die anderen Hausbewohner könnten aufgeschreckt werden, zeigte sich ein unerwarteter Erfolg. Die Wohnungstür schwang ein Stück auf. Offenbar war sie, entgegen dem ersten Augenschein, nicht fest verschlossen gewesen.

Lehmanns Gesichtsausdruck wurde immer verwunderter. Langsam drückte er gegen die Tür, bis sie ganz offen stand. Erneut rief er, aber wieder war nichts zu hören.

Einen Moment lang schien er mit sich selbst zu ringen. Dann ging er in die Wohnung hinein. Müller-Berg folgte ihm zögernd.

Mit einem mulmigen Gefühl und fast auf Zehenspitzen liefen die beiden durch den Flur. Müller-Berg merkte schnell, dass der Grundriss genau der gleiche war wie in Lehmanns Wohnung. Aber er überließ es dem Alten, eine Zimmertür nach der anderen zu öffnen und hineinzuschauen und immer wieder nach Frau Fischer zu rufen. Sollte die alte Dame nur irgendwo eingedöst sein, würde sie wohl weniger erschrecken bei einem vertrauten Gesicht oder einer bekannten Stimme.

Schließlich hatten sie die Tür zum Wohnzimmer erreicht. Sie war geschlossen, wie alle anderen Türen in dieser Wohnung. Sie quietschte etwas, als Lehmann sie langsam öffnete. Im nächsten Moment trat der Alte so abrupt zurück, dass er gegen den Detektiv prallte. Danach sank er langsam zu Boden, sichtbar von einem Schwächeanfall erfasst.

Müller-Berg versuchte noch, den alten Mann aufzufangen, als auch sein Blick in das Wohnzimmer hineinfiel. Und es fehlte nicht viel und auch er wäre neben Lehmann zu Boden gegangen. Wie ein Hammer hatte ihn der Anblick getroffen.

Minutenlang rührte sich keiner der beiden. Dann begann sich Lehmann langsam aufzurappeln. Als er, noch sehr wacklig, wieder auf den Beinen stand, wankte er auf das Telefon zu, das sich im Flur befand.

Da erwachte auch Müller-Berg aus seiner Erstarrung. Mühsam fand er seine Stimme wieder, obwohl seine Kehle wie ausgedörrt war. Mit gepresster Stimme krächzte er: »Bitte nicht hier drin, Herr Lehmann! Wir dürfen keine Spuren oder Fingerabdrücke verwischen!«

Im Nachhinein wunderte sich Müller-Berg selbst, dass der alte Mann für diese Worte in so einer Lage empfänglich gewesen war. Aber offenbar hatten die vielen Kriminalsendungen bei ihm einen tiefen Eindruck hinterlassen, den auch dieser Schock nicht verwischen konnte. Er schien sofort einzusehen, dass Müller-Berg Recht hatte, und ging wie in Trance zur Wohnungstür, um hinunter zu seiner eigenen Wohnung zu laufen.

Als er draußen war, kam auch wieder Leben in den Dicken. Er zog einen Gegenstand aus der Tasche und machte sich erst langsam, doch dann immer sicherer an die Arbeit.

Das Wiedersehen

Während Rainer Müller-Berg unterwegs war, um Geld für den edlen Zweck der Diakonie zu sammeln, saß Klaus Weixler im Hobbykeller und schaute sinnierend auf die Wand mit den Karten und Fotos, während er immer wieder aus seiner Cappuccino-Tasse nippte. Er versuchte, sich in Ralf Steiner und Corinna Aschhauser hineinzuversetzen. Ständig ging er in Gedanken die noch spärlichen Informationen über ihre letzten Lebensstunden durch. Was mochte die junge Frau wohl gefühlt haben, als sie aus dem Schlaf hochgeschreckt war und die starren Augen der Schlange direkt vor sich gesehen hatte ...

Als er in seinen Überlegungen schon so weit war, dass er beinahe das Zischen der Schlange an seinem Ohr hörte, störte ein anderes Geräusch seinen Gedankenfluss. Widerwillig drehte Weixler sich um. Er sah Gisbert vor sich, der es sich gerade auf einem der Sessel bequem machte.

»Ich hätte dich nicht so früh erwartet!«, bemerkte Weixler überrascht. »Wie war es denn in der Höhle des Löwen?«

Gisbert schaute eine Weile vor sich hin, bevor er antwortete. Weixler fragte sich, was seinem Freund durch den Kopf ging. Doch schließlich begann Gisbert zu erzählen.

»Also, ich komme heute Morgen so gegen halb acht Uhr im Verwaltungsgebäude von diesem Eschhagen an. Das heißt, um genau zu sein, ich kam *vor* dem Gebäude an. Denn da saß so ein Gorilla an der Pforte, der mich unbedingt nicht durchlassen wollte. Schließlich hatte ich ihn so weit, dass er wenigstens seinen obersten Boss an die Pforte rief. Dem konnte ich dann verklickern, wer ich bin und was ich bei ihm wollte.«

»Moment mal«, unterbrach ihn Weixler. »Hatten wir nicht

gestern vereinbart, dass du vorher anrufen und dich anmelden würdest?«

»Das halte ich mit einem Politiker: Was geht mich mein dummes Geschwätz von gestern an«, sagte Gisbert großzügig. »Heute Morgen bei meinem Frühstücksei kam mir die Erleuchtung, dass es wohl besser wäre, den Knaben zu überraschen. Ich wollte verhindern, dass er noch schnell irgendwelche Hinweise verschwinden lässt oder seinen Leuten einflüstert, was sie mir erzählen dürfen und was nicht. Und ich fand diese Idee so genial, dass ich keine Lust hatte, sie mir von euch beiden kaputtreden zu lassen.«

Weixler schaute seinen alten Freund strafend an. Doch Gisbert fuhr ungerührt fort: »Der alte Eschhagen war auch nicht sehr erbaut davon, dass ich da so mir nichts dir nichts aufgekreuzt bin. Aber ich habe ihm klar gemacht, dass er mir freie Hand lassen muss, wenn er schon uns drei Detektiven den Mund wässrig macht mit seiner neuen angeblichen Spur. Sonst würde das sehr verdächtig wirken. Er kam gar nicht auf die Idee, zu überprüfen, ob ich wirklich zu dir gehöre. Offenbar reichte ihm die Tatsache, dass ich von der ganzen Sache wusste. Und nach fünf Minuten ließ er mich rein und händigte mir so einen speziellen Besucherausweis aus mit handschriftlichem Vermerk von ihm, der mir freien Zutritt zu allen Räumen der Firma gab. Dann rauschte er wieder ab. Und ich muss zugeben, dass ich dem Gorilla noch die Zunge rausgestreckt habe. Natürlich nur von hinten, ohne dass er es merken konnte.«

»Sehr christlich!«, warf Weixler ein.

»Man ist halt auch Mensch«, erwiderte Gisbert. »Jedenfalls gehe ich nach einigem Durchfragen zu dem Zimmer, wo der verblichene Ralf Steiner so segensreich für die Firma des alten Eschhagens gewirkt hatte. Im Vorzimmer saß so eine Tippse rum ...«

»Sag bitte Sekretärin«, bat ihn Weixler.

»Meinetwegen. Jedenfalls habe ich mich kräftig über die Dame geärgert. Sie stand dem Gorilla an der Pforte in nichts nach. Sprich, sie wollte mich ebenfalls nicht durchlassen in das Büro ihres geliebten Chefs Steiner, auch wenn der umständehalber gerade nicht da war. Auch der Sonderausweis vom Allerhöchsten hat sie keinen Strich beeindruckt. Ich habe mir ihr Telefon gegriffen, trotz ihres wütenden Gekeifes, und habe so lange herumgemacht, bis ich schließlich Seine Majestät am Apparat hatte. Der hat ihr dann ein paar Takte gesagt, und von da an war sie friedlich wie ein Lamm.«

»Es kommt eben alles auf die richtigen Beziehungen an«, meinte Weixler.

»Welch Wort aus deinem Munde, Kumpel. Ich gehe also an ihr vorbei ins Heiligtum hinein. Und wenn man davon ausgeht, dass so ein Büro ein Spiegelbild ist von dem Menschen, der darin arbeitet – dann war dieser Steiner ein richtiger Pedant. Einer von denen, wo jeder Bleistift unbedingt an der richtigen Stelle liegen und gemäß der Vorschriften gespitzt sein muss.«

Weixler dachte kurz daran, dass er sich selber schon ein derartiges Bild von Steiner gemacht hatte.

»Ich habe dann eine Weile im Zimmer herumgeschnüffelt, ohne genau zu wissen, was ich eigentlich suchte. Zwischendurch hat die, äh, Sekretärin ein paar Mal ihren Kopf durch die Tür gestreckt, aber ich habe sie einfach ignoriert. Und schließlich fand ich, in einer der Schubladen ganz unten, den Terminkalender von Steiner. Moment mal, Gisbert, denke ich mir, liegt so ein Teil nicht normalerweise oben auf dem Schreibtisch? Vor allen Dingen bei einem Menschen, der es anscheinend so genau genommen hat? Da stimmt was nicht, denke ich mir so.«

Weixler nickte kurz. Dann warf er ein: »Obwohl, wenn ich es richtig bedenke: Wenn da einer etwas zu verbergen hat, dann hätte er vermutlich den Kalender gleich ganz verschwinden lassen.«

»Auf den Gedanken bin ich auch bekommen«, bestätigte Gisbert. »Aber das konnte niemand riskieren. Man hätte ja sonst bei einer Überprüfung erklären müssen, wo der Kalender abgeblieben ist. Das hätte erst recht Verdacht auf sich gezogen.

Nein, es war wohl nur ein kleines Ablenkungsmanöver. Wenn das Gerät nicht auf dem Tisch liegt, kommt man vielleicht nicht auf die Idee, danach zu suchen und hineinzuschauen.«

Weixler war nicht völlig davon überzeugt, ließ aber seinen Freund weitererzählen.

»Ich habe dann jedenfalls eine Weile darin geblättert. Aber so richtig schlau wurde ich nicht daraus. Doch dann dachte ich mir: Wozu haben wir im Hauptquartier zwei studierte Köpfe auf Beinen, die so viel klüger sind als ich? Also will ich mir den Kalender gerade in die Tasche stopfen, als die Dame wieder mal einen schmachtenden Blick durch den Türspalt auf mich werfen wollte. Und als sie sah, was ich da machte, war es vorbei mit dem friedlichen Lamm. Sie bekam einen richtig hysterischen Schreikrampf. Das dürfe ich auf gar keinen Fall machen, davon habe Herr Eschhagen nichts erzählt, und sie brauche den Kalender unbedingt, um die restlichen Akten ihres Chefs aufzuarbeiten. Ich dachte mir, wenn ich jetzt nicht nachgebe, dann brüllt die mir das ganze Haus zusammen. Und da kam mir wieder eine Erleuchtung. Durch den geöffneten Türspalt sah ich im Zimmer von dieser Dame einen Kopierer stehen. Und obwohl sie auch damit gar nicht einverstanden war, habe ich mir den Kalender einfach komplett kopiert und ihn ihr danach mit meinem strahlendsten Lächeln zurückgegeben.«

»Und? Hat sie sich wenigstens dafür bedankt?«, wollte Weixler grinsend wissen.

»Keine Spur!«, brummte Gisbert. »Die schaute mich eher so an, als ob sie gleich ihren großen Bruder zu Hilfe holen würde, wenn ich sie nicht in Ruhe lasse. Und weil ich mich nicht gern verprügeln lasse, habe ich mich halt wieder in Steiners Arbeitszimmer verzogen. Neben dem Terminkalender hat mich noch etwas anderes interessiert. Da stand nämlich so ein netter kleiner PC herum. Nicht unbedingt das neueste und beste Modell – wenn bei Eschhagen selbst der Prokurist nichts Besseres zu bieten hat, müsste ich unbedingt mal meinem Chef vorschlagen, denen ein gutes Angebot zu machen für eine neue Ausstattung.

Aber immerhin scheinen die schon weit genug zu sein, um ihr System mit Passwörtern zu sichern. Und obwohl ich mich ja recht gut auskenne, habe ich es auf die Schnelle nicht knacken können. Und der Vorzimmerdrachen hat nicht im Traum daran gedacht, mir dieses Passwort zu verraten, obwohl ich ihr wirklich schöne Augen gemacht habe. Sie hat einfach behauptet, es nicht zu kennen. Jeder leitende Mitarbeiter habe ein persönliches Passwort, das er niemandem sonst in der Firma verraten würde. Ich bräuchte also nicht wieder gleich zum Telefonhörer zu greifen und bei Eschhagen zu petzen, der wisse es auch nicht. Ich habe mir überlegt, ob ich noch Stunk machen sollte, aber dann dachte ich mir, ach, was solls. Der Kalender reicht vorläufig als Beute.«

»Das war richtig von dir«, bestätigte Weixler. »Wer weiß, ob wir diese Dame nicht noch dringend brauchen können bei unseren Recherchen. So, wie du sie mir beschreibst, dürfte sie an ihrem Chef gehangen haben. Das heißt, ihr dürfte vielleicht etwas daran liegen, den Mord an ihm aufgeklärt zu wissen. Da ist es ganz gut, dass du sie nicht vollends auf 180 gebracht hast.«

»Danke für die Blumen«, erwiderte Gisbert. »Jedenfalls bin ich von dort aus schnurstracks weitergegangen zur Werbeabteilung. Dort habe ich ein bisschen gebraucht, bis ich das Büro von dieser Aschhauser gefunden habe. Es lag nicht so zentral und war nicht so pompös wie das von Steiner. Aber dafür hatte es einen unschätzbaren Vorteil.«

»Lass mich raten: kein Zerberus im Vorzimmer?«, mutmaßte Weixler.

»Richtig! Der Kandidat bekommt 100 Punkte und kann damit tun und lassen, was er will!«, meinte Gisbert. »Das Büro war zwar zugeschlossen. Aber nachdem ich den Leuten dort meinen Sonderausweis gezeigt hatte, haben sie bereitwillig die Pforten geöffnet. Und dann konnte ich mich ungestört im kleinen Reich der Verstorbenen umsehen.«

Gisbert griff sich einen Apfel aus einer Obstschale, die auf dem Tisch stand. Nachdenklich kauend fuhr er fort: »Wir suchen ja nach Gemeinsamkeiten von Steiner und Aschhauser. Irgendetwas, was die beiden so verbindet, dass sie beide zum Opfer dieses irren Mörders geworden sind. Aber was auch immer diese Gemeinsamkeit gewesen sein mag – ihr Ordnungssinn war es jedenfalls nicht. Während ja in Steiners Büro alles wie geleckt aussah, herrschte im Stall von Aschhauser das kreative Chaos. Überall lagen Zeichnungen herum, Konzepte, Fotos. Zwischendrin auch etliche Schokopapiere, offenbar hat sie bei der Arbeit gerne genascht. Jedenfalls habe ich versucht, irgendetwas aus diesen ganzen Sachen für unsere Untersuchungen zu entnehmen, aber ich habe absolut nichts gefunden, was interessant sein könnte.«

»Und wie hat es da mit einem Terminkalender oder etwas Ähnlichem ausgesehen?«, wollte der Pfarrer wissen.

»Fehlanzeige. Das hatte ich aber auch nicht anders erwartet. Denn als ich die Abteilung betreten habe, da habe ich dort an der Wand so ein riesiges Schwarzes Brett gesehen. Das war eine Art Terminplaner für die ganze Abteilung. Nebeneinander standen die Namen der Mitarbeiter, übrigens auch mit Foto. Und dann befanden sich die Termine und Aufgaben unten drunter, und gemeinsame Termine waren auf raffinierte Weise durch Querbalken miteinander verbunden. So hat jeder sofort gewusst, was der andere macht. Da hatte sie es offenbar nicht nötig, einen eigenen dienstlichen Terminkalender zu führen. Wie das mit ihren privaten Dates ausgesehen hat, kann ich natürlich nicht sagen. Da führen manche Frauen ja auch eher eine Kartei als einen Kalender. Jedenfalls habe ich in ihrem Büro nichts Spannendes gefunden. Das heißt, mit einer Ausnahme.«

»Lass hören!«, forderte Weixler ihn auf.

»Ich habe mich eine Weile auf ihren Schreibtischstuhl gesetzt. Und da fiel mein Blick auf die Fotos, die auf dem Schreibtisch standen. Ich hätte erwartet, dort das Bild von irgendeinem hübschen jungen Mann zu sehen. Obwohl ich ja immer sage: Wer schöner ist als ich, der ist geschminkt. Aber soll ich dir was sagen, Kumpel? Das war ein völliger Ausfall. Rate mal, was für eine Fotografie dort als einzige gestanden hat.«

»Vielleicht eine von ihren Eltern?«, spekulierte Weixler.

»Falsch geraten. Oder höchstens im biblischen Sinn, wo doch auch irgendwo Johannes der Täufer die Leute als Schlangenbrut beschimpft. Denn auf dem Foto waren nur zwei Schlangen zu sehen. Ich schätze mal, dass dies die beiden Würgeschlangen sind, von denen Großmann erzählt hat. Aber was sagt uns das alles?«

Weixler wusste sofort, was Gisbert meinte. »Aschhauser hatte offenbar keinen festen Freund«, sagte er unter dem beifälligen Nicken von Gisbert.

»Und das schließt eine neue Lücke bei unseren Informationen«, fuhr Weixler fort. »Anders als du habe ich mich an unsere Vereinbarungen gehalten und habe deshalb heute Morgen versucht, etwas über die familiären Verhältnisse der beiden Toten herauszufinden. Steiner war verheiratet, hatte aber keine Kinder. Bei Aschhauser hatte aber auch Großmann keine Ahnung, ob sie liiert war oder nicht.«

»Hey, da ist eine Ehefrau da?«, freute sich Gisbert. »Ich habe das dringende Gefühl, dass wir heute noch jemanden für ein Schwätzchen besuchen sollten!«

»Das ist eine gute Idee, aber es geht leider nicht«, bedauerte Weixler. »Frau Steiner hat einen bösen Nervenzusammenbruch erlitten, als sie die Nachricht vom Tod ihres Mannes erhalten hat. Sie wurde in die Psychiatrie hier im Kreiskrankenhaus eingeliefert und liegt dort in der geschlossenen Abteilung. Die Ärzte haben ihr absolute Ruhe verordnet. Deshalb wird es auch mit Steiners Beerdigung noch eine Weile dauern, denn der Termin soll erst angesetzt werden, wenn seine Frau dazu wieder in der Lage sein wird.«

Gisbert nickte. »Und wie sieht es mit sonstigen Verwandten aus? Eltern, Geschwister oder Ähnliches? Oder hatte er mit denen genauso gebrochen wie meine Verwandtschaft mit mir?«

»Geschwister hat er keine gehabt. Übrigens ebenso wenig wie Corinna Aschhauser, sie waren beide Einzelkinder. Und seine Eltern leben nicht mehr in Deutschland. Sie haben sich schon vor einigen Jahren in eine Seniorenresidenz auf Mallorca eingekauft. Nach Angaben vom Dekan werden sie erst zur Beerdigung nach Deutschland kommen.«

»Haben wir da bei Aschhauser mehr Glück?«, erkundigte sich Gisbert.

»Sieht nicht so aus. Ihre Mutter ist tot. Und der Vater ist schwer herzkrank und lebt irgendwo oben in der Gegend von Berlin. Man hat sich noch gar nicht getraut, ihm die böse Nachricht zu überbringen, aus Angst, dass er diese Aufregung nicht vertragen könnte. Die einzige Verwandte, die für uns greifbar wäre, ist ihre Tante. Die Dame, mit der Großmann das Trauergespräch geführt hat. Eine Schwester ihrer Mutter. Sie lebt übrigens im gleichen Haus wie Corinna Aschhauser. Aber jetzt wissen wir durch dich wenigstens, dass offensichtlich auch kein Freund da war in ihrem Leben.«

»Wobei wir aber eine Beziehungstat trotzdem nicht ausschließen dürfen«, ergänzte Gisbert. »Es könnte ja auch ein verschmähter Liebhaber gewesen sein oder einer, den sie früher gehabt hatte und zwischenzeitlich abserviert hat. Das würde auch erklären, warum sich der Mörder offenbar bei ihr zu Hause ausgekannt hat. Und ich weiß ja aus eigener Erfahrung, wie große Wunden es schlagen kann, wenn man von einer Frau auf den Müll geworfen wird.«

Weixler blickte überrascht hoch. Er wusste, dass Gisbert früher einmal verheiratet gewesen war und dass seine Frau ihn verlassen hatte, nachdem der gemeinsame Sohn Jürgen an Leukämie gestorben und Gisbert danach zum Alkoholiker geworden war. Aber Gisbert sprach fast nie darüber. Weixler hatte geglaubt, dass Gisbert mittlerweile mit seiner Vergangenheit Frieden geschlossen hatte. Doch diese unerwartete Bemerkung machte dem Pfarrer klar, dass irgendetwas die alte Wunde in seinem Freund wieder aufgerissen hatte.

Gisbert kaute auf dem Rest seines Apfels herum. Sein Gesichtsausdruck war leer. Es dauerte einige Minuten, bis er den Faden wieder aufnahm.

»Nun, mehr gibt es über das Zimmer von Aschhauser nicht zu sagen. Ich bin also wieder raus und habe mich herzlich bei den Leuten bedankt, die mir aufgeschlossen hatten. Wir quatschten noch eine Weile miteinander. Und mir kam es so vor, als ob sie wirklich um Aschhauser trauern würden. Und das nicht nur, weil die Abteilung jetzt ohne sie in ziemlichen Schwulitäten steckt. Nein, sie scheint einfach beliebt gewesen zu sein.«

Wieder stoppte die Unterhaltung für eine Weile. Gisbert war erkennbar mit sich selbst beschäftigt. Weixler holte sich auch einen Apfel und wartete geduldig, bis sein Freund weiterreden würde.

»Ich habe dann schließlich bei Eschhagen angerufen und ihm Bescheid gesagt, dass ich für heute fertig wäre und wieder gehen würde. Doch er bat mich, noch einen Moment zu bleiben, er wolle mit mir noch einen Rundgang durch die Firma machen. Nur, damit ich einen besseren Gesamteindruck bekäme. Ich konnte ja nicht ahnen, Kumpel, was für ein Fehler das sein würde.«

»Warum denn? Hat er sich so schlecht benommen?« Weixler wusste genau, dass Eschhagen nicht das Problem sein konnte. Es war auch mehr ein Versuch, Gisbert etwas aus der Reserve zu locken.

»Ach was. Der doch nicht. Das ist doch ein richtiger Spießer, mit allen Vorzügen und Nachteilen. Unter anderem eben auch immer so geschäftsmäßig höflich. Er hat mich wirklich gut betreut. Mir seine Produktion gezeigt, soweit sie in diesem Stammwerk läuft, wenn auch natürlich nur im Schnelldurchlauf und in den Grundzügen. Am Ende wollte er mir wohl noch unbedingt beweisen, wie sozial er mit seinen Mitarbeitern umgeht. Denn er hat mich in die Kantine mitgenommen, um mir dort unten noch einen kleinen Imbiss zu spendieren. Aber man hat ihm angemerkt, dass es ihm nur darum ging, mir seine großzügige Futterstelle vor Augen zu führen. Und das hätte er besser bleiben lassen sollen.«

Weixler schaute seinen Freund fest an. Dann meinte er: »Gisbert, ich möchte dich zu nichts zwingen. Aber wenn du dauernd gackerst, dann musst du irgendwann auch legen.«

Gisbert schien erst noch unentschlossen zu sein, aber dann hatte er sich offensichtlich durchgerungen. Mit etwas verhärtetem Gesichtsausdruck fuhr er fort: »Die Kantine war echt edel. Aber weniger edel waren die Damen, die dort drin gearbeitet haben. Das heißt, ich will den anderen ja nicht Unrecht tun. Es geht mir um die eine spezielle Frau, die mir meinen Vesperteller gereicht hat.«

Weixler dachte kurz nach, dann kam ihm die Erleuchtung. »Du willst mir doch nicht etwa sagen, dass es Andrea gewesen ist, die dort bedient hat?«

»Ich wünschte mir, es wäre nicht so«, seufzte Gisbert. »Aber leider war sie es wirklich. Meine verehrte Frau Ex-Gemahlin.«

Jetzt konnte Weixler Tränen in den Augen seines Freundes sehen. Er legte Gisbert kurz den Arm um die Schulter und ließ ihn dann wieder los.

»Danke, Klaus«, sagte Gisbert. Und schon allein die Tatsache, dass er Weixler mit seinem richtigen Vornamen anredete, zeigte dem Pfarrer, was im Inneren von Gisbert vorgehen musste. Gisbert angelte sich ein Taschentuch aus seiner Hosentasche, putzte umständlich seine Nase und schaute Weixler danach wieder an.

»Ich hatte Andrea schon lange nicht mehr gesehen. Als ich noch als Penner in Lohrbeuren gelebt habe, da konnte ich ihr hervorragend aus dem Weg gehen. Ich wusste ja genau, in welchen Geschäften sie normalerweise einkaufte, in welchen Kneipen sie verkehrte und welche Art von Veranstaltungen sie gewöhnlich besuchte. Deshalb habe ich sie nur gelegentlich mal im Auto oder aus der Ferne erblickt und habe mich dann immer schleunigst vom Acker gemacht. Und als ich dann zu dir gezogen war, da konnte ich sie endgültig verdrängen. Aber jetzt ... als sie so plötzlich vor mir gestanden hat ... das war wie ein Schlag mit dem Hammer ins Genick.«

»Das kann ich mir vorstellen«, entfuhr es Weixler. Im nächsten Augenblick hätte er sich ohrfeigen können für diese Bemerkung. Gisbert reagierte auch sofort darauf.

»Nein, das kannst du dir nicht vorstellen. Du hast ja zum Glück noch nicht so eine Scheiße durchmachen müssen wie ich. Andrea ist wie eine große offene Wunde in mir. Und ich merke jetzt, dass ich vor meiner Vergangenheit nicht davonlaufen kann. Ich werde mich damit auseinander setzen müssen. Zumal ...«

Er schaute Weixler prüfend an. »In meinem Heimatort ist ja alles streng katholisch. Dort ist eine Scheidung so ziemlich das Schlimmste, was dir passieren kann. Es kommt gleich nach Mord. Das war mir ziemlich egal. Ich konnte ja damals mit dem Glauben kaum etwas anfangen. Aber jetzt habe ich Jesus gefunden in meinem Leben und deshalb kann ich auch mit dieser Sache nicht an ihm vorbeigehen. Darum sage mir bitte ehrlich, Klaus: Was sagt Jesus über Ehescheidung?«

Weixler atmete tief durch. So ein heikles Thema und das völlig unvorbereitet, während seine Gedanken noch halb bei der Suche nach dem Mörder waren ... Aber er konnte seinen Freund unmöglich vertrösten. Wenn Gisbert das Gefühl hatte, sich seiner Vergangenheit stellen zu müssen, dann hatte er ein Recht darauf, dass sich sein Freund auch diesem schwierigen Thema stellen und nicht wie die Katze um den heißen Brei schleichen würde. Weixler dachte kurz nach und dann begann er vorsichtig zu sprechen.

»Es gibt da so eine Geschichte, dass einige Leute zu Jesus gekommen sind und ihn gefragt haben, ob ein Mann seine Frau aus der Ehe entlassen darf. Wobei man das nicht mit der heutigen Scheidung verwechseln sollte, wo die Frauen häufig die Hälfte des Vermögens bekommen und meist einen großzügigen Unterhalt. Wenn damals ein Mann seine Frau rausgeworfen hat, dann stand sie vor dem Nichts. Sie konnte nur darauf hoffen, dass die eigene Familie sie wieder aufnehmen würde.«

»Und so was war erlaubt?«, hakte sich Gisbert ein. »Hast du mir nicht immer erzählt, dass die Bibel so sozial denkt? Ich zahle ja auch keinen Unterhalt für Andrea, aber das ist was anderes. Ihre Sippschaft hat eine Menge Knete an den Füßen, während ich kaum was verdiene.«

»Im Alten Testament wird nicht viel über Scheidung gesagt«, erklärte Weixler. »Es gibt da nur so eine Bestimmung im 5. Buch Mose, wo es heißt: Wenn ein Mann etwas Schändliches an seiner Frau findet und sie deshalb aus der Ehe entlässt, dann soll er ihr einen ordentlichen Scheidebrief ausstellen, also eine Bescheinigung, dass sie nicht mehr seine Ehefrau ist und deshalb jeden anderen heiraten darf. Und zur Zeit von Jesus haben die Juden hart darüber diskutiert, was wohl mit diesem Wort ›schändlich‹ gemeint sein könnte. Eine strenge Schule hat gesagt: Hier ist nur der Ehebruch gemeint. Der Ehebruch ist der einzige Grund, wegen dem ein Mann seine Frau in die Wüste schicken darf. Aber ein anderer und ebenso angesehener Lehrer meinte: Hier ist alles gemeint, was den Mann an seiner Frau stört. Und dafür reicht beispielsweise ein angebranntes Mittagessen.«

Gisbert prustete los. »Wenn das der Maßstab ist, dann wäre meine Ehe mit Andrea schon viel früher zu Ende gewesen! Sie hatte sicher auch manche Qualitäten, aber das Kochen gehörte jedenfalls nicht dazu. Es war übrigens einer der Gründe dafür, warum ich mich dem Kochteam angeschlossen habe, das im Sportheim die Gäste bewirtet hat. Ich musste unbedingt lernen, mir selber was zu brutzeln, um nicht zu verhungern.«

»Siehst du, alles hat eben auch seine guten Seiten«, meinte Weixler. »Wenn das nicht so gelaufen wäre, dann könntest du heute nicht so wunderbare Sachen auf den Tisch zaubern in unserem Junggesellenhaushalt. Wie dem auch sei: Es war jedenfalls der Hintergrund für die Frage der Leute an Jesus. Sie wollten wissen, auf welcher Seite Jesus stand.«

»Und? Was meinte er dazu?«, erkundigte sich Gisbert. »Muss man erst die Hörner aufgesetzt bekommen oder darf man sie schon früher loswerden?«

»Weder – noch. Jesus hat die Leute völlig überrascht. Er hat ihnen nämlich klar gemacht: Hey, Leute, ihr seid auf dem falschen Dampfer. Ihr sucht nach Gründen, warum ihr eure Frau mit gutem Gewissen vor die Tür setzen dürft. Aber das läuft so nicht. Wir dürfen nicht vergessen, dass Gott Mann und Frau füreinander geschaffen hat. Als völlige Einheit, sie sollen eins werden mit Leib und Seele. Deshalb kann es in Gottes Augen niemals richtig sein, wenn eine Ehe zerbricht.«

»Das kapiere ich jetzt aber nicht«, brummte Gisbert. »Warum lässt dann Gott so was in die Bibel reinschreiben mit diesem Schändlichen und dem Scheidebrief, wenn er das gar nicht ernst gemeint hat?«

»Genau das haben die Leute Jesus auch gefragt«, meinte Weixler. »Und da hat Jesus ihnen erklärt: Nur weil ihr in eurem Herzen so verhärtet seid, hat Gott diese Regelung eingeführt. Also: Wenn ihr schon eure Frauen wegschickt und das gar nicht lassen könnt, dann macht das wenigstens geordnet mit einer formellen Urkunde, damit sie was in der Hand hat. Aber richtig ist die Scheidung darum noch lange nicht. Gott hat bei der Schöpfung etwas anderes für den Menschen vorgesehen. Eine lebenslange Gemeinschaft, mit Leib und Seele.«

Gisbert trommelte mit seinen Fingern auf die Lehne des Sessels. Man konnte ihm ansehen, dass er scharf nachdachte. Schließlich sagte er: »Also muss man, wenn es nach unserem obersten Boss geht, ein Leben lang zusammenbleiben? Selbst dann, wenn jeden Tag die Tassen fliegen?«

»Darüber streiten sich die Christen nun schon seit fast 2000 Jahren«, erwiderte der Pfarrer nachdenklich. »Es gibt eine strenge Richtung, die sagt: Wenn man einmal vor Gottes Altar geheiratet hat, dann darf der Tod der einzige Scheidungsrichter sein. Sprich: Die Ehe gilt so lange, bis einer von beiden stirbt. Darum dürfen sich Eheleute nicht voneinander trennen – und falls sie es doch tun, dann niemals eine neue Ehe eingehen, solange der bisherige Ehepartner noch lebt.«

»Das ist genau das, was mir der Pfarrer in Lohrbeuren auch gesagt hat«, meinte Gisbert etwas trotzig. »Als sich bei uns im Dorf herumgesprochen hat, dass Andrea weggegangen war, kam er bei mir vorbei. Und er hat dauernd was gefaselt vom Sakrament der Ehe und dass ich deshalb unbedingt versuchen müsse, mich zu bessern, damit meine Frau wieder zurückkommen könne. Ich habe ihn dann vor die Tür gesetzt und ihm empfohlen, doch mal mit Andrea zu reden. Schließlich ist sie gegangen, nicht ich. Ob er das gemacht hat, habe ich nie erfahren. Ist mir auch irgendwie egal. Der hat ja selber keine Frau, kann also nicht mitreden.«

»Ich bin ja auch nicht verheiratet, und trotzdem fragst du mich danach«, erinnerte Weixler ihn lächelnd.

»Das ist was anderes, Kumpel. Von dir lasse ich mir was sagen. Denn ich weiß, dass du es gut mit mir meinst. Aber bleiben wir bei der Sache! Du hast gesagt, dass sich unsere Schwestern und Brüder im Glauben darüber streiten. Wie denken denn die anderen darüber? Die nicht von lebenslänglich ausgehen?«

»Die andere Richtung ist auch sehr alt und wird auch von mir selbst vertreten. Ich denke, Jesus wollte uns Folgendes mit seinen Worten deutlich machen: Man hat niemals ein reines Gewissen, wenn eine Ehe scheitert. Beide Partner laden da eine große Schuld auf sich. Ich betone: beide. Denn es gibt keine Ehe, bei der nur einer von beiden Fehler macht. Und diese Schuld ist umso größer, wenn gemeinsame Kinder da sind.«

»Das war ja bei Andrea und mir nicht mehr der Fall«, warf Gisbert ein. Und Weixler konnte sehen, wie seinem Freund wieder Tränen in die Augen stiegen, als er an seinen verstorbenen kleinen Sohn dachte.

»Nein, das war bei euch beiden nicht mehr der Fall«, bestätigte Weixler mit sanfter Stimme. »Und trotzdem war es falsch von euch beiden, eure Ehe scheitern zu lassen. Ich rede jetzt nicht von der Trennung – die kann oft der einzige Ausweg sein, wenn, wie du so schön gesagt hast, bereits die Tassen fliegen. Die Schuld liegt bereits vorher, wenn man nicht genügend dafür tut, um die Ehe lebendig zu erhalten. Gerade auch in Krisenzeiten.« Gisbert schaute seinen alten Freund nur an und sagte nichts.

»Aber diese Gegenposition sagt eben auch«, fuhr Weixler fort, »dass die Schuld am Scheitern einer Ehe ebenso von Gott vergeben werden kann wie jede andere Schuld auch. Jesus ist für alles ans Kreuz gegangen, was wir Menschen anrichten – auch für unsere zerbrochenen Ehen. Und deshalb denke ich: Man muss zwar alles versuchen, um eine Ehe noch zu retten – aber wenn sie nicht mehr zu retten ist, dann kann eine saubere Trennung der letzte Ausweg sein. Jesus war nie dafür, dass Gesetzesvorschriften ohne Rücksicht auf Verluste durchgesetzt werden sollten. Aber auch bei einer Trennung hat das Ehepaar noch die Verpflichtung zu einem fairen Umgang miteinander, um auch die Wunden am anderen so klein wie nur möglich zu halten.«

Jetzt herrschte ein paar Minuten lang Schweigen im Raum. Gisbert war erkennbar dabei, das eben Gehörte zu verarbeiten. Und Weixler wusste, dass er nun den Mund halten musste.

Schließlich nickte Gisbert. »Danke, Kumpel. Das mag ich so an dir: Du willst mir helfen, ohne mir vorzuschreiben, für welchen Weg ich mich nun entscheiden soll. Da werde ich selbst unseren obersten Boss fragen, was diese Begegnung mit Andrea heute bedeuten soll. Was er mir damit sagen wollte.«

Wieder vergingen einige Minuten. Doch dann zerriss jäh das Läuten des Telefons ihre friedliche Stille. Beide blickten zum Computermonitor. Denn da die Telefonanlage vom PC aus gesteuert wurde, konnte man auf dem Monitor sehen, welche Telefonnummer der Anrufer hatte. Und beide erkannten auf den ersten Blick die Handynummer von Rainer Müller-Berg.

Stille Wasser sind tief

Langsam bog Weixlers Auto in die Augustinerstraße ein. Sie merkten gleich, dass ihr dritter Mann ihnen keine Schauermärchen erzählt hatte.

Man hätte glauben können, in ein Filmstudio hineingeraten zu sein, wo gerade ein Krimi gedreht wurde. Vor dem Haus, in dem Corinna Aschhauser gelebt hatte, standen mehrere Polizeifahrzeuge mit zuckendem Blaulicht. Beamte waren damit beschäftigt, eine Absperrungsmarkierung rund um das Haus zu ziehen. Ein Krankenwagen fuhr vom Haus weg und zwar sehr langsam. Offenbar musste er keinen Patienten transportieren. An seiner Stelle parkte ein Leichenwagen vor dem Haus ein.

Die beiden Detektive überlegten gerade, ob man ihnen wohl erlauben würde, das Haus zu betreten, als ihnen die Antwort darauf schon aus der Hand genommen wurde. Ein Polizist kam ihnen mitten auf der Straße entgegen. Sein Handzeichen forderte sie unmissverständlich dazu auf zu stoppen.

Weixler kurbelte das Seitenfenster herunter. Der Polizist trat auf sie zu.

»Was ist denn hier los?«, erkundigte sich der Pfarrer, obwohl er sich die Antwort darauf schon denken konnte.

»Hier findet gerade ein Polizeieinsatz statt«, antwortete der Beamte. »Ich muss Sie leider bitten, Ihr Fahrzeug zu wenden und einen anderen Weg zu wählen.«

»Das ist aber schade«, rief Gisbert dazwischen. »Wir haben nämlich einem Freund versprochen, ihn hier abzuholen.«

»Das wird leider nicht möglich sein«, bedauerte der Polizist. »Jedenfalls nicht in den nächsten Stunden.«

Weixler überlegte fieberhaft, was sie nun machen sollten. Der

Ordnungshüter wurde schon erkennbar ungeduldig, weil Weixler seiner Aufforderung noch nicht nachgekommen war. Doch dann sagte Gisbert plötzlich: »Spar dir die Mühe, Kumpel. Da vorne kommt der Dicke schon angetrabt.«

Weixler schaute in die Richtung, in die Gisberts Zeigefinger deutete. Und tatsächlich konnte man die beleibte Gestalt von Müller-Berg sehen, der winkend auf sie zurannte.

Schon mehrmals hatte sich der Pfarrer darüber gewundert, wie gut sein alter Freund trotz der Leibesfülle rennen konnte. Binnen weniger Sekunden hatte der Bibliothekar Weixlers Auto erreicht und ließ sich auf den Rücksitz fallen. »Fahr los!«, meinte er knapp.

Der Pfarrer reagierte sofort und setzte das Auto zurück, zumal der Polizist bereits Anstalten machte, seinen Notizblock aus der Tasche zu ziehen. Erst als sie bereits ein Stück gefahren waren, wandte sich Weixler an Müller-Berg.

»Darfst du denn so einfach abhauen? Musst du nicht noch mit aufs Revier, um deine Aussage zu machen?«

»Ja, das hatten sie eigentlich vor«, bestätigte Müller-Berg. »Aber dann bekamen sie offenbar Angst, dass die Achse ihres Streifenwagens meinen bescheidenen Bauchansatz nicht aushalten würde. Deshalb gingen sie auf meinen Vorschlag ein, meine Aussage gleich dort im Haus aufzunehmen und zwar im Wohnzimmer von Erich Lehmann. Ihn haben sie währenddessen in seiner Küche durch die Mangel gedreht. Du weißt ja, die Aussagen sollen unabhängig voneinander sein.«

Weixler nickte. »In Ordnung. Dann fahren wir jetzt mal zurück zu unserem Hauptquartier. Dort kannst du uns alle Details erzählen.«

»Gute Idee, aber vorher sollten wir noch einen Abstecher machen«, erwiderte Müller-Berg.

»Und wohin soll es gehen, wenn ich fragen darf? Vielleicht zu unserem Dekan, um ihm das mit der Fischer zu erzählen?«

»Zu dem auch. Aber erst mal bräuchten wir einen Fotoshop, wo sie Bilder in 24 Stunden entwickeln.«

»Warum das denn?«, kam nun von Gisbert. »Hast du etwa ein paar nette Erinnerungsbilder für unser Ferienalbum gemacht?«

Müller-Berg nickte. »Das konnte ich euch vorhin am Telefon nicht sagen. Da stand so ein Bulle nicht weit von mir entfernt, und ich wusste nicht, was er hört und was nicht. Und wenn die das gemerkt hätten, hätten die mir mit Sicherheit den Film sofort abgenommen. Schade nur, dass ich keine Digitalkamera dabeigehabt habe. Dann könnten wir uns die Bilder gleich anschauen. Aber wer rechnet schon mit so was? Also musste ich halt die kleine Pocketkamera nehmen, die ich immer in meiner Tasche habe, falls ich Aufnahmen von seltenen Büchern machen muss.«

Weixler pfiff leise durch die Zähne. »Eins auf, Rainer! So was nenne ich eine gute Reaktion.«

»Na, ich weiß nicht so recht«, ließ sich Gisbert vernehmen. »Schön und gut, dass du Bilder gemacht hast – aber was soll uns das bringen? Wie eine Leiche aussieht, weiß ich als langjähriger Totengräber selbst.«

»Aber was mit dieser Leiche gemacht worden ist – das hast du bestimmt noch nicht gesehen«, betonte Müller-Berg. »Egal, wer der Mörder ist – er hat jedenfalls kräftig einen an der Waffel.«

»Und was soll das Umwerfende sein, das uns so vom Hocker haut?«, wollte Gisbert wissen.

»Warte es nur ab! Um das erklären zu können, muss ich auch etwas aufmalen. Aber jetzt sollten wir erst mal sehen, dass wir den Film loswerden.«

»Bin schon auf dem Weg«, sagte Weixler. »Ich kenne da ein kleines Fotogeschäft im Nachbarort, das fest verspricht: Alle Filme, die man spätestens um 17 Uhr bringt, kann man am nächsten Morgen ab 11 Uhr wieder abholen.«

»Ausgezeichnet!«, lobte Müller-Berg. »Und die Fahrtzeit sollten wir für ein wichtiges Telefonat nutzen.«

»Geht in Ordnung. Du weißt ja, wie meine Freisprechanlage

funktioniert, damit wir alle mithören können«, erklärte der Pfarrer. »Wen willst du denn anrufen?«

»Einen gewissen Herrn Eschhagen«, meinte Müller-Berg. »Vermutlich hat er von diesem neuen Todesfall noch nichts erfahren. Und ich möchte einfach seine spontane Reaktion abwarten.«

»Ja, da bin ich auch gespannt drauf«, erwiderte Weixler. »Aber bevor du ihm möglichst schonend diese traurige Nachricht überbringst, sollten wir dich erst auf den neuesten Stand bringen, was Eschhagen betrifft. Gisbert, wenn ich dich bitten dürfte ...«

Gisbert ließ sich das nicht zweimal sagen. Kurz und bündig erklärte er dem Bibliothekar, was er an diesem Morgen in Eschhagens Firma erlebt hatte. Die Episode mit Andrea ließ er aber weg.

Müller-Berg hörte gespannt zu. Ein grimmiges Lächeln ging über sein Gesicht. Dann holte er das Telefonbuch heraus, das immer in Weixlers Handschuhfach lag, blätterte kurz darin und wählte danach eine Nummer. Als sich die Zentrale der Firma Eschhagen meldete, ließ er sich mit dem Chef verbinden.

Schließlich hörte man die wohlklingende Stimme des Firmeninhabers aus dem Lautsprecher der Freisprechanlage. »Guten Tag, hier Julius Eschhagen. Mit wem habe ich das Vergnügen?«

»Grüß Gott, hier Rainer Müller-Berg. Ich bin der dritte Mann im Detektivteam, das gerade versucht, die Morde an Aschhauser und Steiner aufzuklären. Meine beiden Kompagnons kennen Sie ja bereits.«

Eschhagen atmete hörbar tief ein. Dann sagte er: »Sie rufen sicher wegen der bedauerlichen Umstände an, unter denen sich Ihr Freund heute Morgen die Büros der beiden Verstorbenen angeschaut hat. Ich habe leider erst im Nachhinein erfahren, dass Frau Jäger – die Sekretärin von Ralf Steiner – trotz meiner ausdrücklichen schriftlichen und mündlichen Aufforderung nicht so kooperativ gewesen ist, wie es nötig gewesen wäre. Dafür möchte ich mich ausdrücklich entschuldigen. Bitte seien Sie nicht so böse auf Frau Jäger. Sie ist derzeit völlig neben der

Kappe. Mehr als zehn Jahre lang hat sie eng mit meinem Prokuristen zusammengearbeitet. Da kann einen das nicht unberührt lassen. Was natürlich keine Entschuldigung dafür sein kann, dass Sie nicht ausreichend Unterstützung bekommen haben. Ich versichere Ihnen, dass das niemals wieder vorkommen wird.«

»Beruhigen Sie sich bitte, Herr Eschhagen«, meldete sich nun Müller-Berg wieder zu Wort. »Es liegt uns völlig fern, Ihnen da irgendwelche Vorwürfe zu machen. Nein, wir rufen aus einem ganz anderen Grund an. Der Mörder hat erneut zugeschlagen.«

Einige Sekunden lang herrschte Stille in der Leitung. Dann fragte der Fabrikant gedehnt: »Wie meinen Sie das? Gibt es etwa wieder einen Toten?«

»Bedauerlicherweise ja«, erwiderte Müller-Berg. »Heute Morgen wurde eine Frau Renate Fischer ermordet aufgefunden, eine Tante von Corinna Aschhauser.«

Erneut herrschte ein kurzes Schweigen. Dann keuchte Eschhagen auf: »Renate Fischer? Um Gottes willen. Das ist ja entsetzlich. Sind Sie da auch völlig sicher?«

Die drei Detektive schauten sich an. Mit ihren Blicken verrieten sie sich gegenseitig, dass sie diese Reaktion von Eschhagen in ihren Ohren ehrlich empfanden und nicht gespielt. Dann sagte Rainer Müller-Berg in den Hörer: »Leider ist es wahr. Und nun werden wir darangehen müssen, Ihre Theorie etwas zu überprüfen. Ich habe zwar von einem ihrer Nachbarn gehört, dass Frau Fischer eine Zeit lang am Fließband in Ihrem Unternehmen gearbeitet hat. Aber das dürfte wohl kaum ein Motiv sein für einen bezahlten Killer, der Ihrer Firma schaden will.«

Der Fabrikant zögerte eine Weile. Man konnte förmlich hören, wie er mit sich selber rang. Mehrmals setzte er zum Reden an, brach dann aber sofort wieder ab. Schließlich meinte er: »Gut, ich bin gezwungen, aus dem Nähkästchen zu plaudern. Ihnen etwas zu verraten, was zu den bestgehüteten Geheimnissen meiner Firma gehört. Aber dafür muss ich etwas ausholen. Haben Sie einen Moment Zeit?«

»Für die Wahrheit muss immer genügend Zeit vorhanden sein«, gab Müller-Berg zurück.

»In Ordnung. Die ganze Sache begann vor etwa zwölf Jahren. Damals kam mein Unternehmen in ziemliche Schwierigkeiten. Nicht, dass wir schlechte Arbeit geleistet hätten. Aber die Zeit war einfach vorbei, in der sich so ein traditionelles kleines Familienunternehmen mit konservativer Ausrüstung auf dem Markt behaupten konnte. Die Ansprüche der Kunden wurden immer größer. Wir hatten daher nur die Wahl, entweder kräftig in unseren Maschinenpark zu investieren oder binnen weniger Jahre vom Markt zu verschwinden.«

»Doch für diese Investitionen brauchten Sie eine Menge Geld«, vermutete Müller-Berg.

»Völlig richtig. Dafür brauchten wir eine Menge Geld. Viel mehr Geld, als in der Firma und auch in meinem Privatvermögen vorhanden war. Ein Gang an die Börse wäre aus verschiedenen Gründen unmöglich gewesen. Deshalb suchten wir diskret nach einem Geldgeber, der bereit sein würde, als stiller Teilhaber bei uns einzusteigen.«

»Warum unbedingt ein stiller Teilhaber? Warum haben Sie das nicht in aller Öffentlichkeit gemacht? Da wären die Chancen doch viel größer gewesen, jemanden zu finden«, erkundigte sich der Detektiv.

»Offenbar verstehen Sie vielleicht etwas von der Suche nach einem Mörder – aber, mit allem Respekt, nichts von der Wirtschaft«, hörte man Eschhagen sagen. »Nichts kann einer Firma mehr schaden, als dass bekannt wird, dass das Unternehmen dringend Geld braucht. Denn das lässt bei allen Geschäftspartnern die Alarmglocken läuten. Banken könnten in Versuchung kommen, bereits zugesagte Kredite nochmals zu überdenken. Kunden könnten zu dem Schluss kommen, dass sie Großaufträge besser an Konkurrenten vergeben sollten, bei denen sie nicht befürchten müssen, dass der Auftrag schließlich wegen Insolvenz nicht ausgeführt wird. Das sind nur Beispiele. Jedenfalls war es unbedingt nötig, ohne jedes Aufsehen nach einem Geldgeber zu suchen.«

»Akzeptiert«, sagte Müller-Berg.

»Diese Suche erwies sich zunächst als schwierig«, fuhr Eschhagen fort. »Schließlich aber haben wir doch jemanden gefunden. Seinen Namen möchte ich hier nicht nennen. Es handelte sich jedenfalls um einen alten Herrn aus unserem Ort, der recht vermögend war. Gleichzeitig hing er sehr an seinem Heimatort Radichheim. Er wusste genau, welche katastrophalen wirtschaftlichen Folgen es für Radichheim und für die Leute hier gehabt hätte, wenn unser Unternehmen bankrott gegangen wäre. Schließlich hängen die meisten Menschen hier direkt oder indirekt von uns ab. Und deshalb erklärte er sich bereit, einen Großteil seines Vermögens in unseren Betrieb zu investieren und fortan als stiller Teilhaber zu fungieren. Diese enorme Summe machte es uns möglich, weitgehend unbemerkt von der Öffentlichkeit das Unternehmen von Grund auf zu modernisieren. Wenn ich Ihnen gesagt habe, dass wir langsam zum Global Player werden, dann haben wir das diesem geschätzten Mitbürger zu verdanken.«

»Schön und gut, aber was hat das alles mit Frau Fischer zu tun?«, fragte Müller-Berg etwas ungeduldig.

»Warten Sie es bitte ab, dazu kommen wir gleich«, forderte ihn der Fabrikant auf. »Dieser stille Teilhaber ist vor vier Jahren verstorben. Er hatte keine Verwandten. Deshalb hat er sein ganzes Geld und die Anteile an unserer Firma seiner langjährigen Haushälterin vermacht. Diese Haushälterin wurde von der Erbschaft völlig überrascht. Und bei ihr handelte es sich, Sie haben es vielleicht schon erraten, um Frau Fischer.«

Nun waren es die drei Detektive, die völlig verblüfft reagierten. Müller-Berg fing sich als Erster wieder. »Erzählen Sie mir da auch keine Märchen? Ich war heute in der Wohnung von Frau Fischer. Und ich behaupte mal, dass jemand, der so ein großes Vermögen geerbt hat, in etwas besseren Verhältnissen lebt.«

»Für die meisten Menschen würde das wohl zutreffen, aber nicht für Renate Fischer«, erklärte Eschhagen. »Sie fühlte sich sehr wohl mit ihrem einfachen Lebensstil. Darum hat sie kaum etwas anfangen können mit diesem Erbe. Nur mal eine kleinere Anschaffung hier oder da. Und ein einziges Mal hat sie ihre Position als stille Teilhaberin ausgenutzt. Und das war, als sie hinter verschlossenen Türen dafür sorgte, dass ihre Nichte Corinna hier einen Job in unserer Werbeabteilung bekommen hat. Corinna hat niemals erfahren, dass sie ihre neue Stelle nur der Fürsprache ihrer Tante zu verdanken hatte. Zumal auch Corinna nichts von dieser Erbschaft wusste. Und sie hat ja durch ihre hervorragende Arbeit hinterher gezeigt, dass wir mit ihr einen guten Griff gemacht haben.«

»Und wer wird jetzt diese Anteile an Ihrer Firma erben?«, wollte Müller-Berg wissen.

»Ich habe keine Ahnung«, musste der Fabrikant zugeben. »Und das wird mir noch manchen Albtraum verursachen. Denn der Tod von Renate Fischer kann leicht dazu führen, dass unsere Firma am Ende ist. Und ich vermute mal, dass es der Mörder genau darauf abgesehen hat.«

»Das verstehe ich nicht«, meinte Müller-Berg.

»Ganz einfach«, erklärte Eschhagen geduldig. »Unser verstorbener Wohltäter, von dem ich Ihnen vorhin erzählt habe, hat eine gewisse Vorkehrung getroffen. Er hat die Erbschaft mit einer Bedingung versehen. Frau Fischer durfte das Geld nicht wieder aus unserer Firma abziehen, und sie durfte ihre Anteile auch nicht verkaufen. Und das mit gutem Grund. Wenn wir gezwungen wären, diesen beträchtlichen Anteil wieder auszubezahlen, dann wären wir ruiniert. Aber leider hatte unser Wohltäter etwas vergessen.«

»Und was?«

»Er hat vergessen, diese Bedingung auch für eventuelle Nacherben verbindlich zu machen. Auf gut Deutsch: Wer auch immer jetzt das Erbe von Renate Fischer antreten wird – er oder sie hat das Recht, am Tag darauf bei uns auf der Matte zu stehen und sein Geld zu fordern. Und das wäre das Ende der Firma Eschhagen.«

»Ja, jetzt verstehe ich, warum Sie in nächster Zeit schlecht schlafen werden«, murmelte Müller-Berg.

»Zumindest bis zur Testamentseröffnung«, präzisierte der Fabrikant. »Und das kann noch eine Weile dauern.«

Wieder herrschte kurzes Schweigen. Dann sagte Eschhagen: »Ich unterhalte mich wirklich gern mit Ihnen, aber jetzt muss ich mich leider entschuldigen. Sie werden sicher verstehen, dass diese furchtbare Nachricht für mich einigen Handlungsbedarf bedeutet. Ich werde die leitenden Mitarbeiter meiner Firma zusammentrommeln müssen, manche muss ich dafür auch aus dem Urlaub holen. Die neue Lage nach dem Tod von Renate Fischer bedeutet einige Krisensitzungen, Gespräche mit unseren Anwälten und manches mehr. Aber ich werde mich bei Ihnen melden, wenn ich mehr weiß. Und das Gleiche erbitte ich mir von Ihnen.«

»Aber sicher, wir werden wieder auf Sie zukommen. Bis dahin vielen Dank für diese Informationen«, verabschiedete sich Müller-Berg.

Als ein Knacken im Lautsprecher anzeigte, dass der Fabrikant aufgelegt hatte, meinte Gisbert: »Da brat mir einer einen Storch! Das wird ja immer verzwickter. Falls es der Killer wirklich auf die Firma Eschhagen abgesehen hat, dann muss er aus der Firma selbst stammen. Denn wer hätte sonst wissen sollen, welche Bedeutung diese Frau Fischer für Eschhagen gehabt hat?«

»Nein, das sehe ich anders als du«, widersprach ihm Weixler. »Der Mörder muss nicht unbedingt aus der Firma kommen. Er muss nur Informationen haben, die ein Insider verbreitet hat. Und so ein Verrat muss nicht mal absichtlich geschehen. Manche Leute reden ja schon zu viel, wenn sie abends in ihrer Stammkneipe ein paar Bierchen zwitschern.«

Nun entspann sich eine kurze und hitzige Debatte zwischen Gisbert und Weixler, bis schließlich Müller-Berg eingriff.

»Ich denke mal, ihr legt euch da zu früh fest«, ermahnte er sie. »Wartet mal ab, bis ich euch nachher aufzeichnen werde, was der Killer mit der Leiche gemacht hat. Ich halte es durchaus für möglich, dass sie schlicht und einfach geistesgestört ist. Und wir wissen ja immer noch nicht, ob alle drei Morde auf das Konto der gleichen Person gehen.«

Weixler zog eine Augenbraue hoch. »Habe ich das eben falsch gehört oder hast du angedeutet, dass der Killer eine Frau gewesen sein könnte? Ich meinte, ein ›sie‹ vernommen zu haben ...«

Müller-Berg lachte. »Du hast schon immer scharf zugehört, Klaus. Ja, du hast Recht. Ich habe euch noch gar nicht erzählt, dass wir zwei Verdächtige haben. Und beide sind Frauen. Nur ein vager Verdacht, aber immerhin.«

Weixler und Gisbert machten große Augen. Müller-Berg genoss diese Aufmerksamkeit. Dann sagte er: »Ich habe im Treppenhaus zwei Frauen gesehen, die mir reichlich verdächtig vorkamen. Und von einer kenne ich sogar den Vornamen.« Und dann berichtete er seinen Freunden von der Frau, die ihm an der Tür entgegengekommen war, und von dieser ehemaligen Mieterin Margret, die so erschreckt reagiert hatte, als sie sich im Treppenhaus Rainer Müller-Berg gegenübergesehen hatte.

Der Bibliothekar schloss mit den Worten: »Als ein gesetzestreuer Bürger habe ich das natürlich der Polizei erzählt. Ich denke mal, dass die Herren Beamten zumindest diese Margret kräftig durch die Mangel drehen werden. Das heißt, wir müssen uns mit den Frauen nicht weiter beschäftigen und können unseren anderen Spuren nachgehen. Aber wir sollten es eben im Hinterkopf behalten, dass wir es mit einer weiblichen Person zu tun haben könnten.«

Mittlerweile hatte Weixler vor einem Fotogeschäft eingeparkt. Müller-Berg stieg aus und hastete in den Laden hinein. Als er wieder zum Auto zurückkam, meinte er: »Ich habe der Verkäuferin klar gemacht, dass sie für diese Fotos mit ihrem Leben haftet. Wobei es uns übrigens passieren kann, dass wir sie gar nicht zurückbekommen werden. Die Kameraden in den Fotofirmen haben ja die Anweisung bekommen, zumindest stichprobenartig die Bilder anzuschauen, die sie entwickeln, und verdächtige Bilder sofort der Polizei zu melden.«

»Ja, das machen die insbesondere wegen der vielen Kinderpornografie«, bestätigte Weixler. »Aber das ist noch ein richtiges Fotogeschäft. Die schicken die Filme nicht weg, sondern sie entwickeln sie selber. Und da ich den Chef von diesem Laden zufällig gut kenne, weil er in meiner Gemeinde wohnt, kann ich mit ihm verhandeln, wenn ihm etwas spanisch vorkommen sollte. Das war mit ein Grund, warum ich mich für diesen Laden entschieden habe.«

Die anderen beiden nickten anerkennend wegen Weixlers vorausschauenden Handelns. Dann meinte der Pfarrer: »So, und jetzt schauen wir mal bei meinem geliebten Chef vorbei. Mal sehen, wie er mit dem Tod von dieser Frau Fischer umgehen wird.«

Gisbert gackerte. »So, wie das derzeit läuft, war die bestimmt auch ein hohes Tier in der Kirchengemeinde. Vielleicht ein geheimes Mitglied im Kirchengemeinderat oder was Ähnliches.«

»So was gibt es nicht«, sagte Weixler etwas ärgerlich. »Aber ich bin genauso gespannt wie du, ob sie auch irgendwo in der Gemeinde aktiv war. Wenn nicht, dann können wir die Spur mit der Kirchengemeinde vorerst vergessen. Und dann wäre natürlich die Frage, ob wir uns aus der ganzen Sache zurückziehen sollen. Denn schließlich haben wir das nur gemacht, um dem Dekan zu helfen.«

Gisbert lehnte sich zu ihm herüber und schaute Weixler mitten ins Gesicht. Dann sagte er langsam: »Ich glaube, Kumpel, dass bei dir irgendwas nicht richtig tickt. Oder glaubst du im Ernst, dass wir die Sache jetzt noch sausen lassen? Ich auf jeden Fall nicht. Da läuft ein mieser Killer in der Gegend herum, und ich werde nicht eher ruhen, bis wir ihn aus dem Verkehr gezogen haben.«

»Ich schließe mich an!«, kam es von der Rückbank.

Der Pfarrer dachte kurz nach, dann zuckte er mit den Schultern. »Gut, ich gebe mich geschlagen. Die Mehrheit entscheidet. Und bevor wir uns deswegen noch in die Wolle kriegen, fahren wir besser los und beehren Big Daddy mit unserem Besuch.«

Die Fahrt bis zum Dekanat verlief schweigend. Jeder hing seinen eigenen Gedanken nach. Doch als sie vor dem Pfarrhaus von Radichheim angekommen waren, war es vorbei mit ihrer Beschaulichkeit.

Schon von außen konnte man merken, dass das Haus heute einem Bienenstock glich. Sie vernahmen das Schlagen von Türen, erregte Stimmen diskutierten miteinander, zwischendurch hörte man auch eine Frau weinen. Und als sie gerade aussteigen wollten, fuhr ein anderes Auto vor und parkte scharf vor ihnen ein. Aus ihm sprangen zwei Männer heraus und liefen mit eiligen Schritten zum Eingang des Pfarrhauses, worin sie rasch verschwanden.

»Irgendwie werde ich das Gefühl nichts los, dass wir heute unpassend kommen«, sagte Gisbert.

»Oder aber wir kommen gerade richtig«, erwiderte Weixler. »Ich kann mich täuschen, aber ich habe den starken Verdacht, dass diese Aufregung mit unserem neuerlichen Todesfall zusammenhängen könnte. Jedenfalls kannte ich die beiden Herren, die da eben hineingesaust sind. Ich habe sie neulich auf der Bezirkssynode kennen gelernt. Die sind beide Kirchengemeinderäte hier in Radichheim.«

»Na, da bin ich ja mal gespannt«, brummte Müller-Berg und stieg aus. Die anderen beiden folgten ihm.

Als sie an der Haustür klingelten, passierte erst mal gar nichts. Offenbar waren die Leute drinnen zu sehr mit sich selbst beschäftigt. Als Weixler aus Höflichkeit zögerte, noch einmal zu klingeln, schob Gisbert ihn einfach beiseite. Er hielt seinen Finger eine halbe Minute lang auf den Klingelknopf. »Das habe ich schon als Kind gern gemacht, dieses Klingelputzen«, erklärte er vergnügt. »Nur dass ich heutzutage nicht mehr hinterher wegrenne.«

Schließlich hörte man drinnen eilige Schritte auf dem Flur. Mit einem leisen Knarzen öffnete sich die Tür. Im Türrahmen erschien die Gestalt von Dekan Großmann. Er war erkennbar verblüfft, die drei Detektive vor sich zu sehen. Offenbar hatte er jemand anderes erwartet.

»Kommen Sie herein!«, sagte er etwas zerstreut. »Obwohl ich zugeben muss, dass ich gerade recht wenig Zeit habe. Bei mir steht eine wichtige Besprechung auf dem Terminkalender.«

»Das ist uns klar«, sagte Weixler mit fester Stimme. »Die Nachricht von Renate Fischers Tod muss ein furchtbarer Schlag sein für Ihre Gemeindeleitung.«

Großmann starrte ihn fassungslos an. Es fehlte nicht viel, und der Dekan wäre nach hinten getorkelt. »Woher um alles in der Welt ...«, setzte er an, nur um diesen Satz dann sofort wieder abzubrechen.

»Woher wir davon wissen?«, ergänzte Weixler den Satz, der seinem Chef offenbar auf der Zunge gelegen hatte. »Nun, Sie hatten uns darum gebeten, als Detektive tätig zu werden. Daher gehört es zu unseren Aufgaben, viel zu wissen und den Rest kombinieren zu können.«

Der Dekan rang immer noch nach Worten. Doch noch bevor er etwas sagen konnte, fügte Weixler hinzu: »Wollen wir dieses Thema allen Ernstes hier auf der Straße besprechen, Chef?«

Da gab sich Großmann einen Ruck. Er trat einen Schritt zurück und bedeutete den Detektiven mit einer Handbewegung, dass sie eintreten sollten. Sie kamen dieser Aufforderung auch sofort nach. Drinnen lotste sie der Dekan gleich in sein Arbeitszimmer. Sorgfältig schloss er die Tür hinter ihnen und ließ sich dann in seinen Schreibtischstuhl fallen. Sein ganzer Gesichtsausdruck bettelte um eine Erklärung.

Müller-Berg wollte etwas sagen, entschloss sich dann aber, Weixler weiter die Gesprächsführung zu überlassen. Er sah seinem Freund an, dass der nicht aus dem Bauch heraus handelte, sondern sehr überlegt vorging. Außerdem war Weixler zweifellos derjenige von ihnen, der Großmann am besten kannte.

Der Pfarrer ließ den Dekan einige Sekunden lang zappeln. Dann trat er mit entschlossenen Schritten vor den Schreibtisch. »Wir sind nicht hier, um Fragen zu beantworten, sondern um selber Fragen zu stellen. Fangen wir mit der einfacheren Frage an. Welche Rolle spielte Renate Fischer in Ihrer Kirchengemeinde?«

Großmann ließ sich ein paar Sekunden Zeit mit der Antwort. Dann sagte er: »Renate Fischer war eine recht vermögende Frau, auch wenn das nur wenige gewusst haben. Sie stammte aus einem sehr frommen Elternhaus, in dem es selbstverständlich war, dass man Reichtum nicht nach außen zeigte und sehr einfach lebte. Woher sie ihr Vermögen hatte, kann ich nicht genau sagen. Sie hat nur mal angedeutet, dass sie irgendwelche Anteile an einer Firma besaß.«

Weixler beschloss, hier einzuhaken und die Überraschung des Dekans noch etwas zu steigern. »Nun, das ist uns bereits bekannt. Sie war stille Teilhaberin bei der Firma Eschhagen. Aber wir wollen wissen, was das mit der Kirchengemeinde zu tun hat.«

An Großmanns Gesicht konnte man erkennen, dass das ein erneuter Volltreffer war. Der Mann wusste nicht mehr, woran er war. Er stammelte: »Sie hat ihr Vermögen dazu eingesetzt, um den Armen in unserer Kirchengemeinde Gutes zu tun. Es gibt bei uns einen so genannten Diakonieförderverein. Er unterstützt diskret Menschen, die bedürftig sind, aber durch das Raster unseres Sozialstaates fallen. Dieser Verein lebte fast ausschließlich von den sehr großzügigen Zuwendungen von Renate Fischer. Ohne sie wird er nur noch sehr begrenzt handlungsfähig sein.«

»Also wieder ein schwerer Schlag gegen die Kirchengemeinde hier«, murmelte Gisbert. Weixler warf ihm einen raschen Blick zu, der Gisbert signalisierte: Sei jetzt besser ruhig!

»Eine zweite Frage: Wer kann davon gewusst haben, welch große Rolle Renate Fischer in Ihrem Förderverein gespielt hat?«

Der Dekan überlegte kurz. Dann meinte er: »Nun, obwohl Renate Fischer die Sache niemals an die große Glocke hängen wollte, waren doch einige informiert. Meine Kirchengemeinderäte, die Verantwortlichen im Förderverein, meine Sekretärin und andere. Ob einer von denen etwas davon weitererzählt hat, entzieht sich natürlich meiner Kenntnis. Genauso wenig weiß ich, ob Frau Fischer selber gegenüber ihren Verwandten oder ihren Freunden etwas davon erwähnt hat. Tut mir Leid, aber auf diese Weise werden Sie vermutlich nicht weiterkommen.«

»Gut, damit wären unsere ersten beiden Fragen beantwortet«, sagte Weixler. »Und nun zu unserer letzten Frage. Warum haben Sie heute die gesamte Gemeindeleitung hierher eingeladen? Wollen Sie die Geheimhaltung jetzt aufgeben?«

Großmann holte sich umständlich ein Taschentuch aus der Hosentasche und wischte sich damit den Schweiß von der Stirn. »Ich habe keine andere Wahl«, bekannte er. »Wir werden jetzt alle Mitarbeiterinnen und Mitarbeiter der Kirchengemeinde warnen müssen. Irgendein Psychopath läuft herum und bringt meine Leute um. Und es war blauäugig von mir, anzunehmen, dass man die Sache irgendwie vertuschen könnte. Wenn ich diese Warnung schon früher herausgegeben hätte, dann könnten Ralf Steiner und Renate Fischer vielleicht noch leben.«

Weixler schüttelte leicht den Kopf. »Sie brauchen sich keine Vorwürfe zu machen, Chef. Ich glaube nicht, dass Ihre Warnungen irgendetwas verhindert hätten. Wer auch immer hinter diesen Verbrechen steckt, geht auf jeden Fall sehr zielgerichtet vor. Soll heißen: Sie hätten Ihre Mitarbeiter schon in irgendeinem Keller einschließen müssen, mit bewaffneten Wachen davor, um sie zu schützen. Und ich habe die düstere Vorahnung, dass die Zukunft beweisen wird, wie wenig eine Warnung hier helfen kann. Natürlich müssen Sie die Leute jetzt warnen – aber ich bin mir fast sicher, dass die Mordserie trotzdem noch weitergehen wird.«

Wenn diese Worte dazu dienen sollten, den Dekan etwas zu beruhigen wegen seines schlechten Gewissens, dann ging dies gründlich daneben. Der Mann sah eher so aus, als stünde er am Rande eines Ohnmachtsanfalls. Weixler wurde zum ersten Mal wirklich bewusst, dass sein Chef selber damit rechnen musste, irgendwann zum Opfer dieses Mörders zu werden.

»Und überhaupt«, schaltete sich nun doch Müller-Berg ein, »ist noch überhaupt nicht erwiesen, dass diese Mordserie etwas mit Ihrer Kirchengemeinde zu tun hat. Wir verfolgen parallel dazu noch eine andere heiße Spur.«

Der Dekan schaute Müller-Berg fragend an. Doch der schüttelte den Kopf. »Jetzt nicht, Herr Dekan. Um das zu erklären, bräuchten wir Zeit. Und die haben wir momentan nicht. Denn jetzt warten Ihre Kirchengemeinderäte und die anderen Leute auf Sie. Kommen Sie bitte morgen gegen halb zwölf ins Germstaler Pfarrhaus, dann werden wir Sie auf den neuesten Stand bringen.«

Großmann machte sich rasch eine Notiz. Dann schaute er die Detektive noch einmal an und fragte: »Und bis dahin?«

»Bis dahin werden Sie Ihre Hausaufgaben machen«, erklärte Müller-Berg. »Und die sehen so aus, dass Sie uns Dossiers erstellen. Und zwar eines für jeden der drei Ermordeten. Schreiben Sie bitte alles auf, was Sie an Informationen über diese Leute haben. Reden Sie ruhig auch mit Ihren Kirchengemeinderäten darüber und fragen Sie nach, was die wissen oder gehört haben. Wir wollen alles erfahren, insbesondere darüber, was die Ermordeten in den letzten Wochen gemacht haben. Neben gesicherten Informationen können Sie uns auch alle Gerüchte aufführen, die im Umlauf sind. Überlassen Sie es dabei uns, zu entscheiden, was uns weiterhelfen kann und was nicht. Sie sammeln nur und schreiben es auf und bringen es dann morgen mit.«

Der Dekan machte sich weiter Notizen. Als er merkte, dass die Detektive für heute mit ihm fertig waren, geleitete er sie noch zur Tür. Dann ging er schweren Herzens hinüber in das große Besprechungszimmer, wo die Sitzungen des Kirchengemeinderats stattzufinden pflegten.

Draußen vor der Tür blieben die drei noch einen Moment stehen. Dann holte Weixler sein Handy aus der Tasche. »Während wir beim Chef waren, hat es in meiner Tasche vibriert«, teilte er den anderen mit. »Mal schauen, wer mir da eine SMS geschickt hat.«

Er drückte ein paar Tasten und blickte dann auf das Display. Gisbert und Müller-Berg konnten sehen, wie sich ein merkwürdiger Gesichtsausdruck bei ihm breit machte, als er die Nachricht las. Schließlich steckte er das Handy wieder weg und schaute seine Freunde an.

»Mir scheint, dass auch unserem Freund Eschhagen langsam der Hintern auf Grundeis geht«, sagte er. »Er hat mir gerade eine Nachricht zukommen lassen. Eschhagen hat für die Auffindung und Ergreifung des Mörders eine Belohnung von 100.000 Euro ausgesetzt. Und zwar, wie er ausdrücklich betont hat, aus seinem Privatvermögen.«

Und kopfschüttelnd machte er sich auf den Weg zum Auto, während ihm seine beiden Freunde nicht minder perplex folgten.

Die Bilder

Dekan Großmann war allgemein als ein sehr geduldiger Mann bekannt. Doch an diesem Morgen war er so nervös, dass seine Sekretärin schließlich beschloss, alle unangenehmen Dinge von ihm fern zu halten. Sie war nahe dran, ihn nach dem Grund für sein merkwürdiges Verhalten zu fragen, ließ es dann aber doch bleiben. In der Stimmung, in der ihr Chef heute war, konnte jedes falsche Wort böse Folgen haben.

Und noch etwas war ungewöhnlich. Normalerweise war sie über seine Termine bestens informiert und konnte deshalb auch allen Anrufern und Besuchern sagen, wann er zu sprechen war und wann nicht. Doch an diesem Morgen hatte er sie einfach angewiesen, alle Leute an der Tür oder am Telefon abzuwimmeln, da er noch etwas Dringendes zu erledigen habe. Alle vorsichtigen Versuche von ihr, etwas Genaues über diesen Termin und seine voraussichtliche Dauer zu erfahren, waren fehlgeschlagen. Obwohl ihr Verstand ihr sagte, dass der Dekan auch einmal etwas für sich behalten musste, fühlte sie sich doch gekränkt. Eigentlich hätte er doch nach all den gemeinsamen Jahren wissen müssen, dass er ihr blind vertrauen konnte.

Und als der Dekan um kurz nach elf Uhr grußlos an ihrem Schreibtisch vorübereilte und die Haustür mit einem scharfen Knallen hinter ihm ins Schloss fiel, war für sie das Maß voll. Sie entschloss sich kurzerhand, einfach Feierabend zu machen und den Anrufbeantworter einzuschalten. Vor ihrem inneren Auge malte sie sich bereits genüsslich aus, wie er sie am Tag darauf nach dem Grund fragen würde und sie dann mit einem aufreizenden Ton sagen würde: »Jeder von uns hat halt so seine kleinen Geheimnisse!« Sie wusste, dass sie sich in Ausnahmefällen ein solches Verhalten erlauben konnte.

Doch sie tat ihrem Chef unrecht. Großmann war an diesem Tag nicht unhöflich – er war schlicht seit seinem Aufwachen in Gedanken schon bei der Besprechung in Germstal gewesen. Er hatte versucht, bei der Kriminalpolizei anzurufen und sie danach zu fragen, ob man schon erste Erkenntnisse über einen Täter hätte. Doch damit hatte er auf Granit gebissen. Die Beamten hatten ihm höflich, aber unmissverständlich klar gemacht, dass er nicht befugt war, Informationen über eine laufende Ermittlung zu bekommen. Dabei spielte für sie keine Rolle, dass seine Kirchengemeinde durch den Mord an drei Mitarbeitern völlig aufgewühlt war. Umso mehr setzte er alle seine Hoffnungen auf Weixlers Team, zumal nach den vielversprechenden Andeutungen am Tag zuvor. Großmann wusste, dass seine Kirchengemeinderäte an diesem Tag den Brief mit der Warnung an alle Mitarbeiter verteilen würden. Er war sich darüber im Klaren, dass bald sein Telefon nicht mehr stillstehen würde und wollte irgendeinen Ansatzpunkt erfahren, um den Leuten mit gutem Gewissen sagen zu können, dass alles Menschenmögliche getan wurde, um diese große Gefahr für sie möglichst schnell auszuschalten.

Entsprechend gemischt waren seine Gefühle, als er etwas langsamer als gewöhnlich die Landstraße in Richtung Germstal fuhr. Die Hoffnung auf solide Informationen mischte sich mit den Gedanken darüber, was er andernfalls den Mitarbeitern sagen würde. Am liebsten hätte er einige Busse gemietet und sie alle zusammen für die nächste Zeit an einen unbekannten Ort ins Ausland verfrachtet. Aber auch das würde recht wenig helfen, wenn die schlimmsten Albträume des Dekans sich bestätigen würden. Er befürchtete nämlich, dass der Mörder möglicherweise selber aus den Reihen der Mitarbeiterschaft kommen könnte. Der Dekan hatte bereits darüber nachgedacht, Weixler über diesen Verdacht zu informieren, war dann aber wieder davon abgekommen. Vermutlich spielte dabei der Gedanke mit, dass nicht sein konnte, was nicht sein durfte.

Schließlich erreichte er den Ortsrand von Germstal. Es war ein nettes kleines Dorf, in dem man beschaulich leben konnte, aber trotzdem Schule, Rathaus, Geschäfte und Ärzte vor Ort hatte. Als Großmann damals nach Radichheim gekommen war, war die Pfarrstelle von Germstal auch gerade vakant gewesen. Wenn er gewusst hätte, wie sich die Dinge weiterentwickeln würden, wäre es viel besser gewesen, auf den hochwohlgeborenen Dekansposten zu verzichten und Dorfpfarrer von Germstal zu werden. Seiner Frau hätte das auch viel besser gefallen, zumal sie wusste, wie wenig Zeit ihr Mann als Dekan noch für seine Familie haben würde. Aber wer konnte schon ahnen, dass ausgerechnet in dieser friedlichen Gegend sich derartige Verbrechen ereignen würden ...

Schließlich lief er gemessenen Schrittes vom Parkplatz direkt neben dem Germstaler Schloss zum Pfarrhaus hinüber. Vor der Tür blieb er noch einmal stehen und holte tief Luft, dann betätigte er die Klingel.

Die Sekretärin öffnete und geleitete ihn dann durch den Flur zur Kellertreppe. Großmann war zum letzten Mal hier im Pfarrhaus gewesen, als das Gebäude vor dem Einzug des neuen Pfarrers von Grund auf renoviert werden sollte. Er war damals etwas skeptisch gewesen, als er gehört hatte, dass Weixler zusammen mit einem Freund einen Junggesellenhaushalt führen wollte. In seinem früheren Bezirk hatte er einmal eine ähnliche Konstellation erlebt, und die beiden hatten damals das schöne Pfarrhaus innerhalb weniger Jahre verkommen lassen. Doch nun musste sich Großmann beim kurzen Blick in die einzelnen Zimmer eingestehen, dass seine Skepsis unbegründet gewesen war. Offenbar hatte Gisbert, der nach Wissen des Dekans eine Art Haushälter war, ein gutes Händchen und einen soliden Geschmack für eine ansprechende Wohnung.

Trotz aller seiner Sorgen musste der Dekan etwas schmunzeln, als er an die damaligen Gerüchte dachte, die besagten, dass Weixler und Gisbert ein homosexuelles Paar wären. Einige Germstaler Gemeindeglieder, die deswegen sehr besorgt gewesen waren, hatten ihn in einem Brief aufgefordert, als Dekan einzugreifen und Weixler als künftigen Pfarrer von Germstal zu verhindern. Doch selbst wenn er das gewollt hätte, hätte das nicht in seiner Macht gestanden. Mittlerweile hatten aber selbst die größten Lästermäuler gemerkt, dass an der angeblichen Homosexualität überhaupt nichts dran war. Und einer der Briefschreiber war so aufrichtig gewesen, sich persönlich bei Weixler zu entschuldigen. Wobei Großmann sich im Stillen dachte, dass Weixler und Gisbert besser miteinander harmonierten als manches altgediente Ehepaar.

Als er die Treppe zum Keller hinunterstieg, war er dankbar für die Kühle, die ihn unten umfing. Obwohl die Hundstage noch einige Wochen entfernt waren, hatten die Temperaturen doch bereits hochsommerliches Niveau erreicht. Und wenn es zu heiß und schwül wurde, dann hatte Großmann erhebliche Probleme, sich zu konzentrieren.

Unten angelangt, blieb er einen Moment lang unschlüssig stehen. Dann hörte er Stimmen hinter einer der Türen. Er war so frei und öffnete sie.

Erstaunt blieb er im Türrahmen stehen. Der Anblick des Hobbyraums war beeindruckend. Mittlerweile war die Zahl der Karten, Zeichnungen und Fotos an der Wand erheblich angewachsen. Bunte Pfeile wiesen auf vermutete Querverbindungen hin. Auf dem Tisch stand ein Laptop, der an einen Beamer angeschlossen war. Allerdings war auf der Leinwand noch kein Bild zu sehen.

Die drei Detektive begrüßten Großmann freundlich und boten ihm einen Platz an. Er übergab ihnen mehrere zusammengeheftete Blätter und setzte sich. »Das sind unsere Hausaufgaben, die wir bis heute machen sollten«, erklärte er. »Leider befürchte ich, dass wir nicht allzu viel Brauchbares zusammengebracht haben.«

Weixler überflog den Inhalt der Blätter. Dann meinte er: »Ja, damit dürften Sie Recht haben. Allzu ergiebig sieht das nicht aus. Aber trotzdem danke.«

Der Dekan erwartete nun, dass die Detektive ihm etwas erzählen würden. Doch stattdessen unterhielten sie sich leise miteinander. Es war deutlich zu erkennen, dass sie noch auf irgendetwas warteten. Doch Großmann wollte nicht fragen, was der Grund für die Verzögerung war. Er nutzte die Wartezeit für ein kurzes Gebet.

Schließlich läutete das Telefon, das auf einem der Tische stand. Weixler nahm den drahtlosen Hörer ab und ging damit in den Nebenraum. Man konnte zwar hören, dass er sich mit seinem Gesprächspartner unterhielt, aber Großmann gelang es nicht, etwas vom Inhalt des Telefonats zu verstehen. Zumal er nicht zu offensichtlich lauschen durfte.

Schon nach kurzer Zeit kam der Pfarrer wieder zurück und nickte seinen Freunden zu. »Wir können anfangen«, erklärte er. »Eschhagen hat sich gerade eben entschuldigt. Er wäre gerne dabei gewesen, ist aber aus dringenden Gründen verhindert.«

Großmann wusste nicht so recht, was er mit dieser Information anfangen sollte. Warum um alles in der Welt war der größte Fabrikant der Gegend ebenfalls zu diesem Gespräch eingeladen worden? Hatte es etwas zu tun mit der weiteren Spur, welche Müller-Berg am Vortag erwähnt hatte? Doch noch bevor er dazu kam, etwas zu fragen, ergriff Gisbert das Wort.

»So? Dringende Gründe? Gestern tut er noch so, als gäbe es für ihn nichts Dringenderes als die Aufklärung des Falles und setzt so eine hohe Belohnung aus, und heute hat er plötzlich keine Zeit dafür?«

»Nun, da muss ich ihn in Schutz nehmen«, gab Weixler zurück. »Er möchte gerne kommen, aber man lässt ihn nicht. Unsere staatlichen Organe halten ihn noch in der Firma fest.«

»Wie darf ich das denn verstehen?«, erkundigte sich Müller-Berg.

Weixler machte ein ernstes Gesicht. »Offenbar nimmt die Polizei jetzt die Möglichkeit sehr ernst, dass die Mordserie etwas mit der Firma Eschhagen zu tun haben könnte. Jedenfalls sind heute Morgen plötzlich zwei Dutzend Polizeifahrzeuge vor der Firma vorgefahren. Und eine große Schar von Beamten durchsucht derzeit etliche Büros und hat schon eine größere Anzahl an Akten beschlagnahmt. Einige der hohen Damen und Herren aus der Vorstandsetage mussten vorübergehend ihre Büros räumen, weil die Ordnungshüter dort drin etliche Mitarbeiterinnen und Mitarbeiter in Einzelgesprächen verhören. Und um einen reibungslosen Ablauf zu gewährleisten, hat die Polizei dafür gesorgt, dass die gesamte Telefonanlage der Firma ausgeschaltet wurde. Eschhagen hat sich eben aufs Klo gesetzt und uns von dort aus mit seinem Handy angerufen, damit wir wissen, was los ist. Er verlässt sich darauf, dass wir das niemandem erzählen, weil er sonst erheblichen Ärger bekommen würde.«

Alle Männer im Raum konnten ein Grinsen nicht unterdrücken. Die Vorstellung des mächtigen Firmenchefs, der heimlich auf der Toilette telefoniert, so wie manche halbwüchsigen Schüler heimlich auf dem stillen Örtchen rauchen, hatte etwas Absurdes an sich. Doch Müller-Berg wurde rasch wieder ernst.

»Das bedeutet doch dann aber«, folgerte er messerscharf, »dass die Polizisten nicht von einem Anschlag ausgehen, der sich von außen gegen die Firma Eschhagen richtet, sondern den oder die Täter in der Firma selbst vermuten.«

Weixler nickte. »Das hat Eschhagen auch so verstanden. Er schwankt zwischen Bestürzung und Empörung. Was ihn am meisten trifft, ist das öffentliche Aufsehen, das diese Polizeiaktion auslösen wird. Bisher hat er es verstanden, trotz der Mordfälle den Betrieb in der Firma einigermaßen ruhig und geordnet und störungsfrei fortzuführen. Ob das weiter möglich sein wird, bleibt abzuwarten, jedenfalls hat er erhebliche Zweifel daran.«

»Entschuldigen Sie bitte, wenn ich mich in Ihr Gespräch einmische«, meldete sich nun der Dekan zu Wort. »Aber können Sie mir bitte mal erklären, was die Morde mit Eschhagen zu tun haben sollen?«

»Das ist unsere zweite große Spur«, erklärte Müller-Berg. Und dann schilderte er dem verdutzten Dekan, welche Bedeutung die drei Ermordeten für die Firma Eschhagen gehabt hatten. Großmann konnte kaum glauben, was er da hörte. Er hatte das Gefühl, in einem schlechten Film zu sitzen.

»Also haben wir mittlerweile einen bunten Strauß an Motiven, die zur Ermordung von Aschhauser, Steiner und Fischer hätten führen können«, meinte Weixler schließlich. »Zum Ersten ist da natürlich Ihr Verdacht, dass sich diese Verbrechen gegen die Kirchengemeinde richten. Zum Zweiten besteht die Möglichkeit, dass es in irgendeiner Form etwas mit der Firma Eschhagen zu tun hat. Zum Dritten könnte es auch sein, dass alle drei Morde völlig unabhängig voneinander verübt wurden und es drei Täter gibt, die nichts miteinander zu tun haben. Man kennt das ja öfters, dass es nach einem solchen Verbrechen Trittbrettfahrer gibt, die ihr eigenes lange geplantes Verbrechen direkt im Anschluss daran verüben, weil sie darauf hoffen, dass man es auch dem ersten Täter in die Schuhe schieben wird. Eine Variante davon könnte sein, dass nur zwei der Morde etwas miteinander zu tun haben. Zum Beispiel waren ja Aschhauser und Fischer eng miteinander verwandt, es könnte sich also um ein Familiendrama handeln, mit dem der Mord an Steiner nicht zusammenhängt. Sie sehen, Chef: Die Sache ist sehr verworren. Und während die Kripo genügend Leute hat, um allen Spuren gleichzeitig nachzugehen, sind wir nur drei Freizeitdetektive und müssen daher das richtige Näschen dafür haben, in welche Richtung wir ermitteln.«

Großmann schwirrte der Kopf. Es fiel ihm sehr schwer, diese große Menge an Informationen auf einmal zu verarbeiten. Als er sie einigermaßen sortiert hatte, fragte er: »Und was sagt Ihr Näschen? Wo wollen Sie ansetzen?«

»Wir haben uns dazu entschlossen, uns nicht auf ein Motiv festzulegen, sondern an einem ganz anderen Punkt anzusetzen«, gab Weixler zur Antwort. »Auf eine Weise, die wir auch Ihnen nicht verraten wollen, ist es uns gelungen, an Fotos des Leichnams von Renate Fischer zu gelangen. Der Mörder oder die Mörderin hat etwas Bemerkenswertes damit gemacht. Ich habe diese Fotos eingescannt und möchte sie Ihnen nun zeigen. Zwar sind sie nicht sehr appetitlich, aber in unserem Beruf haben wir es ja öfters mit weniger angenehmen Dingen zu tun.«

Mit diesen Worten schaltet Weixler den Beamer ein. Auf der Leinwand erschien ein Bild, das die Leiche von Renate Fischer zeigte. Sie lag auf dem Bauch und war vollständig bekleidet.

»Auf den ersten Blick kann man nicht erkennen, woran sie gestorben ist«, erklärte Weixler. »Allerdings ist eine Verletzung an der linken Schläfe zu sehen, die darauf hinweisen könnte, dass Frau Fischer mit einem stumpfen Gegenstand erschlagen worden ist.«

»Ja, das ist richtig«, bestätigte Großmann. »Ich habe mittlerweile telefonisch ein erstes Vorbereitungsgespräch für die Beerdigung geführt, und zwar mit einer Cousine von ihr. Sie hat von der Polizei erfahren, dass Frau Fischer vermutlich erschlagen worden ist. Wobei das endgültige Ergebnis der Autopsie noch nicht vorliegt.«

»Danke für diese Information«, sagte Weixler. »Sie sehen, dass die Leiche vollständig bekleidet ist, aber die Bluse aus der Hose gezogen worden ist und nur lose aufliegt. Das brachte den Fotograf dazu, einmal die Bluse etwas anzuheben. Und was er darunter gesehen hat, das spottet jeder Beschreibung.«

Weixler tippte etwas in den Laptop ein. Daraufhin verschwand das Bild, und ein neues Foto wurde sichtbar. Großmann hatte Mühe, einen Aufschrei zu unterdrücken.

»Um Gottes willen, was hat dieser Irre gemacht?«, keuchte er. »Der muss ja furchtbar mit dem Messer gewütet haben!«

»Sie täuschen sich, Chef«, stellte Weixler klar. »Die vielen roten Linien, die Sie sehen, sind keine Schnittverletzungen, sondern mit roter Farbe aufgezeichnet worden. Der Mörder oder die Mörderin hätte auch sehr viel Zeit gebraucht, um mit einem Messer so ein kompliziertes Bild herzustellen. Mit einem Filzstift ging das sehr viel schneller.«

Großmann zwang sich nun dazu, sich den bemalten Rücken von Renate Fischer näher anzuschauen. Er konnte einige Buchstaben und Ziffern erkennen, die in einer altmodischen Schmuckschrift über den Rücken verteilt worden waren. Dazwischen war, deutlich erkennbar, ein Herz zu sehen. Dieses Zeichen der Liebe erschien völlig fehl am Platz, wenn man daran dachte, was der »Künstler« mit Frau Fischer gemacht hatte.

»Irgendwo habe ich so etwas schon einmal gesehen«, sinnierte der Dekan. »Aber ich komme im Moment nicht darauf, was das sein soll.«

»Darf ich Ihnen helfen, Chef?«, sagte Weixler. »Aus meiner Arbeit als Weltanschauungsbeauftragter des Bezirks ist mir das leider vertraut. Es handelt sich dabei um ein so genanntes Witchboard. Diese ›Hexentafeln‹ werden benutzt, wenn man die Geister von Verstorbenen anrufen möchte, und das Verfahren ist das Gleiche wie beim so genannten Gläserrücken. Die Beteiligten sitzen rund um diese Tafel und legen alle einen Finger leicht auf das Herz. Nach der offiziellen Anrufung eines Geistes stellen sie diesem Geist einige Fragen. Dann beginnt das Herz zu wandern, und wenn man die Buchstaben und Ziffern aneinander reiht, über die das Herz wandert, dann erhält man angeblich die Antwort des Geistes.«

»Und wer diesen Blödsinn wirklich glaubt, dem verkaufe ich einen Gebrauchtwagen«, warf Gisbert ein.

»Sei dir bitte nicht so sicher, dass das alles nur Blödsinn ist«, gab ihm Weixler zu bedenken. »Natürlich ist es häufig nur Betrug. Oft genug schiebt jemand absichtlich oder unabsichtlich das Herz mit seinem Finger weiter. Aber die Bibel sagt uns, dass es wirklich möglich ist, die Geister von Verstorbenen zu beschwören. Allerdings ist das etwas, das von Gott auf das Schärfste verurteilt wird und wobei ein Christenmensch deshalb auf gar keinen Fall etwas zu suchen hat. Mal abgesehen davon, dass diese Botschaften schlimme Folgen für diejenigen Leute haben können, die wirklich daran glauben. Ich habe mal den Fall erlebt, dass einem Mädchen von einem Geist prophezeit worden sein soll, sie werde innerhalb des nächsten Jahres durch einen Autounfall sterben. Das Mädchen war danach völlig durcheinander. Sie hat in den kommenden Monaten kaum gewagt, in ein Auto einzusteigen. Erst als das Jahr vorbei war und sich diese Prophezeiung nicht erfüllt hatte, konnte sie langsam wieder zur Ruhe kommen. Bei anderen führt das bis zum Selbstmord.«

Für kurze Zeit herrschte Schweigen im Raum. Dann sagte Großmann: »Egal, ob das wirklich funktionieren kann oder nicht – warum um alles in der Welt wurde so ein Witchboard oder wie das heißt auf den Rücken der alten Dame gemalt?«

»Bingo, Chef. Das ist genau der Punkt, an dem wir derzeit stehen. An dem wir ansetzen wollen. Egal, ob uns das am Ende in die Kirchengemeinde Radichheim oder in die Firma Eschhagen führen wird.«

Alle schauten sich das Bild noch einmal genauer an. Plötzlich meinte der Dekan: »Da ist noch etwas zu sehen. Ein Stück weit von diesem Witchboard entfernt. Fast genau an der Stelle, wo der Rocksaum beginnt.«

Müller-Berg kniff die Augen zusammen. Dann sagte er: »Ja, da ist ein rötlicher Punkt. Aber für mich sieht er nur aus wie ein Muttermal.«

»Ein Muttermal?«, wiederholte Weixler langsam. »Das sollten wir uns einmal näher anschauen.«

»Warum das denn?«, kam es von Gisbert.

»Ach, das ist nur so eine Idee von mir. Mir spukt der Ausdruck Witchboard noch im Kopf herum, der übersetzt Hexentafel bedeutet, ich sagte es ja bereits. Und in früheren Zeiten galten solche Muttermale häufig als so genannte ›Hexenmale‹. Wenn eine Frau oder ein Mann, den oder die man wegen Zauberei angeklagt hatte, ein solches Muttermal auf dem Körper hatte, dann war das meist schon ein ausreichender Beweis dafür, dass diese Person wirklich eine Hexe oder ein Zauberer war.«

Gisbert ging hinüber zum Laptop. Bei allen Dingen, für die man etwas mehr Übung am PC brauchte, war er der Fachmann. Mit einem Grafikprogramm gelang es ihm rasch, diesen rötlichen Fleck erheblich zu vergrößern. Dann schauten sich alle das Ergebnis an.

»Also, wenn ihr mich fragt: In meinen Augen ist das eindeutig die Ziffer 6«, erklärte Müller-Berg schließlich. Alle anderen schlossen sich dieser Deutung an.

Weixler grübelte. Schließlich sagte er: »Das ist unheimlich raffiniert gemacht. Diese Zahl, als Muttermal getarnt. Wir dürfen wohl davon ausgehen, dass das ebenfalls das Werk des Mörders oder der Mörderin gewesen ist. Mir schoss eben die Frage in den Kopf, ob man an den anderen beiden Leichen auch etwas Derartiges entdeckt hat. Können Sie uns etwas darüber sagen, Chef?«

Großmann musste passen. Doch plötzlich hob er den Kopf. »Warten Sie mal! Vielleicht kenne ich jemanden, der uns da weiterhelfen kann. Sie gestatten doch?«

Mit diesen Worten griff er nach dem Hörer des schnurlosen Telefons und ging ebenfalls in den Nachbarraum, so wie es kurz zuvor Weixler getan hatte. Nachdem er die ganze Zeit das Gefühl gehabt hatte, als Einziger im Raum unwissend zu sein und nur auf die Flut von Informationen reagieren zu können, tat es ihm nun gut, endlich wieder einmal selbst das Heft in der Hand zu haben.

Der Dekan telefonierte etwa zehn Minuten lang. Dann kam er mit einem stolzen Gesichtsausdruck wieder zurück. »Zwar sollten sich Pfarrer nicht in rechtlichen Grauzonen aufhalten und Dekane zweimal nicht«, meinte er etwas pathetisch. »Aber heute habe ich im Dienst der guten Sache etwas gemacht, was nicht ganz in Ordnung ist. Vielleicht kennen Sie Frau Miesbach, eine Kirchengemeinderätin aus Radichheim. Ihr Schwager arbeitet als Verwaltungsangestellter bei der Gerichtsmedizin. Sie hat mich in der Leitung gehalten und auf der anderen Leitung dann ihren Schwager angerufen. Und der hat versprochen, uns Fotos von den Autopsien von Corinna Aschhauser und Ralf Steiner zu besorgen. Er wird heute Abend einfach Überstunden machen und dann heimlich die Bilder aus den Akten einscannen und mir per E-Mail schicken. Das wird kein Mensch merken, meinte Frau Miesbach. Sobald die Fotos bei mir eintreffen werden, werde ich sie ausdrucken und mich dann sofort auf den Weg zu Ihnen machen Bis wann darf ich Sie heute Abend stören?«

»Also normalerweise gehen wir nach dem Sandmännchen ins Bett«, meinte Gisbert.

Weixler merkte, dass sein Chef etwas verwirrt war. Daher sagte er rasch: »Das war nur ein Witz. Gisberts Humor ist etwas gewöhnungsbedürftig. Aber jetzt im Ernst: Wir werden uns heute Abend in Bereitschaft halten. Rufen Sie einfach kurz an, bevor Sie losfahren, dann werden wir hier auf Sie warten.«

Und als Manfred Großmann kurze Zeit später das Germstaler Pfarrhaus verließ, hatte er das beruhigende Gefühl, auch einmal etwas Wichtiges zur Suche nach dem Mörder beigetragen zu haben.

Die Zahl

Mit einem leisen Knattern bog Weixlers Motorroller in den Hof des Radichheimer Gymnasiums ein. Direkt neben dem Pausenhof gab es eine überdachte Stelle, an der die Schüler traditionell ihre Mofas, Roller und Motorräder parkten. Weixler schloss sich dem gern an. Er hatte zwar den starken Verdacht, dass dieser Platz von der Schulleitung eigentlich für einen anderen Zweck gedacht gewesen war, aber im Lauf der Zeit war ein Gewohnheitsrecht der motorisierten Zweiradfahrer entstanden, ihre fahrbaren Untersätze während der Schulzeit hier abzustellen.

Etwas schwerfällig stieg Weixler vom Roller und schloss seinen Helm in die Box ein, die auf dem Gepäckträger befestigt war. Er bemerkte, dass einige Schüler sich vielsagende und grinsende Blicke zuwarfen. Daran hatte er sich mittlerweile gewöhnt. Sie schienen es für sehr komisch zu halten, dass ein Mann in seinem Alter nicht lieber mit dem Auto fuhr, wo sie selbst doch kaum den Tag abwarten konnten, an dem sie endlich selbst auf vier Rädern unterwegs sein würden.

Weixler wischte sich den Schweiß von der Stirn. Heute herrschte eine fast unerträgliche Hitze. Und ausgerechnet heute musste er eine Mittagsaufsicht im Freien übernehmen ... Das Radichheimer Gymnasium war eine Ganztagsschule, weshalb während der fast zweistündigen Mittagspause ständig acht Lehrerinnen und Lehrer damit beschäftigt waren, für Ruhe und Ordnung zu sorgen. Auch Weixler blieb von dieser Pflicht nicht verschont. Heute musste er seine Runden in den Außenanlagen der Schule drehen. Und da das Gymnasium am Ortsrand in herrlicher Natur gebaut worden war, hatte man das Gelände sehr großzügig und weiträumig angelegt. Deshalb musste der Aufsicht führende Lehrer immer große Strecken zu Fuß zurücklegen. An normalen Tagen freute er sich über diesen Spaziergang an der frischen Luft, aber heute würde das eine echte Qual sein.

Weixler brachte seine Tasche ins Lehrerzimmer und ging dann noch beim kleinen Bäckerladen vorbei, der im Keller des Gebäudes untergebracht war. Er hoffte, dass ihn ein Eiskaffee etwas erfrischen und aufmuntern würde. Kurz darauf begann er seine Runde, wobei er sich immer wieder einen Schluck des Getränks gönnte.

Wenigstens ein Gutes hatte diese Hitze – es hielten sich kaum Schüler in den Außenanlagen auf. Sie hatten sich wohl fast alle in den kühlen Innenraum der Schule zurückgezogen. Daher hatte Weixler heute nicht allzu viel zu tun. Lediglich eine kleine Gruppe von Fünftklässlern trotzte den Temperaturen und spielte auf dem oberen Pausenhof Fußball. Weixler blieb kurz stehen und schaute ihnen bewundernd zu. Das waren noch Zeiten gewesen, als er selbst noch die Kondition für so einen Kraftakt gehabt hatte ... Mittlerweile verriet ihm schon sein ärztlicher Befund, dass er sich bei sportlichen Höchstleistungen etwas zurückhalten musste.

Weixler ließ die lärmenden Fußballspieler hinter sich und erklomm den Weg zu dem kleinen Wäldchen, das ebenfalls zum Schulgelände gehörte. Wegen der großen Hitze waren alle Lehrer vom Direktor gebeten worden, dort besonders darauf zu achten, dass sich keine Schüler mit einer Zigarette in die Büsche schlugen. Die Brandgefahr sei viel zu hoch.

Doch offenkundig war Weixler heute ganz allein in dem Wäldchen. Kein Mensch war zu sehen oder zu hören. Langsam ging er weiter und genoss den Schatten, den die hohen Bäume spendeten.

Doch plötzlich stutzte er. Hatte er da eben ein Geräusch gehört? Er blieb stehen und lauschte. Da hörte er es wieder. Er konnte es nicht richtig einordnen. Am ehesten klang es wie ein unterdrücktes Schluchzen.

Vorsichtig schlich Weixler in die Richtung, aus der die Laute seiner Meinung nach gekommen waren. Schließlich war er sich sicher, dass der Verursacher hinter einem Dornengestrüpp sitzen musste, das ein kleines Stück vom Weg entfernt stand. Da Weixler keine Lust hatte, völlig verkratzt und zerstochen zu werden, verzichtete er darauf, sich wie ein Indianer durch das Gestrüpp hindurch anzuschleichen. Stattdessen ging er in einem großen Bogen um die Dornensträucher herum.

Dort lag ein Mädchen im Gras. Als Weixler näher kam, richtete sich das Mädchen erschrocken auf und starrte ihn mit verweinten Augen an. Ihr Gesicht war von den Tränen so gerötet, dass Weixler einen Augenblick brauchte, bis er sie erkannte. Und dann wusste er nicht so recht, wie er mit der Situation umgehen sollte.

Er hatte Susanne seit ihrem großen Streit während der Unterrichtsstunde über das Pendeln nicht mehr gesehen. Und so wie er die Schülerin einschätzte, war es für sie eine schlimme Sache, jetzt ausgerechnet von ihm in einem solchen Augenblick der Schwäche entdeckt zu werden.

Weixler überlegte kurz, was er machen sollte. Sein erster Gedanke war, sich wieder umzudrehen und seine Runde fortzusetzen. Er war sich auch bewusst, dass es sehr missverständlich wirken konnte, wenn ein Lehrer allein mit einer halbwüchsigen Schülerin hinter einem Busch gefunden wurde. Und er traute Susanne auch zu, daraus einen abstrusen Vorwurf zu konstruieren. Doch dann folgte Weixler seiner inneren Stimme und setzte sich auf einen Baumstumpf, ein paar Meter von dem Mädchen entfernt. Er vermied es aber, sie direkt anzuschauen. Jetzt lag es an ihr, ob sie mit ihm reden wollte oder nicht.

Susanne schwieg eine Weile. Dann sagte sie mit einem feindseligen Unterton: »Jetzt werden Sie sich bestimmt ganz toll vorkommen!«

»Warum sollte ich?«, erkundigte sich Weixler freundlich.

»Tun Sie doch nicht so unschuldig!«, fauchte Susanne. »Die anderen haben es Ihnen doch bestimmt schon erzählt!«

»Auch auf die Gefahr hin, dass du mich für begriffsstutzig hältst – ich weiß wirklich nicht, wovon du redest. Großes Indianer-Ehrenwort.«

In Susannes Gesicht spiegelte sich der Kampf, ob sie Weixler das glauben sollte oder nicht. Schließlich ließ sie sich in das Gras zurückfallen. Dann sagte sie: »Peter hat mit mir Schluss gemacht. Gestern Abend. Er hat gesagt, er habe eine andere. Und was das Gemeinste war: Er hat es mir gesagt, als unsere ganze Clique dabei war. Meine Güte, wie hasse ich diesen Kerl!«

Weixler sagte nichts dazu. Er konnte sich gut vorstellen, was das für Susanne bedeutet haben musste. Von der eigenen Clique ausgelacht zu werden war wohl fast noch schlimmer gewesen als die Tatsache selbst, dass er sie abserviert hatte. Wobei das aber Peter, den Weixler aus seiner 12. Klasse kannte, irgendwie nicht ähnlich sah. Nun gut, entscheidend war, wie das Mädchen es empfunden hatte.

Schließlich starrte Susanne Weixler herausfordernd an. »Na los doch! Lachen Sie mich aus! Erzählen Sie mir schon, dass Sie es ja schon immer gewusst hatten! Dass es nicht gut gehen kann, wenn man seinen Freund mit Hilfe eines Pendels heraussucht!«

Weixler erwiderte ruhig: »Nein, das werde ich ganz bestimmt nicht tun. Ich freue mich niemals darüber, wenn es einem anderen Menschen schlecht geht. Und ich glaube, du hast schon genug durchgemacht, auch ohne dass dir einer mit blöden Sprüchen kommt.«

Susanne schwieg. Man konnte ihr anmerken, dass sie nicht mit dieser Reaktion gerechnet hatte. Ihre harten Gesichtszüge wurden etwas weicher. Schließlich sagte sie: »Bullshit! Dass das ausgerechnet mir passieren muss! Und dabei war ich mir so sicher gewesen ...«

Dann schaute sie ihrem Lehrer direkt ins Gesicht. »Wie steht es denn mit Ihnen? Sie haben ja gesagt, dass Sie nicht verheiratet sind. Aber unser Pfarrer hat Frau und Kinder. Warum sind Sie denn dann solo?«

Weixler lächelte. »Das ist eine gute Frage. Ich denke mal, dass mir die Richtige einfach nicht begegnet ist. Oder vielleicht *noch* nicht begegnet ist. Es kann ja noch was daraus werden.«

»Waren Sie denn noch niemals verliebt? So richtig verliebt, meine ich, bis über beide Ohren?«

»Aber logisch!«, versicherte der Pfarrer. »Sogar mehrmals ganz schwer verliebt. Auch ich war ein Jüngling mit lockigem Haar, an Mut wie an Hoffnungen reich!«

»Hören Sie bloß auf mit diesem dämlichen Lied«, murrte Susanne. »Das haben wir in der siebten Klasse in Musik beim Bergmaier singen müssen. Wenn Sie also schon ein paar Freundinnen gehabt haben – wie können Sie sich dann so sicher sein, dass die Richtige nicht dabei gewesen ist? Vielleicht haben Sie sich doch auch einfach nur zu blöd angestellt! Und wer einmal eine Chance des Schicksals verpasst, kriegt vielleicht nie mehr eine neue.«

Gegen seinen Willen musste Weixler kurz lachen. Dann sagte er: »Das befürchte ich nicht. Ich glaube nämlich nicht an so was wie Schicksal.«

»Ich schon!«, erwiderte Susanne heftig. »Jedem von uns hält das Schicksal einen Weg bereit. Und den müssen wir herausfinden. Deshalb pendle ich ja und befrage die ...« Sie schlug sich mit der Hand auf den Mund und sagte dann rasch: »Nein, das geht Sie nichts an. Nachher drehen Sie mir noch einen Strick daraus. Also: wenn Sie nicht an das Schicksal glauben – denken Sie dann etwa, dass alles nur Zufall ist, was wir tagtäglich erleben? Dann können Sie einem wirklich Leid tun.«

»Keineswegs«, erklärte Weixler. »Ich glaube aber nicht, dass irgendein Schicksal über mich regiert. Stattdessen bin ich mir sicher, dass Gott meine Wege lenkt.«

»Wortklaubereien!«, sagte sie verächtlich. »Ob Sie es nun Schicksal nennen oder Gottes Wege – das kommt doch auf das Gleiche raus.«

»Da täuschst du dich«, sagte Weixler entschieden. »Das ist ein Riesenunterschied. Das Schicksal ist irgendetwas Dumpfes, das uns Menschen wie Marionetten bewegt und auf das wir keinen Einfluss haben. Ich glaube aber, dass Gott meine Wege lenkt – und dass er es gut mit mir meint. So, wie es Eltern mit ihren Kindern gut meinen.«

»Da kennen Sie aber meine alten Herrschaften nicht«, warf Susanne ein.

»Nein, die kenne ich wirklich nicht. Mag sein, dass du dich manchmal über sie ärgern musst. Und es gab auch Momente, in denen ich sauer auf Gott gewesen bin wegen dem, was er mir gerade wieder geschickt hatte. Aber das kann ich ihm dann im Gebet sagen, während ich mit einem Schicksal nicht reden kann. Und auch wenn es mir nicht passt, was gerade läuft – ich bin mir trotzdem sicher, dass er es gut mit mir meint. Und so war es auch mit meinen Freundinnen.«

»Wie meinen Sie das?«, wollte Susanne wissen.

»Nun, ich hatte drei Freundinnen. Und mit zweien von ihnen hätte ich gern was Festes begonnen. Was Dauerhaftes. Aber beide haben mich irgendwann sitzen lassen – und zwar ähnlich verletzend, wie es gestern mit Peter und dir gelaufen ist. Da habe ich tagelang mit Gott darüber gehadert. Aber diese beiden Frauen kenne ich heute noch, ich sehe sie manchmal auf den Feten für die Ehemaligen in meinem alten Gymnasium. Und wenn ich so sehe, in welche Richtung die sich entwickelt haben – dann bin ich meinem Gott auf Knien dankbar, dass aus unserer Beziehung nichts geworden ist.«

»Das hätte trotzdem nicht so gemein laufen müssen, der Abschied«, meinte Susanne.

»Doch. Denn sonst hätte ich sicher versucht, sie wiederzubekommen, oder hätte ihnen ewig nachgetrauert. Aber nach den Abschiedsvorstellungen, die sie mir geboten hatten, konnte da keine Rede mehr von sein.«

Susanne kaute eine Weile nachdenklich auf einem Grashalm herum. Dann sagte sie: »Und Sie glauben also, dass Gott dafür gesorgt hat, dass es mit Peter und mir vorbei ist?«

»Das weiß ich nicht. Du glaubst ja nach deinen eigenen Angaben an das Schicksal und nicht an Gottes Führung. Ich habe damals zu Gott gebetet, dass er das mit diesen Mädchen und mir richtig lenkt – du wahrscheinlich nicht bei der Sache mit Peter und dir. Und Gott drängt sich niemandem auf.«

Susanne lag noch einige Minuten still da. Dann stand sie auf, klopfte sich das Gras aus den Kleidern und ging weg. Sie sagte kein Wort mehr. Aber Weixler spürte, dass das Eis zwischen ihnen am Schmelzen war.

* * * * *

Endlich neigte sich seine Aufsicht dem Ende zu. Mittlerweile hatte sich auch eine mächtige Wolke vor die sengende Sonne geschoben und hatte so für etwas Erleichterung gesorgt. Nach einer letzten Runde ging Weixler zurück ins Lehrerzimmer.

Dort schaute er routinemäßig zunächst in seinem Fach nach. Unter einem Rundschreiben des Direktors fand er zwei Hausarbeiten, die von Zwölftklässlern erstellt worden waren. Weixler schaute sie rasch durch. Die eine Arbeit beschrieb eine neue freie Gemeinde, welche russlanddeutsche Aussiedler im Nachbarort gegründet hatten. Die andere handelte von einem Kloster, das im Mittelalter hier in Radichheim gestanden hatte. Bei der letztgenannten Arbeit hatte Weixler das spontane Gefühl, dass zumindest Teile davon aus dem Internet gezogen worden waren, ohne dass der Schüler eine Quelle angegeben hatte. Nun, das würde sich feststellen lassen. Im Gedanken notierte er sich, dass er mit diesen beiden Schülern einen Termin für ein Nachgespräch vereinbaren musste.

Danach ging Weixler in den Unterricht. Er empfand ihn an diesem Nachmittag als sehr zäh. Dazu trug sicher bei, dass die Schüler wegen der großen Hitze recht apathisch waren. Normalerweise kannte Weixler einige Mittel, um trotzdem in so einem Fall ein Unterrichtsgespräch in Gang zu bringen. Doch das gelang ihm an diesem Tag nicht so richtig. Zumal er sich in Gedanken immer wieder damit beschäftigte, was man wohl auf den Bildern erkennen würde, die der Dekan an diesem Abend bringen wollte ...

* * * * *

Mit einem Stirnrunzeln schaute Grete noch einmal die Aufzeichnungen an, die vor ihr lagen. Mit ihrem wachen Geist versuchte sie zu ergründen, ob ihr bei der Planung irgendwelche Fehler unterlaufen waren. Sie wusste, dass sie sich keine Nachlässigkeiten erlauben durfte.

Grete machte eine kurze Pause, um den Sud zu trinken, den sie sich zubereitet hatte. Er würde ihr Denkvermögen noch erheblich steigern. Danach wartete Grete eine Weile mit geschlossenen Augen, bis sie sich sicher war, dass der Sud wirken würde.

Schließlich ging sie ihren Plan noch einmal durch. An einigen Stellen nahm sie kleinere Verbesserungen vor. Doch schließlich legte sie den Griffel beiseite.

Grete war vollkommen ruhig. Ihre Sache war gerecht und klar. Sie musste einfach gelingen.

* * * * *

An diesem Abend herrschte im Germstaler Pfarrhaus eine leicht angespannte Ruhe. Jeder der drei Detektive ging seiner Beschäftigung nach. Weixler bereitete Unterricht für die kommenden Tage vor. Als er damit fertig war, telefonierte er eine Zeit lang mit Vikar Wagner, um über eine Hochzeit zu sprechen, die Wagner am kommenden Samstag für Weixler übernehmen würde.

Rainer Müller-Berg saß unterdessen im Hobbykeller am Computer und strengte sich an, durch ein Bildbearbeitungsprogramm die Aufnahmen aus der Wohnung von Renate Fischer noch besser herauszustellen. Er wollte sicher sein, dass sie keine Details übersehen hatten.

Gisbert bügelte im Wäschezimmer und versuchte dabei, über das nachzudenken, was Weixler ihm über Ehe und Ehescheidung gesagt hatte.

Doch keiner der drei Detektive war so recht bei der Sache. Alle waren mit einem Ohr an der Haustür, um die Ankunft des Dekans auf gar keinen Fall zu verpassen.

Doch Großmann ließ weder etwas von sich hören noch sehen. Als die drei bereits überlegten, ob sie das Warten aufgeben und zu einem gemütlichen Bier übergehen sollten, hörten sie, wie unten ein Wagen vor dem Haus hielt. Eine Autotür klappte, dann näherten sich eilige Schritte der Haustür.

Großmann bekam einen gehörigen Schreck. Er trat vor die Tür hin und wollte gerade auf den Klingelknopf drücken, als bereits die Haustür aufflog.

»Abend, Chef!«, rief Weixler. »Als herein in die gute Stube. Sie werden bereits sehnlichst erwartet.«

»Dabei weiß ich noch gar nicht, ob ich Ihre hoch gesteckten Erwartungen erfüllen kann«, gab Großmann zu bedenken. »Als eben der besagte Herr bei mir vorbeikam, dessen Namen ich aus hoffentlich verständlichen Gründen nicht nennen möchte, habe ich mir die Mappe geschnappt und bin sofort losgefahren. Ich habe noch gar keine Gelegenheit gehabt, mir die Bilder anzuschauen.«

»Kein Problem, das machen wir jetzt gemeinsam«, gab Weixler zurück. »Hat Ihr Informant übrigens etwas darüber gesagt, ob beim Abkupfern der Bilder alles glatt verlaufen ist?«

»Nein, aber er hätte mich sicher darauf hingewiesen, wenn es Probleme gegeben hätte«, meinte Großmann. »Auf jeden Fall wird es mir gut tun, dass Sie die Bilder gemeinsam mit mir auswerten werden. Dann landen wir wenigstens zusammen in der Zelle, sollte die Staatsanwaltschaft etwas vom Bilderklau erfahren.«

»Man muss halt alles positiv sehen«, rief Gisbert dazwischen. »Dort wären Sie wenigstens sicher davor, der Nächste auf dem Speiseplan des Kirchenmörders zu werden.«

Mittlerweile hatte sich der Dekan bereits etwas an die Sprüche von Gisbert gewöhnt. Deshalb stimmte er in das Lachen der anderen mit ein.

Unten im Hobbykeller holte der Dekan die Mappe mit den Bildern aus seiner Aktentasche. Müller-Berg wollte sie ihm schon abnehmen, um sie einzuscannen. Doch da griff Weixler ein.

»Einen Augenblick«, sagte er mit wissendem Lächeln. »Papa hat nämlich heute in der Schule ein Gerät ausgeliehen, das uns jetzt eine Menge Zeit sparen wird.«

Weixler zog einen altertümlich aussehenden Kasten aus einer Transportbox heraus, stellte ihn auf den Tisch und schloss ihn an die Steckdose an.

Müller-Berg beäugte den Kasten misstrauisch. »Was soll denn das sein?«, fragte er. »Eine Leihgabe des Museums für prähistorisches Gerät?«

»I wo«, gab der Pfarrer zurück. »Diese Geräte wurden früher recht gern im Gymnasium eingesetzt, bevor der ganze moderne Schnickschnack auf den Markt kam. Es dient dazu, dass man oben auf die Glasplatte ein Buch oder sonst eine Seite legt – und diese Buchseite wird dann an die Wand projiziert. So ähnlich also wie bei einem Tageslichtprojektor, nur dass die Vorlage nicht durchsichtig sein muss.«

Mit diesen Worten nahm er die erste ausgedruckte Seite aus der Mappe heraus und legte sie auf den Kasten. Dann schaltete er den Strom ein. Die beiden Bilder auf der Seite waren in voller Größe an der Wand zu sehen. Als Applaus aufbrandete, verbeugte sich Weixler vor seinen Freunden und vor dem Dekan.

Aber rasch wurden alle wieder ernst. Ihr Augenmerk galt nun den beiden Bildern. Es waren Aufnahmen der Leiche von Corinna Aschhauser. Das erste Foto zeigte den entkleideten Körper der Frau. Alle fühlten sich etwas unwohl dabei, die Verstorbene nackt zu sehen, beruhigten aber ihr Gewissen damit, dass es dabei helfen könnte, den Mörder der Frau zu fassen.

Die folgenden Bilder zoomten immer näher an die Stelle am

Hals heran, wo die Schlange ihre Giftzähne hineingeschlagen hatte. Doch damit hielten sie sich nicht lange auf. Sie suchten nach etwas anderem. Erneut war es Gisbert, der es zuerst entdeckte. »Ich habe schon als Kind gerne Bilderrätsel gelöst«, kommentierte er.

Das scheinbare Muttermal war diesmal sehr geschickt versteckt worden. Im Gesicht der Verstorbenen befanden sich viele Sommersprossen, und mitten unter ihnen war das Zeichen des Mörders aufgemalt worden. Als sie sich das Foto mehrmals mit einer Lupe angeschaut hatten, wurden sie sich einig, dass es sich um die Ziffer »1« handeln musste.

Sie verharrten noch eine Weile bei der Leiche von Frau Aschhauser, um auf gar keinen Fall etwas zu übersehen. Als sie schließlich davon ausgingen, dass zumindest bei dieser Bildqualität kein weiteres für sie wichtiges Detail erkennbar war, nahmen sie sich die Bilder von Ralf Steiner vor.

Bei Steiner war die Menge der Fotos um einiges größer. Der Sturz vom Pferd und das Aufschlagen auf den Stein hatten an mehreren Stellen des Körpers Verletzungen verursacht. Ihre Suche wurde zudem dadurch erschwert, dass die Leiche im Moment der Aufnahmen noch blutverschmiert gewesen war. Fotos von dem gewaschenen Körper fanden sich nicht in der Mappe.

Doch auch hier wurden sie schließlich fündig. Aus irgendeinem Grund hatte der Mörder bei Steiner eine etwas andere Form gewählt. Das Muttermal, das sie in der Nähe des Bauchnabels entdeckten, bestand dieses Mal nicht aus einer Ziffer. Erst nach mehreren Anläufen merkten sie, dass es zusammen mit einigen Leberflecken in dieser Gegend des Körpers mit etwas Fantasie die Ziffer »6« bildete.

Insgesamt saßen sie rund zwei Stunden vor den Fotos. Schließlich tränten ihnen die Augen. Gisbert verließ kurz den Raum und servierte dann jedem ein Gläschen Prosecco. »Nur um das Gehirn durchzupusten«, erklärte er. Alle nippten an ihrem Getränk.

Schließlich ergriff Müller-Berg das Wort. »Also, Freunde. Auch bei diesen beiden Leichen war das aufgemalte Muttermal das einzige Markenzeichen des Mörders. Folglich will er uns damit irgendetwas sagen.«

»Oder alle Ermittler an der Nase herumführen«, brummte Gisbert. »So eine Art Beschäftigungstherapie für uns, damit wir uns nicht mit den für ihn gefährlichen Spuren befassen.«

»Wenn wir die Reihenfolge der Morde berücksichtigen«, fuhr Müller-Berg unbeirrt fort, »dann lautet die Ziffernfolge 1, 6, 6. Die Frage ist nun, was das zu bedeuten hat. Irgendeine Nummerierung dürfte es wohl nicht sein.«

»Wenn wir nur die beiden Sechser hätten, dann könnte man an die Zahl 666 denken, die in der Bibel für den Teufel steht«, meinte Weixler.

»Wenn das Wörtchen wenn nicht wär«, tönte aus Gisberts Ecke.

»Ich habe eben überlegt, ob die Zahlen für Buchstaben im Alphabet stehen sollen«, äußerte sich der Dekan. »Dafür müsste man natürlich auch wissen, ob man an das deutsche Alphabet zu denken hat oder beispielsweise an das griechische oder russische. Im deutschen Alphabet ist der erste Buchstabe das ›A‹, der sechste Buchstabe das ›F‹. Zusammen also kommt man auf das Wort ›AFF‹. In meiner pfälzischen Heimat wird so das Wort ›Affe‹ abgekürzt. Vielleicht will sich der Mörder über die Ermittler lustig machen. Nach dem Motto: Schaut her, jetzt denkt ihr, ihr hättet was entdeckt, aber ich lege euch nur rein, ihr Affen.«

»Ein Massenmörder mit Humor?«, murmelte Weixler vor sich hin. Doch man konnte dem Dekan ansehen, dass er selbst nicht so recht an seinen Erklärungsversuch glaubte.

»Wie wäre es denn, wenn wir das als eine Jahreszahl deuten würden?«, schlug nun Rainer Müller-Berg vor. »Vielleicht will der Killer uns ja auf das Jahr 166 hinweisen.«

Weixler zuckte mit den Schultern. »Warum eigentlich nicht. Wobei mir im Moment kein wichtiges Ereignis einfällt, das in diesem Jahr passiert ist. Ich halte derzeit auch noch am Gedanken fest, dass die Morde etwas mit der Kirchengemeinde in Radichheim zu tun haben. Denn um die andere Spur, um die mit Eschhagen, scheint sich derzeit unsere Polizei intensiv zu kümmern. Daher sollten wir uns mit der Kirchengemeinde-Spur beschäftigen. Und ich möchte meinem verehrten Chef nicht zu nahe treten – aber ich glaube kaum, dass es im Jahr des Herrn 166 bereits eine christliche Gemeinde in Radichheim gegeben hat. Vermutlich saßen die damaligen Radichheimer unter ihren heiligen Eichen und haben dem Odin ihre Spanferkel geopfert.«

Alle lachten, wenn auch das Lachen etwas mühsam klang. Nur Gisbert blieb merkwürdig ruhig. Schließlich erstarb das Gelächter, und alle schauten zu Gisbert hinüber. Er hielt sein Gesicht gesenkt und grübelte ganz offenkundig vor sich hin.

Dann meinte er stockend: »Ich bin ja nicht so gelehrt wie meine beiden Freunde und wie der Herr Dekan. Aber trotzdem kam mir da eben ein Gedanke, der mich nicht loslässt.«

»Spuck ihn aus!«, forderte Weixler ihn auf.

Gisbert kratzte sich am Kopf. »Woher wisst ihr eigentlich so genau, dass wir uns auf diese drei Ziffern beschränken müssen? Wer kann uns sagen, ob Renate Fischer die letzte Leiche gewesen ist? Vielleicht kommen wir nur nicht auf die Lösung, weil der Mörder noch ein viertes Verbrechen plant und uns dann die fehlende vierte Ziffer gratis frei Haus nachliefern wird.«

»Na toll!«, sagte Müller-Berg spöttisch. »Sollen wir also nach deiner Meinung hier herumsitzen und Däumchen drehen, bis der Mörder so nett sein wird, uns die vierte Leiche vor die Füße zu legen?«

Doch Gisbert war nicht gewillt, sich von dieser Ironie aus der Fassung bringen zu lassen. Ruhig sprach er weiter: »Ich habe nur eine Möglichkeit genannt, Dicker. Ich wollte verhindern, dass wir uns jetzt zu sehr an diesen drei Ziffern festklammern, obwohl eine Lösung mit ihnen vielleicht gar nicht möglich ist.«

Weixler schaute ihn rasch an. »Gisbert, ich habe das Gefühl, dass du uns noch nicht alles verraten hast«, sagte er seinem Freund auf den Kopf zu.

Gisbert wand sich etwas unbehaglich. Dann antwortete er: »Es ist nur so eine Idee, Kumpel. Ob die was taugt, weiß ich nicht. Mir geht da nicht aus dem Kopf, was du über die Hexen berichtet hast.«

»Hexen?«, wiederholte Weixler etwas ratlos.

»Ja, Hexen. Du hast uns erklärt, dass dieses Gemälde auf dem Rücken von der Fischer Witchboard genannt wird, was so viel wie Hexentafel bedeutet. Und dann hast du auch gesagt, dass man früher diese Muttermale als Hexenmale angesehen hätte. Und da kam mir die Idee, an die Zahl 166 noch eine vierte Ziffer anzuhängen. Dann käme als Jahreszahl irgendwas zwischen 1660 und 1669 heraus. War das nicht die Zeit, in der die Hexenprozesse stattgefunden haben?«

Weixler warf Gisbert einen überraschten Blick zu. »Ja, da hast du Recht. Sie waren zwar schon in der letzten Phase, aber dennoch brannten an vielen Orten noch die Scheiterhaufen. Du denkst also, dass uns der Mörder auf irgendeinen Hexenprozess hinweisen will?«

»Es wäre doch immerhin möglich«, sagte Gisbert.

Weixler wandte sich an den Dekan. »Chef, mir hat mal jemand gesagt, dass in der Ortschronik von Radichheim etwas über Hexenprozesse berichtet wird. Haben Sie vielleicht ein Exemplar dieser Ortschronik?«

Der Dekan überlegte kurz. Dann sagte er: »Ja, irgendwo müsste ich noch so ein Teil herumstehen haben. Man hat es mir damals zu meiner Einführung geschenkt. Ich habe ein wenig darin geblättert, fand sie aber sehr langweilig geschrieben. Deshalb habe ich sie wieder weggelegt. Wollen Sie im Ernst dieser Idee nachgehen, Bruder Weixler?«

»Warum eigentlich nicht?«, erwiderte Weixler ruhig.

»Nun, es ist für mich rein methodisch schwierig«, erklärte der Dekan. »Es handelt sich hier ja um eine unbewiesene Hypothese, dass es nämlich um einen Hexenprozess gehen soll, die sich wiederum auf eine andere unbewiesene Hypothese stützt, dass nämlich ein vierter Mord folgen wird mit einer vierten Ziffer.«

Weixler ließ sich diesen Einwand durch den Kopf gehen. Dann sagte er: »Sie haben schon Recht. Es ist eine reine Spekulation. Aber Sie haben ja gemerkt, dass uns nichts Besseres eingefallen ist. Was würde es schaden, wenn wir mal in Ihre Chronik hineinschauen würden, ob uns das weiterbringen kann?«

»Einverstanden«, stimmte Großmann zögernd zu. »Aber nicht mehr heute Abend. Immerhin ist es schon kurz vor elf. Wissen Sie was, meine Herren? Kommen Sie doch einfach morgen früh zum Frühstück zu mir, und dann können wir gemeinsam nach dieser Chronik sehen.«

Mit einem Kopfnicken gaben Müller-Berg und Gisbert ihr Einverständnis bekannt. Weixler ging im Geist seine Termine durch, dann nickte auch er. »Das geht in Ordnung. Um wie viel Uhr dürfen wir Sie denn belästigen?«

»Für meine Frau und mich wird es eine Ehre sein, keine Last«, versicherte der Dekan. »Nun, ich schlage vor, dass wir uns gleich um acht Uhr treffen. Wäre Ihnen das recht?«

Die Detektive waren einverstanden. Als sie den Dekan zur Haustür geleitet hatten und sich Großmann bereits verabschiedet hatte, drehte er sich noch einmal um. »Was denken Sie? Wäre es nicht unsere Pflicht, die Polizei über unsere Entdeckung mit den Ziffern zu informieren?«

Gisbert tippte sich kurz, aber erkennbar an die Stirn. Dann trat er vor den Dekan hin. Und halblaut sagte er: »Mein lieber Herr Gesangsverein, das lassen Sie mal schön bleiben. Ihr Idealismus in allen Ehren. Aber was wollen Sie den Bullen darüber sagen, wo wir diese Bilder her haben?«

Dem Dekan klappte der Unterkiefer runter. Dann leuchtete ihm ein, was Gisbert da gesagt hatte. Er nickte kurz, dann drehte er sich um und verschwand zu seinem Auto.

Als sich die Haustür geschlossen hatte, sagte Gisbert: »Wie gut, Kumpel, dass ich dich kenne. Sonst müsste ich mir doch langsam Gedanken darüber machen, wie weltfremd Pfarrer manchmal sind.«

Die Verdächtige

Die Nacht war drückend heiß und stickig gewesen. Keiner der drei Detektive hatte allzu viel Schlaf gefunden. Deshalb fühlte sich Weixler wie gerädert, als er um sechs Uhr morgens aufstand. Und auch die kalte Dusche, die er im Bad über sich ergehen ließ, half ihm heute kaum, richtig wach zu werden. Weixler hatte Mühe, aus den verquollenen Augen zu schauen, als er schließlich wieder aus dem Bad heraus in den Flur des Germstaler Pfarrhauses trat.

Er blieb einen Augenblick lang stehen. Irgendetwas störte ihn, aber er konnte im ersten Moment nicht so richtig sagen, was es war. Doch dann fiel es ihm auf. Im Haus herrschte noch völlige Ruhe. Dabei war Gisbert, der ein passionierter Frühaufsteher war, um diese Tageszeit normalerweise schon schwer aktiv und nicht zu überhören.

Gähnend klopfte Weixler an die Tür von Gisberts Zimmer. Von drinnen war keine Reaktion zu vernehmen. Er klopfte noch einmal, dieses Mal etwas lauter. Wieder nichts.

Vorsichtig öffnete Weixler die Tür und spähte hinein. Gisberts Bett war leer. Der Kleiderstapel, den Gisbert normalerweise am Vorabend auf seinem Tisch für den darauf folgenden Tag bereitlegte, war verschwunden. Also musste Gisbert bereits aufgestanden sein. Die Frage war nur noch, wo er jetzt steckte.

Leicht beunruhigt ging Weixler nach unten. Keine Menschenseele war zu sehen. Doch im Esszimmer fand er einen Zettel auf den Tisch.

Es fiel Weixler nicht leicht, mit seinen müden Augen die Handschrift von Gisbert zu lesen. Immer wieder verschwam-

120

men die Buchstaben vor seinen Augen. Doch schließlich hatte er erfasst, welche Nachricht ihm sein Freund hinterlassen hatte.

Auf dem Zettel stand: »Hallo Klaus, hallo Rainer, ich wünsche euch einen schönen guten Morgen! Kaffee steht in der Thermoskanne in der Küche bereit. Bitte seid mir nicht böse, aber ich kann euch heute nicht zum Dekan begleiten. Ich muss dringend eine private Sache regeln. Ich melde mich bei euch, wenn ich wieder zurückfahre. Haltet die Ohren steif! Und macht mir keine Schande! Gottes guter Segen begleite euch auf eurem Weg!«

Als eine Viertelstunde später Rainer Müller-Berg ins Esszimmer kam, fand er Weixler nachdenklich vor einer Tasse Kaffee sitzen. Statt einer Begrüßung wies Weixler stumm auf den Zettel. Müller-Berg las ihn durch und konnte damit erkennbar nichts anfangen.

»Weißt du, was in ihn gefahren ist?«, erkundigte er sich.

Weixler schaute vor sich hin. »Ich weiß es nicht genau, aber ich habe so eine Ahnung. Und die sagt mir, dass er heute nach Lohrbeuren gefahren ist.«

»In seinen Heimatort? Ausgerechnet heute? Was will er denn in diesem Kaff?«

»Er will Frieden schließen mit seiner Vergangenheit. Tut mir Leid, aber genauer darf ich es dir nicht sagen. Gisbert befindet sich jedenfalls in einer ziemlichen seelischen Not. Und das sollten wir respektieren, auch wenn wir ihn dringend hier brauchen könnten.«

Müller-Berg sah nicht so aus, als ob ihn diese Erklärung zufrieden stellen würde. Aber er fügte sich in Weixlers ablehnende Haltung. Und so verließen die beiden einige Zeit später ohne ihren dritten Mann das Pfarrhaus, um zum Arbeitsfrühstück mit dem Dekan zu fahren.

Kurz vorher hatte Weixler noch eine SMS an Gisbert geschickt. Müller-Berg fragte gar nicht erst, was sein Freund da geschrieben hatte. Er wusste, dass er darauf doch keine Antwort bekommen würde.

* * * * *

Auch Großmann sah nicht allzu ausgeschlafen aus, als er den beiden um Punkt acht Uhr die Haustür öffnete. Er wunderte sich ebenfalls über die Abwesenheit von Gisbert, bekam aber auf seine Rückfrage nur die lapidare Auskunft, dass Gisbert an dem Tag eine dringende private Angelegenheit regeln musste.

Der Hausherr geleitete seine beiden Gäste in das Esszimmer, wo bereits ein ausgezeichnetes Frühstück auf sie wartete. Großmann wusste, was er seinem Ruf als Gastgeber schuldig war. Das gute Essen sorgte im Verbund mit der Müdigkeit der Männer dafür, dass in den ersten Minuten außer ein paar Belanglosigkeiten nichts gesprochen wurde.

Doch plötzlich öffnete sich die Zimmertür und Großmanns Frau betrat den Raum. Aufgeregt legte sie die Tageszeitung vor ihren Mann hin, die sie gerade aus dem Briefkasten geholt hatte. Stumm zeigte sie auf die Schlagzeile.

Großmanns Gesicht wurde erst blass, dann kehrte die Farbe langsam wieder zurück. Er las den Leitartikel durch, während sich seine beiden Gäste fragten, was um alles in der Welt dort so Wichtiges stehen konnte. Sie hatten am Vorabend noch Nachrichten im Fernsehen gesehen, aber dort war nichts gemeldet worden, was eine derartige Reaktion hätte erklären können.

Schließlich blickte der Dekan sie leicht verwirrt an. »Meine Herren, ich darf Ihnen sicher vorlesen, was die Zeitung meldet. Die Schlagzeile lautet: ›Mordserie in Radichheim aufgeklärt? Dringend Tatverdächtige festgenommen.‹«

Müller-Berg und Weixler erhoben sich halb von ihren Stühlen. Doch Großmann winkte ab. »Bleiben Sie doch bitte sitzen. Nun, ich habe eben den Artikel überflogen. Er führt kurz auf, um welche Morde es eigentlich geht – denn bisher hatte sich die Zeitung an die Absprachen mit der Polizei gehalten und noch nichts darüber gemeldet, dass diese drei Todesfälle auf Mord zurückzuführen sind. Aber natürlich haben es hier im Ort schon die Spatzen von den Dächern gepfiffen, zumal nach dem Warnbrief, den wir verschickt haben. Jetzt also die erste offizielle Meldung über die Morde. Und dann steht da, dass die Polizei gestern Nachmittag eine dringend Tatverdächtige festgenommen habe. Eine Frau. Sie wohnt nicht weit von dem Haus entfernt, in dem Corinna Aschhauser und Renate Fischer umgebracht worden sind.«

»Moment mal«, warf Müller-Berg ein. »Heißt die Dame, die sie da einkassiert haben, zufällig mit Vornamen Margret?«

Großmann schaute ihn an wie vom Donner gerührt. Nur mühsam fand er seine Sprache wieder. »Woher um alles in der Welt wissen Sie das? Ja, es stimmt. Der Vorname wird genannt, der Nachname wie üblich nur abgekürzt. Die Frau soll ›Margret S.‹ heißen.«

Plötzlich ging Weixler ein Licht auf. Aufgeregt fragte er: »Rainer, war das etwa die eine Dame, der du im Hausflur dort begegnet bist?«

»Das muss sie sein!«, gab Müller-Berg grimmig zurück. »Aber ich glaube, wir sollten unserem Gastgeber erst einmal erklären, woher ich die Dame kenne.«

Rasch klärte er Großmann darüber auf, wie er diese Frau an dem Tag gesehen hatte, an dem Renate Fischer ermordet worden war, und was Erich Lehmann über sie erzählt hatte. Er fügte hinzu, dass sie auch bei den Detektiven auf der Liste der verdächtigen Personen gestanden hatte.

Und er schloss mit den Worten: »Mir war klar, dass sich die Polizei recht bald um sie kümmern würde. Steht denn irgendetwas im Artikel drin, weshalb man sie jetzt verdächtigt?«

»Der erste Anhaltspunkt war natürlich, dass sie kurz nach dem Mord gesehen wurde, wie sie vom oberen Stockwerk herunterkam«, erklärte Großmann. »Und die Geschichte, die sie der Polizei erzählt hat, klang wohl recht unglaubwürdig. Was genau das war, steht nicht im Artikel. Jedenfalls hat sich daraufhin die Polizei mit ihrer Vergangenheit beschäftigt. In dem Zusammenhang stellte sich heraus, dass sie früher als Tierpflegerin gearbeitet hatte, bevor sie nach ihrer Heirat den Beruf aufgegeben hat. Und nun raten Sie mal, um welche Tiere sie sich gekümmert hat!«

»Etwa um Schlangen?«, fragte Weixler ungläubig.

»Messerscharf erraten. Im Frankfurter Zoo war sie im Reptilienhaus beschäftigt gewesen, wenn auch nur rund zwei Jahre lang. Deshalb hatte sie durchaus genügend Sachkenntnisse, um eine Giftschlange im Schlafzimmer von Corinna Aschhauser zu platzieren. Zumal sie früher nur ein Stockwerk höher gewohnt hatte und ihre Wohnung vom Grundriss her völlig identisch gewesen war. Das heißt, sie konnte sich dort ausgezeichnet zurechtfinden.«

»Und ich nehme mal an, dass sie kein Alibi hat für die Nacht, in der Frau Aschhauser gestorben ist«, mutmaßte Müller-Berg.

»Völlig richtig. Und jetzt kommt der Clou. Weil ihr nach dem Tod ihres Mannes die Decke auf den Kopf gefallen war, hat sie einige Monate lang als Putzfrau bei der Firma Eschhagen gearbeitet. Doch dann wurde sie beschuldigt, in einem der Büros etwas gestohlen zu haben. Der Vorwurf war wohl berechtigt gewesen, denn sie war sofort bereit, den Schaden zu ersetzen und still und heimlich zu gehen, wenn die Firma im Gegenzug auf eine Anzeige verzichtete. Sie werden sich schon denken können, wer sie da des Diebstahls beschuldigt hat.«

»Ralf Steiner?«, stellte Weixler mehr fest, als dass er es fragte.

»Wer sonst. In Gesprächen mit einigen Bekannten hat sie jedenfalls Gift und Galle gespuckt gegen ihn. Sie warf ihm in diesen Gesprächen vor, dass er sie bewusst in Versuchung geführt hätte, weil er offen einen Geldbetrag auf seinem Schreibtisch hatte liegen lassen. Und sie sei doch eine arme Witwe, die auf jeden Euro dringend angewiesen sei.«

»Hm. War das alles, was gegen sie spricht?«, schaltete sich Müller-Berg ein.

»Nein. Es gibt wohl noch mehr belastende Indizien und auch eine Zeugenaussage. Aber darüber wollte die Polizei nichts sagen mit Hinweis auf die laufenden Ermittlungen.«

»Hat sie denn schon gestanden?«, wollte Weixler wissen.

»Nein, noch nicht. Aber wenn man der Polizei glauben darf, dann ist das nur noch eine Frage der Zeit.«

Für wenige Augenblicke waren alle drei still. Jeder versuchte, diese überraschende Wendung des Falles in seinen Gedanken einzuordnen. Schließlich meldete sich Müller-Berg wieder zu Wort.

»Ich weiß nicht so recht. Natürlich könnte sie es gewesen sein. Aber ich kann mir das nicht vorstellen.«

»Warum denn nicht?«, fragte Großmann leicht entgeistert.

»Das ist nur so eine Sache des Gefühls. Ihr hättet die Frau sehen sollen. Sie sah nicht sonderlich intelligent aus. Ja, man könnte sogar sagen, dass ihr Gesichtsausdruck dumm war. Von meinem Gefühl her traue ich dieser Margret keine so ausgeklügelten Morde zu. Auch wenn ich sie natürlich auf die Liste der Verdächtigen gesetzt hatte. Nein, irgendetwas daran stört mich.«

»Sie meinen, die Polizei hat möglicherweise die Falsche erwischt?«, sagte der Dekan mit steigender Panik in seiner Stimme.

»Ja, es wäre möglich. Ich sage nicht, dass es so sein muss, aber es wäre immerhin möglich. Und die Folgen davon wären natürlich katastrophal. Denn während die Polizei jetzt überzeugt ist, die Täterin zu haben, und deshalb nicht mehr gründlich weiterermitteln wird, könnte der wahre Mörder in aller Ruhe seinen nächsten Schlag vorbereiten.«

»Das heißt«, sagte Weixler nach einer kurzen Pause, »dass jetzt umso mehr Verantwortung auf uns liegt. Solltest du Recht damit haben, dass die Polizei die Falsche verhaftet hat, dann sind wir die Einzigen, die ein weiteres Verbrechen verhindern können.«

Großmann mahlte mit seinen Zähnen. Schließlich sprang er auf. »Meine Herren, allein diese Möglichkeit treibt mir den Schweiß auf die Stirn. Meine Mitarbeiterinnen und Mitarbeiter haben größtenteils Vorsichtsmaßnahmen ergriffen, nachdem sie den Warnbrief erhalten hatten. Aber die lesen natürlich auch die

Zeitung. Sie werden denken, dass nun alles vorbei sei und keine Gefahr mehr für sie bestehe. Wenn also der wahre Täter wieder zuschlagen will, wird er sein Opfer möglicherweise arglos und unvorbereitet treffen. Lassen Sie uns bitte nach der Chronik schauen, denn wenn Sie Recht haben, dann rennt uns die Zeit davon.«

Weixler und Müller-Berg schauten sich an. Dann stand der Pfarrer auf. »In Ordnung, Chef. Machen wir uns an die Arbeit. Wo haben Sie das Geschichtswerk versteckt?«

* * * * *

Als die Detektive gerade ihren letzten Schluck Kaffee tranken und sich danach erhoben, um dem Dekan zu folgen, war auch Grete gerade im Begriff, aufzubrechen.

Noch einmal ging sie ihren Plan durch. Und sie kontrollierte auch zum wiederholten Mal, ob sie alles dabeihatte, was sie brauchte. Denn Grete war überzeugt davon, dass sie ohne ihre gründliche Planung schon längst keine Chance mehr hätte, ihr Werk zu vollenden. Und es musste vollendet werden. Sie wusste, dass sie keine Wahl hatte.

Schließlich verließ sie das Haus. Wie es ihrer Gewohnheit entsprach, schaute sie noch einmal auf die Uhr. Es war genau 8.36 Uhr.

* * * * *

»Also, meine Herren, in einem dieser Kartons müsste die Chronik sein. Ich habe vergangenen Sommer aus Platzmangel alle Bücher aus meinem Arbeitszimmer ausgelagert, die ich im Alltagsbetrieb nicht dringend brauche. Ich würde vorschlagen, dass jeder von uns sich vier der Kartons vornimmt.«

Müller-Berg nickte. »Geht in Ordnung, Herr Dekan. Es wäre aber gut, wenn Sie uns sagen könnten, wie das Buch ungefähr ausgesehen hat. Das würde uns die Suche erleichtern.«

126

Großmann dachte scharf nach. Dann meinte er: »Wenn ich mich recht erinnere, hat es einen grünen Einband. Vorn drauf ist ein historisches Bild von Radichheim in Schwarzweiß.«

Die Männer machten sich an die Arbeit. Weixler staunte sehr darüber, welche Schätze er in seinen Kartons fand. Wenn das schon die Bücher waren, die der Dekan aussortiert hatte, dann wollte er gar nicht erst wissen, was sein Chef noch alles in seinem Arbeitszimmer stehen hatte. Da konnte Weixler nur noch neidisch werden.

Wegen der großen Schwüle war es für die Männer eine schweißtreibende Arbeit. Doch keiner beklagte sich. Verbissen und konzentriert wühlten sie sich durch die Bücherberge.

* * * * *

Auf ihrem Weg kam Grete auch an einem Zeitungsstand vorbei. Zufällig fiel ihr Blick auf die Schlagzeile der Tageszeitung. Überrascht blieb sie stehen und las den Teil des Berichts, der vorne auf der ersten Seite stand. Die bösen Blicke des Verkäufers beachtete sie gar nicht. Erst als er eine Bemerkung machte, wurde ihr bewusst, dass er sich wegen dieser Szene unter Umständen an sie würde erinnern können. Hastig bezahlte sie die Zeitung, klemmte sie unter den Arm und ging weg.

Erneut schaute sie auf die Uhr. Sie lag gut im Zeitplan. Da konnte sie es sich erlauben, auf einer Parkbank eine kurze Pause einzulegen und den ganzen Artikel zu lesen. Wobei sie große Mühe hatte, ein Kichern zu unterdrücken. Es war niemals gut, sich zu früh zu sicher zu fühlen. Das galt sowohl für die Polizei als auch für die Opfer als auch für Grete selbst.

* * * * *

»Da, Chef. Ich glaube, ich habe es gefunden.« Triumphierend hielt Weixler das grüne Buch in die Höhe. Sofort ließen die beiden anderen ihre Bücherkisten stehen und kamen zu ihm herüber.

Weixler war historisch sehr interessiert. Deshalb hatte er schon einige Chroniken gelesen und fand sich schnell darin zurecht. Er merkte rasch, dass der Verfasser – ein gewisser Herr Kurt Leisler – ein Verfahren gewählt hatte, das für alle Leser vorteilhaft war, die sich nur einen groben Überblick über die Geschichte verschaffen wollten und an den Details nicht so interessiert waren. Leisler bot im ersten Teil eine fortlaufende Erzählung, und wer wollte, konnte dann im zweiten Teil vertiefende Informationen und auch einige historische Texte dazu lesen.

Den nicht allzu großen Abschnitt über Hexenprozesse fand Weixler nicht in dem Kapitel über das Gerichtswesen, wo er ihn erwartet hätte, sondern in dem über Kirchengeschichte. Offenbar war Kurt Leisler einer von den Männern, welche die Kirche für alles Böse verantwortlich machen wollten. Dabei wusste Leisler natürlich, dass es die staatlichen Behörden gewesen waren und nicht die Kirchen, die bei den Prozessen gegen die Hexen federführend gewesen waren, weil die Fürsten in den Hexen eine Bedrohung für Land und Leute gesehen hatten.

Ein erster Blick auf die Jahreszahlen zeigte Weixler, dass Gisberts Vermutung nicht abwegig gewesen war. Wie es aussah, hatte es überhaupt erst ab etwa 1650 Hexenprozesse in Radichheim gegeben. Das hatte damit zu tun, dass Radichheim damals von seinem Landesherrn an einen anderen Fürsten verkauft worden war, der es mit der Verfolgung der Hexen viel ernster genommen hatte und deshalb entsprechenden Druck auf die Ortsgerichte ausgeübt hatte.

Trotzdem hatte sich offenbar das Zentgericht in Radichheim eine gewisse Eigenständigkeit bewahrt. Bei den ersten Prozessen waren die angeklagten Frauen und Männer noch recht glimpflich davongekommen. Es gab nur wenige Todesurteile, dafür einige Geldstrafen und in zwei Fällen eine Ausweisung der Verurteilten.

Großmann und Müller-Berg versuchten herauszufinden, was Weixler gerade las, aber außer ein paar hingeworfenen Brocken

128

erfuhren sie nichts. Dafür war Weixler viel zu vertieft. Müller-Berg war zwar überzeugt davon, dass er als Fachmann für alte Schriften besser geeignet gewesen wäre, eine solche Recherche durchzuführen, aber er hielt sich zurück und ließ seinen alten Freund machen.

Plötzlich stockte Weixler. Rasch las er einen Abschnitt durch, dann blätterte er nach hinten, wo die weiterführenden Informationen zu finden waren. Aufgeregt murmelte er vor sich hin: »Ägypten ... ja, natürlich ... Kirchengemeinderat ... das passt auch ...« Die beiden anderen merkten, dass seine Aufregung immer mehr stieg. Aber sie konnten sich keinen Reim auf das machen, was Weixler da sagte.

Schließlich stieß Weixler die Chronik von sich weg. »Ich muss mir ganz sicher sein!«, rief er dem Dekan zu. »Ich bräuchte dringend eine Bibel.«

Großmann überlegte nicht lange und holte eine. Weixler blätterte wie wild darin. Dann schaute er seinen Vorgesetzten mit einer Mischung aus Erregung und Verzweiflung an. »Ein Waisenhaus haben Sie vermutlich nicht hier im Ort?«, stieß er hervor.

Der Dekan schüttelte den Kopf. Weixler überlegte weiter. Dann griff er sich an die Stirn. »Natürlich, das muss es sein. Einen Kindergarten haben Sie doch hier oder etwa nicht? Einen evangelischen, meine ich? In unserem Organisationsschema der Kirchengemeinde meine ich so etwas gesehen zu haben.«

»Ja, aber nur einen kleinen«, antwortete Großmann. »Die meisten Kinder gehen in die beiden kommunalen Kindergärten. Doch vor ein paar Jahren haben Eltern die Idee gehabt, dass unbedingt auch ein evangelischer Kindergarten im Ort sein sollte, weil sie eine ausdrücklich christliche Erziehung für ihre Kinder wünschten. Und weil die Kirchengemeinde dafür kein Geld gehabt hat, haben die Eltern die meisten Sachen in Eigeninitiative aufgezogen. Sie haben einen Trägerverein gegründet, bei Kindergärten im Umkreis altes Material gesammelt und auch eine Erzieherin gefunden. Erst im vergangenen Jahr hat die Kirchengemeinde die Erlaubnis vom Oberkirchenrat bekommen, diesen Kindergarten offiziell als Einrichtung der Kirchengemeinde zu übernehmen.«

Mit wachsender Ungeduld hatte Weixler dem Dekan zugehört. Dann sagte er: »So spannend diese Geschichte auch ist, ich muss Sie doch bitten, sich auf das Wesentliche zu beschränken. Die Zeit läuft uns davon. Wer leitet heute diesen Kindergarten?«

»Wir haben nur eine Erzieherin, die darin arbeitet. Sie wird von Müttern unterstützt.«

»Und wie heißt diese Erzieherin?«, fragte Weixler. Sein Tonfall verhieß nichts Gutes.

»Mechthild Frauenreiter. Eine noch junge Frau. Es ist ihre erste Stelle.«

»Und ist sie heute wohl im Kindergarten?«

»Heute? Am Samstag? Nein, auf gar keinen Fall. Sie dürfte wohl zu Hause sein.«

Weixler dachte kurz nach. Großmann und Müller-Berg hielten den Atem an.

Dann blickte Weixler wieder auf. »Wir müssen jetzt sehr schnell handeln. Diese Frau Frauenreiter schwebt in Lebensgefahr. Ich habe allen Grund für die Annahme, dass sie das nächste Opfer sein wird.«

»Warum ausgerechnet sie?«, stieß Großmann hervor.

»Wir haben jetzt keine Zeit zum Reden. Ich werde Ihnen hinterher alles erklären. Folgen Sie mir.«

Mit Riesenschritten ging Weixler voraus zu dem kleinen Büro, in dem die Dekanatssekretärin saß. Knapp sagte er: »Wir fahren jetzt los zu Mechthild Frauenreiter. Sie schwebt in Lebensgefahr. Bitte rufen Sie Frau Frauenreiter sofort an und sagen Sie ihr, dass sie auf keinen Fall ihre Wohnung verlassen und alle Türen und Fenster gut absichern soll. Sie darf niemandem die Tür öffnen! Dann rufen Sie bitte die Polizei an und bitten Sie die Beamten, dass sie sofort einen Streifenwagen zur Wohnung von Frau Frauenreiter schicken sollen. Wir werden dort sein und ihnen alles erklären.«

Die Sekretärin schaute den Dekan an. Sie war sich nicht sicher, was sie von dieser Eigenmächtigkeit Weixlers halten sollte. Sie hoffte auch darauf, dass diese bedrohlichen Worte nur ein schlechter Witz gewesen waren. Doch als Großmann durch sein Nicken die Anweisungen von Weixler bestätigte, wurde die Sekretärin blass und griff zum Telefonhörer. Sie hörte gerade den ersten Klingelton in der Leitung, als die Tür bereits hinter Großmann, Weixler und Müller-Berg ins Schloss fiel. Nur wenige Sekunden später heulte ein Motor auf und ein Auto fuhr mit quietschenden Reifen weg.

Die Sekretärin ließ es lange klingeln. Sie war so konzentriert, dass sie gar nicht hörte, wie ein anderes Auto vor dem Dekanat hielt.

* * * * *

Mechthild Frauenreiter war an diesem Morgen in einer etwas merkwürdigen Stimmung. Sie war eine sehr lebenslustige junge Frau, die sich nicht so leicht durch etwas beirren ließ. Daher hatte sie den Brief des Kirchengemeinderats, in dem vor möglichen Mordanschlägen auf Mitarbeiterinnen und Mitarbeiter der Kirchengemeinde gewarnt worden war, nicht so recht ernst genommen. Erst durch die Zeitungslektüre an diesem Morgen war ihr bewusst geworden, in welcher Gefahr sie geschwebt hatte. Daher schwankte sie zwischen einem leichten Schock und großer Erleichterung, dass nun offenkundig alles vorbei war.

Das Wochenende war ihr dieses Mal sehr gelegen gekommen. Auch im Kindergarten ging es nämlich zunehmend bürokratisch zu, mit ständig neuen Vorschriften und Bestimmungen. Deshalb war sie froh darüber gewesen, etwas Luft zu bekommen, um einiges an Verwaltungsarbeit vom Schreibtisch zu schaffen, die sie bei der tagtäglichen Beschäftigung mit den Kindern einfach nicht erledigt hatte.

Sie setzte sich noch einen Kaffee auf und nahm dann ein Merkblatt zur Hand, in dem im üblichen schwer verständlichen

Bürokratendeutsch erklärt war, wie ein bestimmter Statistikbogen ausgefüllt werden musste. Bereits nach der ersten halben Seite sank ihre Laune beträchtlich. Darum war es ihr gar nicht unrecht, als es an ihrer Tür klingelte.

* * * * *

Im Polizeirevier von Radichheim war man unsicher, was man mit einem merkwürdigen Anruf aus dem Dekanat anfangen sollte, in dem eine verwirrt wirkende Frau von einem möglichen Mordanschlag auf die Leiterin des evangelischen Kindergartens gesprochen hatte und dringend darum gebeten hatte, einen Streifenwagen zu der angegebenen Adresse zu schicken. Der zuständige Beamte hielt es zunächst für einen ziemlichen Unsinn. Vorsichtshalber fragte er dann aber doch bei seinem Vorgesetzten nach.

Der wiederum nahm sofort telefonisch Kontakt mit der Sonderkommission bei der Kripo auf, welche die aktuelle Mordserie bearbeitete. Von dort kam nach einigen Minuten die Order, diese Bitte ernst zu nehmen und den gewünschten Streifenwagen zu schicken.

Etwas verwundert kam der Polizist dieser Anordnung nach. Es stellte sich aber heraus, dass augenblicklich kein Streifenwagen verfügbar war. Und so verstrichen nochmals zehn kostbare Minuten, bis sich endlich die Polizei auf den Weg in die Goethestraße machen konnte, in der Mechthild Frauenreiter wohnte.

Der Dienst habende Beamte im Radichheimer Polizeirevier wäre viel weniger verwundert gewesen, wenn er gewusst hätte, dass seinen Kollegen von der Kripo nach intensiven nächtlichen Verhören mittlerweile erhebliche Zweifel daran gekommen waren, ob sie wirklich den richtigen Fisch an der Angel hatten ...

* * * * *

Als Mechthild Frauenreiter ihre Wohnungstür öffnete, sah sie sich einer älteren Dame mit langen schwarzen Haaren gegenüber. Die Frau war konservativ gekleidet: Strickjacke, langer Rock, etwas klobige Schuhe. Die Kindergartenleiterin war sich sicher, diese Frau noch niemals zuvor gesehen zu haben.

»Ja bitte? Was kann ich für Sie tun?«, erkundigte sie sich höflich.

»Sie sind doch Frau Frauenreiter, die Kindergartentante vom evangelischen Kindergarten?«, wollte ihre Besucherin mit brüchiger Stimme wissen.

Mechthild Frauenreiter wunderte sich zwar etwas über diese längst überholte Bezeichnung, aber irgendwie passte sie zum Äußeren der Frau. »Ja, ich bin die Leiterin des evangelischen Kindergartens. Wollen Sie etwas Dienstliches mit mir besprechen?«

Etwas verlegen trat ihre Besucherin von einem Bein aufs andere. Dann sagte sie: »Ich habe Ihre Adresse von der Frau bekommen, die im Kindergarten putzt. Wissen Sie, es geht um mein Enkelkind. Es wohnt erst seit kurzem hier bei mir in Radichheim. Und ich bräuchte dringend einen Platz im Kindergarten für den kleinen Marco.«

In der Wohnung klingelte das Telefon, es klingelte und klingelte. Mechthild Frauenreiter beachtete es nicht. Die Frau an der Tür war jetzt in ihren Augen vordringlich. Wenn es ein wichtiger Anruf sein sollte, dann würde sich der Anrufer noch einmal melden.

»Es ist Ihr Enkelkind, sagen Sie? Eigentlich müsste ich über so ein Thema mit den Eltern des Kindes reden.«

Der alten Frau war sichtbar unwohl zumute. Sie murmelte: »Das ist so eine Sache. Meine Tochter zieht den Kleinen allein groß. Der Vater hat sich schon lange auf und davon gemacht. Und jetzt hat meine Tochter etwas Dummes angestellt und ist in einer Klinik gelandet ... so einer für Nervenkranke ... Und da ist der Kleine halt bei mir.«

Mechthild Frauenreiter nickte verstehend. Dann fügte ihre

Besucherin hinzu: »Müssen wir das wirklich hier im Treppenhaus besprechen? Wissen Sie, Marco hat es schon schwer genug, und da möchte ich nicht, dass das irgendjemand erfährt und alle Kinder dann mit dem Finger auf ihn zeigen ... Bätsche, deine Mutter ist in der Klapsmühle ...«

Das verstand die Kindergartenleiterin nur zu gut. Sie stammte zwar nicht aus Radichheim, wusste aber, wie schnell in so einem Ort Gerede aufkommen konnte. Deshalb trat sie zur Seite und bat ihre Besucherin herein.

* * * * *

Es gibt Tage, an denen gilt das Gesetz von Murphy, welches besagt: Was schief gehen kann, das geht auch schief. Und zwar genau in dem Moment, in dem man es am wenigsten brauchen kann.

Radichheim war eine kleine Stadt, in der nicht allzu viel Verkehr herrschte. Wenn morgens der Berufsverkehr vorbei war, dann war bis zum Abend wenig auf den Straßen los. So etwas wie Stau kannte man in dem Städtchen normalerweise nicht.

Darum wäre es Weixler nie in den Sinn gekommen, dass die Fahrt zur Goethestraße irgendwelche Probleme bereiten könnte. Aber nun saßen sie fest. Und zwar in der Rosenstraße, einer Einbahnstraße. Vor ihnen wurde ein Umzugslaster beladen und konnte in der engen Straße nicht überholt werden. Hinter ihnen sorgte eine Schlange ungeduldig hupender Autos dafür, dass sie nicht entgegen aller Verkehrsregeln wenden und einen anderen Weg nehmen konnten. Die drei Männer saßen wie auf glühenden Kohlen. Eine Ewigkeit war nach ihrem Eindruck vergangen, als der Umzugslaster endlich losfuhr und somit den Verkehr wieder freigab.

* * * * *

Mechthild Frauenreiter geleitete ihren Gast zum Wohnzimmer. Doch sie hatte die Zimmertür noch nicht erreicht, als sie plötzlich einen schmerzhaften Stoß in den Rücken bekam. Sie drehte sich um und sah zu ihrem Entsetzen, dass ihre Besucherin plötzlich ein langes Messer in Händen hielt.

»Was soll das bedeuten?«, fragte sie mit Panik in der Stimme. »Wenn Sie Geld wollen, dann muss ich Sie enttäuschen. Ich habe aus Sicherheitsgründen kaum etwas im Haus.«

»Maul halten!«, zischte die Alte. Dann zwang sie ihr Opfer, vor ihr her ins Bad zu gehen.

Dort stieß sie die junge Frau zum Waschbecken. »Los jetzt! Schminken!«, herrschte sie sie an.

»Wie bitte?«, fragte Mechthild Frauenreiter verdutzt.

»Du sollst dich schminken!«, wiederholte die Alte ungeduldig. Und zur Bekräftigung dessen, dass sie es ernst meinte, fügte sie ihrem Opfer einen Schnitt am Arm zu. Die junge Frau schrie auf, verstummte aber sofort wieder, als sie den drohenden Blick ihrer Peinigerin sah. Sie griff nach ihren Schminksachen und begann damit, der Forderung nachzukommen. Immer wieder wurde sie dabei zur Eile angetrieben.

Während sie noch mit dem Schminken beschäftigt war, spürte sie, wie die alte Frau ihr die Bluse hochschob und etwas auf ihren Rücken malte. Sie traute sich aber nicht, sich umzudrehen oder auch nur ihre Beschäftigung zu unterbrechen.

* * * * *

»Jetzt müssten wir es gleich geschafft haben«, sagte Großmann mit Sorge in der Stimme. »Die übernächste Straße rechts rein und dann ganz durchfahren.«

»Eine Frage«, gab Weixler zurück. »Wohnt diese Kindergartenleiterin zufällig im Erdgeschoss?«

Der Dekan dachte nach. Dann sagte er: »Ich bin erst einmal bei ihr gewesen. Und das ist schon eine Weile her. Wenn ich mich recht erinnere, dann wohnt sie im dritten Stock.«

Weixler reagierte mit einem Wort, das normalerweise niemals aus dem Mund eines Pfarrers kommen sollte.

* * * * *

»So, Schätzchen, und jetzt mach deinen Bauch frei«, befahl Grete. Ängstlich gehorchte ihr Opfer.

Sekunden später zerriss ein gellender Schrei die Luft.

* * * * *

Im gleichen Augenblick fuhren Weixler, Müller-Berg und Großmann vor dem Haus vor. Sie hörten den Schrei und schauten unwillkürlich nach oben.

Da öffnete sich ein Fenster im dritten Stock. Das schmerzverzerrte Gesicht einer jungen Frau erschien im Fenster. Irgendwer machte sich hinter ihr zu schaffen.

»NEIN!«, schrie Weixler verzweifelt. Er rannte los, die beiden anderen Männer im Schlepptau.

Doch sie kamen zu spät. Direkt vor ihnen schlug der Körper von Mechthild Frauenreiter auf dem Boden auf. Blut spritzte in alle Richtungen. Sofort beugten sie sich zu der jungen Frau hinunter.

Da erkannten sie, dass das Blut aus einer tiefen Schnittwunde gespritzt war, die sich quer über den Bauch der Frau zog. Sie brauchten nur Sekunden, um zu merken, dass sie nichts mehr für sie tun konnten. Mechthild Frauenreiter war tot.

In ohnmächtigem Zorn richtete sich Weixler wieder auf und schaute zum Fenster hinauf, aus dem die Kindergartenleiterin gestoßen worden war. Er erkannte das Gesicht einer älteren Frau, die mit einem triumphierenden Lächeln auf die Leiche herunterblickte.

* * * * *

Oben gefror Grete das Lachen sofort auf dem Gesicht. Entsetzt blickte sie auf die drei Männer, die dort unten standen und offenkundig mit dieser Szene gerechnet hatten.

Jetzt würde sich zeigen, wie gut ihre Planung war. Denn Grete hatte selbstverständlich auch solche möglichen unerfreulichen Ereignisse mit in ihre Gedankenspiele aufgenommen.

* * * * *

Unten vor dem Haus folgte Müller-Berg Weixlers Blick. Auch er entdeckte sofort die Frau am Fenster.

»Das ist sie!«, brüllte er. »Das ist das Weibsstück, dem ich an der Haustür von Renate Fischer begegnet bin!«

Oben verschwand das Gesicht vom Fenster. Da kam Bewegung in den Dekan. »Los, das Miststück schnappen wir uns!«, rief er. Er hätte sich selbst niemals eine solche Wortwahl zugetraut.

* * * * *

Die drei Männer rannten zur Haustür. Sie war verschlossen. Doch Müller-Berg und Weixler warfen sich mit aller Gewalt dagegen. Da sprang die Tür auf.

Sie stürmten die Treppe hinauf. Einen Mann, der ihnen dabei in die Quere kam, stießen sie zur Seite. Seine wütenden Proteste waren ihnen egal.

Schließlich standen sie keuchend vor der Wohnungstür der Ermordeten. Auch sie war fest verschlossen. Doch auch diese Tür gab nach, als Müller-Berg mit vollem Anlauf und der Wucht einer Dampfwalze gegen sie sprang.

Rasch hatten sie das Badezimmer gefunden, aus dem Mechthild Frauenreiter gestoßen worden war. Der ganze Raum war blutverschmiert. Doch von der Täterin war nichts zu sehen.

Wie auf Verabredung rannten sie auseinander und durchsuchten die anderen Zimmer der Wohnung. Sie schauten hinter

Vorhänge, in Kleiderschränke und auch unter die Möbel. Nirgendwo war eine Spur der Gesuchten zu sehen.

Mehr zufällig fiel Weixlers Blick irgendwann wieder aus dem Fenster zur Straße hinunter, wo immer noch die Leiche lag. Und da sah er zu seiner grenzenlosen Verblüffung, wie die Mörderin um die Ecke bog und an der Leiche vorbeilief, auf die sie spuckte.

»Wie ist die bloß da rausgekommen?«, rief Weixler fassungslos. Dieser Ruf lockte auch die beiden anderen zu ihm.

Und auch Grete war durch diesen Ruf aufmerksam geworden. Sie schaute hinauf und entdeckte Weixler am Fenster. Dann streckte sie ihm die Zunge heraus und drehte ihm eine Nase.

Doch damit hörte sie sehr schnell wieder auf. Denn aus der Ferne ertönte erst leise, dann immer lauter das Gellen einer Polizeisirene. Grete wandte sich von ihrem Opfer ab und flüchtete in einen benachbarten Vorgarten. Zumal mittlerweile auch immer mehr Anwohner auf der Bildfläche erschienen, die durch den Schrei und den Lärm angelockt worden waren. Doch sie blieben wie erstarrt stehen, als sie die blutüberströmte Leiche vor dem Haus liegen sahen.

Grete war noch nicht weit gekommen, als mit quietschenden Reifen ein Auto vor dem Haus hielt. Gisbert sprang heraus. Er schaute sich um und versuchte, die Lage zu erfassen.

»Da rennt sie!«, brüllte Weixler von oben und zeigte in die Richtung, in die Grete gerade verschwand. Gisbert zögerte keine Sekunde und nahm die Verfolgung auf.

Grete merkte rasch, dass ihr jemand auf den Fersen war. Auch das hatte sie eingeplant. Sie verschwand um eine Hausecke, blieb dort stehen und zog einen Stein aus der Tasche. Als Gisbert erschien, warf sie ihm den Stein aus nächster Nähe und mit voller Wucht an den Kopf. Er sah das Wurfgeschoss zu spät kommen und wurde mitten ins Gesicht getroffen. Stöhnend ging er zu Boden.

Dieses K.O. ersparte es Grete, von ihrem letzten Mittel Gebrauch zu machen und den Verfolger niederzustechen. Rasch eilte sie weiter.

Das Blut spritzte aus Gisberts Nase, als er versuchte, sich wieder aufzurappeln. Doch dann durchzuckte ihn ein Höllenschmerz. Er brauchte einen Augenblick, um zu begreifen, was geschehen war.

Dann wurde es ihm klar. Seine alte Verletzung, die er sich durch die Kugeln auf der Insel Capri eingefangen hatte, war durch den Sturz gereizt worden. Es dauerte einige Sekunden, bis Gisbert in der Lage war, den Schmerz zu überwinden und aufzustehen. Als er sich umschaute, war Grete spurlos verschwunden.

Grete Münzhauser

»Woher bis du eigentlich so plötzlich aufgetaucht?«, erkundigte sich Rainer Müller-Berg bei Gisbert, als die drei Detektive wieder im Auto saßen. Großmann war noch am Tatort zurückgeblieben. Sie hatten mit ihm vereinbart, dass sie sich in einer Stunde mit ihm im Dekanat treffen würden, damit Weixler dort erklären konnte, was ihn auf die Spur der Mörderin geführt hatte. Zwei Kommissare der Sondereinheit hatten angekündigt, bei diesem Gespräch dabei zu sein und die Aussagen aufzunehmen.

Gisbert rieb sich die Stirn, die noch immer sehr schmerzte wegen des Volltreffers mit dem Stein. »Es scheint mein Schicksal zu sein, dass ich derjenige unter uns bin, der jedes Mal am meisten abkriegt«, meinte er. »Du willst wissen, wie ich euch gefunden habe? Nun, das ist ganz einfach. Ich hatte eigentlich damit gerechnet, dass ihr noch friedlich euren Kaffee schlürfen würdet im Dekanat und eure Hörnchen eintauchen und bin deshalb dorthin gefahren. Dort traf ich aber nur die Sekretärin an, die völlig aus dem Häuschen war. Sie hat mir erzählt, dass ihr zur Wohnung der Kindergartenleiterin gefahren wärt, weil die sich in höchster Lebensgefahr befinden würde. Also habe ich mir genau beschreiben lassen, wo diese Dame wohnt, und bin losgebraust. Zwischendrin wurde ich durch eine Verkehrskontrolle ein paar Minuten lang aufgehalten, aber dann kam ich besser voran. Mit dem Ergebnis, das ihr ja live mitgekriegt habt.«

»Ich hätte dich nicht so früh erwartet, sonst hätte ich dir eine Nachricht auf das Handy geschickt«, meinte Weixler. »Das heißt, wenn ich ehrlich sein soll, dann habe ich gar nicht an dich gedacht in dem ganzen Trubel. Wie ist es dir eigentlich ergan-

140

gen in Lohrbeuren? Oder wäre es dir lieber, wenn du mir das nachher unter vier Augen erzählen würdest?«

»Nein, nein, da gibt es nicht viel zu erzählen. Ich hatte mir die ganze Zeit Gedanken gemacht, wie es nun weitergehen sollte wegen meiner alten Geschichte, aber unser Gott hat Erbarmen gehabt. Die Sache ist mir aus der Hand genommen worden.«

»Hat Andrea etwa …?«, fragte Weixler leise.

»Ja, Kumpel. Sie ist wieder verheiratet. Hat mich gewundert, denn in unserem stockkatholischen Dorf macht sie sich damit bestimmt keine Freunde. Ich bin zunächst zu einem alten Bekannten gefahren und habe ihn gefragt, wo Andrea jetzt wohnt. Kurz darauf stand ich vor ihrer Tür. Dachte, eine Aussprache wäre für uns beide ganz gut, um das alte Kapitel endlich abzuschließen. Heute am Samstag würde sie ja wohl nicht bei der Arbeit sein. Aber als ich geklingelt habe und mich an der Sprechanlage gemeldet habe, da kam ihr Macker runter. Und er hat mir klar gemacht, dass ich Prügel kassieren würde, wenn ich nicht schleunigst verschwinden würde. Meine Anwesenheit würde Andrea zu sehr aufregen. Und da ich mich nicht gern mit Leuten anlege, die größer und stärker sind als ich, habe ich das Feld geräumt. So oder so, die Sache ist jetzt für mich abgeschlossen.«

Weixler warf über den Rückspiegel einen raschen Blick auf das Gesicht seines Freundes. Er konnte sehen, dass Gisberts Blick offen war. Er schien sogar erleichtert zu sein. Auch wenn eine Aussprache bestimmt besser gewesen wäre – jetzt konnte Gisbert wohl die Vergangenheit hinter sich lassen und auch sein unruhiges Gewissen beruhigen.

Da Müller-Berg die Vorgeschichte nicht kannte, verstand er nicht so ganz, worüber die beiden anderen sprachen. Aber er hütete sich, Rückfragen zu stellen. Auch wenn die drei Detektive ein Trio bildeten – zwischen Weixler und Gisbert war da noch eine ganz besondere Beziehung da, eine Art Seelenverwandtschaft, aus der er sich heraushalten musste. Auch er war mit Weixler seit Jugendtagen befreundet, aber das war irgendwie anders.

* * * * *

Pünktlich zur vereinbarten Zeit kam die Runde im Arbeitszimmer von Dekan Großmann zusammen. Neben Großmann und den drei Detektiven waren auch zwei recht finster dreinblickende Kripobeamte anwesend, die sich als Kommissar Jungmann und Kommissar Wenzel vorstellten. Die Polizisten stellten gleich zu Beginn ein Aufnahmegerät mitten auf den Tisch, das mit einem knappen metallischen Klicken seinen Dienst begann. Weixler überlegte kurz, ob dies wirklich notwendig war oder nur einen Versuch darstellte, die Detektive einzuschüchtern. Denn jeder Mensch mit nur etwas Gespür hätte gemerkt, dass die Chemie in diesem Raum überhaupt nicht stimmte.

Großmann servierte alkoholfreie Getränke und stellte auch etwas zu Knabbern auf den Tisch. Dann saßen zunächst alle schweigend da. Offenbar erwartete jeder, dass die jeweils andere Seite zuerst das Wort ergreifen würde.

Schließlich räusperte sich Jungmann und sagte: »Unmittelbar nach dem Mord an Frau Frauenreiter haben wir eine Großfahndung eingeleitet. In einer Ringfahndung haben wir alle Autos kontrolliert, die das Gebiet rund um ihr Haus verlassen wollten. Außerdem haben rund 20 Kollegen das gesamte Areal durchkämmt, in jeden Keller und jeden Schuppen und hinter jeden Busch geschaut. Sie konnten aber niemanden finden, auf den Ihre Beschreibung zugetroffen hätte. Deshalb müssen wir annehmen, dass Ihre Personenbeschreibung nicht allzu genau war.«

Junge, der geht aber ran wie Blücher, dachte sich Müller-Berg. Und laut sagte er: »Unsere Beschreibung war ohne jeden Zweifel korrekt und gründlich. Ich habe diese Frau zweimal gesehen, und auch Herr Dekan Großmann und Herr Pfarrer Weixler haben sie zu Gesicht bekommen. Warum dann Ihre Kollegen nicht in der Lage waren, die Frau zu finden, weiß ich nicht. Es gibt dafür viele Erklärungen. Sie könnte ihr Aussehen verändert haben; sie könnte schlicht und einfach in der Gegend wohnen oder dort bei Freunden oder Bekannten in der Wohnung sein; oder sie war bereits über alle Berge, noch bevor die Fahndung angelaufen ist. Wobei es manchmal auch vorkommen soll, dass selbst Beamte im Eifer des Gefechts vor lauter Bäumen den Wald nicht mehr sehen.«

Das war ein Volltreffer, wie Müller-Berg sofort erkannte. Das Gesicht des Polizisten lief rot an. Doch noch bevor er etwas sagen konnte, schaltete sich sein Kollege Wenzel ein. »Meine Herren, es bringt uns überhaupt nichts, wenn wir gegenseitige Schuldzuweisungen vornehmen. Bleiben wir deshalb besser sachlich. Denn ich denke, es ist unser gemeinsames Ziel, dass diese Mörderin so schnell wie möglich gefunden wird. Beginnen wir also mit dem Mord an der Kindergartenleiterin, Frau Frauenreiter. Wie haben Sie diese Ereignisse erlebt, was konnten Sie sehen und was nicht?«

Die ruhige Stimme von Kommissar Wenzel trug dazu bei, die Stimmung im Raum etwas zu entspannen. Wobei sich Weixler nicht ganz sicher war, ob die beiden nur das alte Spiel »Good cop – bad cop« mit ihnen spielten. Er nahm sich jedenfalls vor, auf der Hut zu sein. Denn irgendetwas stimmte hier ganz und gar nicht. Er hatte den Verdacht, dass die Polizisten jemanden suchten, dem sie ihre bisherige Erfolglosigkeit in die Schuhe schieben konnten. Weixler überlegte sogar kurz, ob sie einen Anwalt hinzuziehen sollten zum Gespräch, verwarf diese Idee dann aber wieder.

Nacheinander schilderten Großmann, Weixler und Müller-Berg, wie sie die dramatischen Minuten vor dem Haus in der Goethestraße erlebt hatten. Wobei sie auch darauf hinwiesen, dass sie nicht hatten sehen können, ob diese alte Frau eigenhändig Mechthild Frauenreiter den Bauch aufgeschlitzt und sie dann aus dem Fenster gestoßen hatte. Es handelte sich um eine reine Vermutung, weil direkt danach das Gesicht der alten Frau am Fenster zu sehen gewesen und sie dann auch geflüchtet war.

Die beiden Kommissare hörten aufmerksam zu, machten sich Notizen und stellten Zwischenfragen. Irgendwann entschied sich Gisbert, dass er auch an diesem Frage-und-Antwort-Spiel teilnehmen wollte. Er schaute Jungmann streng an und fragte: »Warum schreiben Sie eigentlich wie die Wilden mit, obwohl Sie doch so ein Diktiergerät auf den Tisch gestellt haben? Oder trauen Sie Ihrer eigenen Technik nicht?«

Und zum ersten Mal an diesem Tag war so etwas wie ein Lächeln auf Jungmanns Gesicht zu sehen. Er erklärte: »Bei der Polizei werden immer mehr Verwaltungsstellen abgebaut. Das bedeutet in der Praxis, dass es ein paar Tage dauern kann, bis eine Sekretärin den Inhalt dieses Tonbands für uns abschreiben wird. Da wir aber gerne schon vorher mit der Fahndung weitermachen möchten, sind wir gezwungen, uns einfach Stichworte zu notieren. Ich hoffe, dass Sie nichts dagegen haben.«

Dieser kleine Wortwechsel schien die Luft im Raum etwas gereinigt zu haben. Der Rest der Aussagen konnte in einer besseren Atmosphäre gemacht werden, wobei aber trotzdem nicht nur Weixler, sondern auch Müller-Berg und Großmann jedes ihrer Worte auf die Goldwaage legten.

In einem zweiten Durchgang wurde dann die vergebliche Jagd auf die alte Frau beschrieben. Wobei die Polizisten allerdings auch anmerkten, dass sie gar nichts davon hielten, wenn Privatleute sich wie Rambo aufspielten und mit Gewalt in fremde Wohnungen eindrangen, wenn auch vermutlich unter den gegebenen Umständen niemand sie deswegen belangen würde.

Schließlich nickte Wenzel zufrieden und sagte: »Gut, ich glaube, diesen Teil unseres Gesprächs können wir beenden. Wobei ich Sie darauf hinweisen muss, dass Sie sofort mit uns Kontakt aufnehmen müssten, wenn Ihnen im Nachhinein noch etwas dazu einfallen sollte. Kommen wir also zum zweiten Teil, der uns ebenfalls brennend interessiert. Woher um alles in der Welt haben Sie gewusst, dass ein Mordanschlag auf Mechthild Frauenreiter bevorstehen würde?«

Alle Augen richteten sich nun auf Weixler. Er trank noch einen Schluck und begann dann zu erzählen.

»Nun, meine beiden Freunde und ich haben sich seit dem Mord an Ralf Steiner mit dieser Sache beschäftigt. Nicht, um der Polizei Konkurrenz zu machen, sondern weil Dekan Großmann nach dem Mord an zwei aktiven Mitarbeitern seiner Kirchengemeinde verständlicherweise in Angst und Schrecken geraten war. Und nach dem Mord an Renate Fischer war hier endgültig alles in Aufruhr. Der Polizei ist vermutlich bekannt, dass daraufhin ein Warnschreiben der Kirchengemeinde an die Mitarbeiter verfasst worden ist.«

Die beiden Kommissare nickten kurz. Dann fuhr Weixler fort: »Wir wussten nicht so genau, in welche Richtung wir suchen sollten. Es gab, und damit erzähle ich der Polizei sicher nichts Neues, mehrere Möglichkeiten. Es war möglich, dass alle drei Morde nichts miteinander zu tun hatten oder dass nur zwei Morde zusammenhingen und ein Trittbrettfahrer mitgespielt hatte. In diesem Fall wären wir machtlos gewesen. Aber falls es, wie auch Dekan Großmann vermutet hatte, einen Zusammenhang zwischen allen drei Morden gab, dann bestand eine gewisse Chance, dass wir ihn erkennen würden. Wir merkten rasch, dass es zwei Dinge gab, die alle drei Ermordeten miteinander verband. Zum einen die Mitarbeit in der Kirchengemeinde Radichheim, teils in offener Form, teils in verdeckter Form. Zum anderen die Verbundenheit dieser Leute mit der Firma Eschhagen, auch sowohl in aktiver Form wie in verborgener Form. Und die Polizei hat sich ja offensichtlich für die letztere Möglichkeit entschieden, wenn ich an den Großeinsatz bei Eschhagen denke, der gestern Morgen stattgefunden hat.«

Falls die beiden Polizisten überrascht darüber waren, dass Weixler von diesem Einsatz wusste, dann zeigten sie es jedenfalls nicht. Ihre Mienen blieben unbeweglich. Offenbar wollten sie Weixler weiterreden lassen, was er dann auch tat.

»Ich möchte Sie nicht mit Einzelheiten langweilen, die während unserer Recherchen gelaufen sind. Auch wir sind in Sackgassen gelaufen. Den entscheidenden Durchbruch haben wir erst erzielt, als wir uns Fotos der Leichen von Aschhauser, Steiner und Fischer näher angeschaut haben.«

»Moment mal!«, bellte Jungmann dazwischen. Sein Gesicht war nun wieder merklich angespannt. »Wollen Sie im Ernst behaupten, dass Sie Fotos von den drei Leichen hatten?« Und als Weixler nickte, fragte er scharf: »Woher um alles in der Welt hatten Sie die? Ich denke mal, Sie wissen sehr gut ...«

»... dass wir uns damit strafbar gemacht haben?«, führte Weixler den Satz des Kommissars zu Ende. »O ja, das ist uns durchaus bewusst. Aber auch wenn Sie sich auf den Kopf stellen werden – ich werde Ihnen nicht sagen, woher wir diese Fotos hatten.«

»Sie wissen, dass uns die nötigen Mittel zur Verfügung stehen, um diese Informationen von Ihnen zu bekommen?«, schnaubte Jungmann.

»Natürlich, ich bin ja kein kleines Kind mehr. Sie können Zwangsgelder verhängen und mich auch in Beugehaft nehmen. Als zu! Aber ich garantiere Ihnen, dass Sie dann vor der Öffentlichkeit hervorragend dastehen würden. Nach dem Motto: Unsere Polizei ist selbst zu unfähig, einen Verbrecher zu finden, schikaniert aber diejenigen Bürger mit kleinlichen Dingen, die ihr diese Arbeit abnehmen.«

Jungmann zog es vor, dazu nichts mehr zu sagen. Er wusste natürlich, dass im heutigen Medienzeitalter auch die Polizei auf eine gute Presse angewiesen war. An seiner Stelle fand wieder der Kollege Wenzel das erlösende Wort. »Fürs Erste werden wir die Sache auf sich beruhen lassen. Der Staatsanwalt muss entscheiden, ob er Sie deswegen belangen möchte oder nicht. Fahren Sie bitte fort.«

Weixler schaute Wenzel freundlich an und sagte dann: »Kommen wir zur Sache zurück. Wir haben nach einigem Suchen entdeckt, dass die Mörderin ihr Markenzeichen auf den Körpern der Toten hinterlassen hatte. Auf zwei verschiedene Arten und Weisen hat sie jeweils eine Ziffer aufgemalt, aber so raffiniert getarnt, dass es keine Schande ist, wenn Sie oder die Autopsie das übersehen haben sollten. Die drei Ziffern lauteten jedenfalls, und zwar in der Reihenfolge, 1, 6, 6.«

Weixler nahm sich einen Keks und knabberte daran. Dann sagte er: »Wir haben natürlich lange darüber gerätselt, welche Bedeutung diese drei Ziffern haben könnten. Zeitweise waren wir so weit, uns zu überlegen, ob der Mörder mit diesen Ziffern nicht einfach ein Ablenkungsmanöver gestartet hat, um uns damit zu beschäftigen, damit wir nicht den wirklich relevanten Spuren nachgehen können. Aber dann haben wir diese Vermutung wieder verworfen. Wir dachten an alle möglichen symbolischen Bedeutungen. Am Ende waren wir dabei angelangt, dass es eine Jahreszahl sein musste. Den entscheidenden Durchbruch aber haben wir meinem Freund Gisbert zu verdanken.«

Gisbert sah richtig verlegen aus – was bei ihm nur sehr selten vorkam. Weixler lächelte ihm aufmunternd zu. Dann nahm er den Faden wieder auf.

»Gisbert war nämlich der Ansicht, dass es sich um eine vierstellige Jahreszahl handeln müsse und die vierte Ziffer uns nur aus dem einen Grund fehle, weil nämlich der Mörder noch einen weiteren Mord geplant hatte. Er war es auch, der die Idee hatte, dass es sich bei der vierstelligen Jahreszahl rund um das Jahr 1660 um das Datum eines Hexenprozesses handeln könnte. Denn der Mörder, oder, wie wir jetzt wissen, die Mörderin hatte gewisse Hinweise darauf gegeben, dass ihre Morde irgendetwas mit einer Hexe zu tun haben mussten. Zum einen waren da Muttermale auf die Leichen aufgemalt worden, die man in früherer Zeit als Hexenmale angesehen hatte und die zur Verurteilung eines Angeklagten oder einer Angeklagten wegen Hexerei manchmal ausgereicht hatten. Zum anderen war auf den Rücken von Renate Fischer ein so genanntes Witchboard gemalt worden, ein Hexenbrett, das man braucht, um Tote zu beschwören.«

»Wie bitte? Was soll dieses Gekritzel gewesen sein?«, warf Wenzel ein. »Meine Güte, was haben wir lange daran herumgemacht, und keiner kam darauf. Wir haben insbesondere versucht, diese einzelnen Buchstaben zu einem sinnvollen Wort zu kombinieren, kamen aber damit nicht weiter.«

»Tja, das hätte ich Ihnen sagen können. Manchmal ist es eben doch ganz gut, wenn man die Hilfe der Heiligen Mutter Kirche in Anspruch nimmt«, sagte Weixler mit einem Augenzwinkern. »Jedenfalls standen wir nun an dem Punkt, dass wir überprüfen wollten, welche Hexenprozesse rund um 1660 hier in Radichheim stattgefunden haben. Zu diesem Zweck studierten wir die Ortschronik, die wir heute Morgen im Archiv von Dekan Großmann gefunden haben. Und in dieser Chronik habe ich auch tatsächlich den Schlüssel zu diesen vier Morden gefunden. Ich kann Ihnen nun sagen, nach welchem System die Mörderin vorgegangen ist. Allerdings habe ich keine Ahnung, warum sie das gemacht hat nach nunmehr 350 Jahren, die seit diesem Hexenprozess vergangen sind. Ich habe auch keine Ahnung, wer sie ist.«

»Nun, uns wäre mit dem System schon sehr geholfen«, bekannte Jungmann. »Dann wissen wir wenigstens, wo wir Leute schützen müssen, falls die Mörderin wieder zuschlagen will.«

Weixler schüttelte den Kopf. »Da kann ich Ihnen nicht helfen. Nach dem System, das die Mörderin verfolgt hat, muss dies der letzte Mord gewesen sein. Es kann daher sein, dass sie wieder in der Versenkung verschwinden wird und Sie niemals herausfinden werden, wer sie ist.«

»Dieses Problem können Sie ganz und gar uns überlassen«, versicherte Jungmann. »Also, was war das System dieser Morde?«

Weixler setzte sich bequemer hin. Er dachte kurz nach, bevor er seine Zuhörer in die Vergangenheit führte.

»Wir machen nun eine Zeitreise zurück ins Jahr 1666. Ach übrigens, ich bin mir sicher, dass Sie auf dem Körper von Mechthild Frauenreiter eine ›6‹ finden werden. Das sei nur am Rande erwähnt. Also, wir sind im Jahr 1666, und zwar hier in

Radichheim. Nach einer langen Zeit, in der nur sehr selten Scheiterhaufen gebrannt haben, werden nun wieder verstärkt Prozesse gegen Hexen und Zauberer geführt. Dahinter steht die große Politik, die Anweisungen des neuen Fürsten, der mittlerweile der Landesherr von Radichheim ist und der die Hexen und Zauberer für zwei schwere Missernten bestrafen möchte, die in den Jahren 1662 und 1663 zu Hungersnöten geführt hatten. Die Bevölkerung von Radichheim stand diesen Prozessen eher misstrauisch gegenüber. Man wusste genau, dass niemand davor gefeit war, selber auf der Anklagebank zu landen und dann nach einem unter der Folter erpressten Geständnis auf dem Scheiterhaufen zu sterben. Es reichte dafür aus, sich in irgendeiner Form so zu verhalten, dass es anderen Menschen im Ort als merkwürdig vorkam. Und natürlich war das auch die Stunde von all den Leuten, welche diesen Hexenwahn benutzen wollten, um mit persönlichen Feinden abzurechnen. Man musste ihnen nur unterstellen, Hexe oder Zauberer zu sein, und schon war man sie in den meisten Fällen los. Wobei so eine Anklage manchmal auch nicht ganz ungefährlich war.«

»Wie meinen Sie das?«, fragte Wenzel.

»Nun, wenn jemand behauptete, beispielsweise seinen Nachbarn auf einem Versammlungsplatz der Hexen gesehen zu haben, dann musste dieser Ankläger natürlich auch erklären können, was er selbst dort zu suchen gehabt hatte. Sprich: Die Ankläger machten sich selber verdächtig. Trotzdem, die Gelegenheit war günstig. Der aufsehenerregendste Prozess fand im Jahr 1666 statt. Er richtete sich gegen eine Frau namens Grete Münzhauser.«

Weixler konnte an den Gesichtern der anderen erkennen, dass dieser Name niemandem etwas sagte. Deshalb erklärte er: »Grete Münzhauser war eine schillernde Persönlichkeit. Wenn man der Ortschronik glauben darf, dann führte sie einen sehr leichtfertigen Lebenswandel. Sie hatte offenbar mit einigen Männern ein außereheliches Verhältnis. Und diese gehörten teilweise zu den führenden Leuten im Ort. Das machte diese Männer natürlich erpressbar. Denn Radichheim war damals glaubensmäßig vom Calvinismus geprägt. Der Calvinismus war bekanntlich sehr sittenstreng, und alle moralischen Verfehlungen der Menschen wurden sowohl von der Obrigkeit als auch von der Kirchengemeinde streng verfolgt. Denn man glaubte, dass Gott einen Ort oder ein ganzes Land bestrafen würde, wenn man dort ungestraft solche Sünden begehen konnte. Deshalb gab es immer mehr Männer, die vor Grete Münzhauser Angst hatten. Wenn sie ausgepackt hätte über ihre ganzen Verhältnisse, dann wären im Ort einige hoch gestellte Köpfe gerollt. Das meine ich natürlich nur im übertragenen Sinne. Obwohl, auf Ehebruch stand damals die Todesstrafe. Sprich: Es gab genügend Leute, die Grete Münzhauser aus dem Weg räumen wollten. Mal ganz davon abgesehen, dass einige betrogene Frauen aus verständlichem Grund einen großen Hass auf sie schoben.«

»Der ideale Nährboden für eine Verschwörung«, mutmaßte Großmann.

»Eine Verschwörung brauchte man dafür gar nicht«, widersprach Weixler. »Es reichte schon der berühmte Funke, der die Explosion auslösen würde. Und zu diesem Funken kam es im Sommer 1666. Eine Ehefrau erwischte ihren Mann in flagranti mit Grete Münzhauser. Man kann sich vorstellen, was für eine Szene sie gemacht hat. Münzhauser zog sich schleunigst an und flüchtete. Diese Chance hatte der untreue Ehemann nicht. Deshalb suchte er verzweifelt nach einer Ausrede gegenüber seiner Frau. Und da kam er auf die Idee, einfach zu behaupten, dass Grete Münzhauser ihn verhext habe. Das leuchtete der Ehefrau sofort ein, denn damals war man davon überzeugt, dass Hexen den Liebeszauber perfekt beherrschen. Und zwar in beide Richtungen. Dass sie also dafür sorgen können, dass Menschen in Begierde entbrennen, aber auch umgekehrt, dass die Liebe erkaltet.«

»Und da hat diese Ehefrau Grete Münzhauser als Hexe angezeigt? Oder hat es der Mann gemacht?«, wollte Müller-Berg wissen.

»Keiner von beiden. Man wusste ja nicht, ob das Gericht der Behauptung des Mannes Glauben schenken würde, dass hinter dem Ehebruch ein Zauber gestanden hatte. Falls nicht, drohte dem Mann die Todesstrafe. Und das wollte man nun doch nicht riskieren. Aber die Ehefrau sorgte dafür, dass das Gerücht von der Hexe Grete Münzhauser sich rasch im Ort verbreitete. Und bald kamen die Ratten aus allen Löchern, die schon lange nach einer Chance gesucht hatten, diese Frau loszuwerden. Es dauerte nicht lange, und Grete Münzhauser wurde ganz offiziell wegen Hexerei angeklagt. In der Chronik wird aber nicht erwähnt, wer nun den entscheidenden Schritt gemacht hatte, sich an die Obrigkeit zu wenden.«

»Das dürfte ja auch für die arme Angeklagte keinen großen Unterschied gemacht haben«, meinte Jungmann. »Wenn ich richtig weiß, war damals eine Anklage wegen Hexerei fast schon gleichbedeutend mit einer Verurteilung.«

»In den meisten Fällen ja, zumal häufig durch Folter nachgeholfen wurde. Wenn auch nicht in unserem Fall – Münzhauser ist nicht gefoltert worden«, erwiderte Weixler. »Die leichtlebige Dame hatte trotzdem überhaupt keine Chance. Dafür hatte sie sich einfach zu viele Feinde gemacht. Und man kann den Leuten nicht einmal einen Vorwurf machen. Sie redeten sich vermutlich selber ein, dass diese Frau vom Teufel besessen wäre. Das machte es auch für sie leichter, mit der eigenen Schuld umzugehen. Welcher Mensch kann schon etwas gegen den Teufel und gegen seine Komplizen, die Hexen und Zauberer, ausrichten?«

»Kommen wir zur Sache, so interessant diese Hintergrundinformationen auch sein mögen«, forderte Wenzel. »Was hat das alles mit den vier Morden zu tun?«

»Keine Sorge, wir sind bereits mittendrin«, versicherte Weixler. »Damals lebten nicht nur die Ankläger in einem Hexenprozess gefährlich, sondern auch die Zeugen. Auch sie konnten leicht in den Verdacht geraten, selber etwas mit Hexerei zu tun zu haben. Deshalb riss man sich nicht gerade darum, in einem solchen Prozess auszusagen. Bei Grete Münzhauser war das aber anders. Laut der Chronik haben sich vier Zeugen gemeldet. Und das waren Leute, die so hoch angesehen waren in der Gemeinde, dass ihr Risiko im überschaubaren Rahmen lag. Übrigens kann man zwischen den Zeilen lesen, dass diese vier Zeugen gar nichts Persönliches gegen Grete Münzhauser hatten. Sie hatten sich nur von anderen breitschlagen lassen, quasi stellvertretend als Zeugen aufzutreten, weil sie dadurch am wenigsten gefährdet sein würden. Und weil diese vier Zeugen von der allgemeinen Hysterie angesteckt worden waren und wie alle in der Münzhauser eine Hexe und Feindin des Ortes gesehen hatten, waren sie überzeugt davon, durch ihre Zeugenaussagen ein gutes Werk für die Allgemeinheit zu tun.«

»Vier Zeugen, vier Morde«, sagte Gisbert.

»Bingo, alter Freund. Diese vier Zeugen, drei Frauen und ein Mann, waren alle in der Kirchengemeinde aktiv. Und ich bin überzeugt davon, dass die Mörderin eine Art Rache für den Tod von Grete Münzhauser geübt hat, indem sie ebenfalls drei Frauen und einen Mann umgebracht hat, die in der heutigen Kirchengemeinde Radichheim eine ähnliche Funktion ausgeübt haben wie die Zeugen damals. Und auch die Todesart dieser vier Personen hatte mit den damaligen Zeugenaussagen zu tun. Der Mörderin muss man durchaus Fantasie bescheinigen. Wenn auch eine sehr kranke Fantasie. Sie hat Informationen über die Zeugenaussagen dazu benutzt, sich eine Todesart für ihre Opfer auszudenken.«

Man hätte jetzt eine Nadel fallen hören können im Zimmer. Alles starrte gebannt auf Weixler. Und auch die Dekanatssekretärin, die eigentlich nur hereingekommen war, um Großmann eine Notiz zuzuschieben, blieb im Raum stehen und hörte zu. Weixler wunderte sich kurz darüber, dass sie samstags arbeitete. Doch dann fiel ihm ein, dass die Pfarrämter gerade die große Jahresstatistik machen mussten und daher viele Sekretärinnen Überstunden einlegten.

»Beginnen wir mit der ersten Zeugin. Diese Frau hieß übrigens Magdalena Grünstadt, auch wenn der Name keine Rolle spielt für unseren Fall. Frau Grünstadt war damals in der Kirchengemeinde für die Armenfürsorge zuständig. Da die Stadt Radichheim nicht reich genug war, um ein richtiges Armenhaus zu unterhalten, hat Magdalena Grünstadt dafür gesorgt, dass wenigstens täglich eine warme Suppe zu den Ärmsten der Armen gebracht wurde. Und im Winter zusätzlich etwas Holz zum Heizen. Sie hatte also eine ähnliche Funktion, wie Corinna Aschhauser in der heutigen Kirchengemeinde gehabt hat. Dekan Großmann hat mir erzählt, dass Frau Aschhauser eine ehrenamtliche Nachbarschaftshilfe auf die Beine gestellt hat.«

Weixler blickte zum Dekan hinüber. Der nickte kurz.

»Nun zur Todesart. Und damit zur Zeugenaussage von Frau Grünstadt. Vorweg möchte ich sagen, dass wir heute kaum mehr verstehen können, wie die Leute dazu gekommen sind, einen Mitmenschen derart zu verleumden. Ich nehme mal an, dass den vier Zeugen von anderen Leuten erzählt worden war, was die Münzhauser angeblich alles verbrochen hatte und was deshalb dem Gericht gesagt werden musste. Diese Aussagen haben sich dann die vier Zeugen zu Eigen gemacht. Hinzu kam in solchen Hexenprozessen, dass die Untersuchungsbeamten den Zeugen sehr suggestive Fragen gestellt haben. Und die Zeugen waren hinterher vermutlich selber überzeugt, dass sie das gesehen hatten, was die Beamten ihnen vor Augen gemalt hatten. Frau Grünstadt sagte jedenfalls vor Gericht aus, dass Grete Münzhauser ein Schwein in eine Ratte verwandelt hätte, um dem Besitzer des Schweins zu schaden. Man wisse ja schon aus der Bibel, dass Hexen und Zauberer so etwas könnten. Schließlich hätten die Zauberer am Hofe des Pharaos einen Stock in eine Schlange verwandelt. Am Rande angemerkt: Das steht wirklich in der Bibel drin, im zweiten Buch Mose. Mose hatte von Gott einen Stab bekommen, der sich auf Befehl in eine Schlange verwandeln konnte. Damit wollte er den Pharao beeindrucken, damit der das Volk Israel freilassen sollte. Aber das funktionierte nicht, weil die Zauberer des Pharaos das Gleiche machen konnten. Und damit stand offenbar für die Mörderin fest: Wegen dieser falschen Aussage von Magdalena Grünstadt muss ihre Nachfolgerin Corinna Aschhauser durch eine Schlange sterben.«

»Krank! Einfach nur krank!«, rief Müller-Berg.

»Ob diese Frau krank ist oder nicht, das können wir die Gerichte entscheiden lassen, sobald wir sie gefasst haben werden«, warf Jungmann ein. »Denn im Gegensatz zu damals haben wir heute eine funktionierende Justiz.«

»Kommen wir zum zweiten Zeugen«, ergriff Weixler nun wieder das Wort. »Dieser zweite Zeuge hieß Johann Oberstetter. Er gehörte dem Presbyterium an. Dieses Gremium nennen wir heute Kirchengemeinderat. Jedenfalls hat Oberstetter damals behauptet, er habe zufällig mit eigenen Ohren gehört, wie sich Grete Münzhauser mit einem Ziegenbock unterhalten habe. Dazu muss man sagen, dass damals der Ziegenbock als ein typisches Tier des Teufels galt. Und Oberstetter meinte ebenfalls vor Gericht, dass diese Fähigkeit von Zauberern durch die Bibel belegt sei. Denn da gibt es eine Geschichte im vierten Buch Mose über einen Mann namens Bileam. Dieser Bileam bekam von einem König den Auftrag, die Israeliten zu verfluchen. Aber ein Engel Gottes trat ihm entgegen, den Bileam nicht sehen konnte, wohl aber der Esel, auf dem Bileam ritt. Daraufhin scheute der Esel und wollte nicht mehr weiterlaufen. Als Bileam danach seinen Esel wegen dessen Weigerung verprügeln wollte, unterhielt sich der Esel mit Bileam und machte ihm sein Unrecht klar. Also sei klar erwiesen, so Oberstetter, dass sich Zauberer und Hexen mit Tieren unterhalten können.«

»Und deshalb meinte die Mörderin, weil es heute so wenig Esel gibt, wenigstens keine vierbeinigen, dann muss es zumindest ein Pferd sein, das scheut«, warf Gisbert ein. »Und weil Steiner ein Reiter war, wurde er unter allen Kirchengemeinderäten als Opfer ausgesucht.«

»Genau so muss es gelaufen sein. Ich sage ja, ich habe keine Ahnung, woher diese Frau so eine kriminelle Energie hat und warum sie sich als Rächerin für Grete Münzhauser berufen fühlt.

Kommen wir zur dritten Zeugin. Dabei handelte es sich um eine alte und reiche Witwe. Ihr Name wird übrigens in der Chronik nicht erwähnt, offenbar sprechen die Akten nur von der Witwe. Jedenfalls hat diese Witwe immer wieder Geld gespendet für die Unterstützung der Armen im Ort. Es reichte zwar nicht für ein Armenhaus, aber immerhin für die genannte Suppe und das Brennholz. Die Witwe hat damit eine ähnliche Aufgabe erfüllt, wie Renate Fischer es gemacht hat, wenn auch die Witwe das ganz offen tat unter dem Beifall der Leute und nicht im Verborgenen wie Renate Fischer. Diese feinen Unterschiede scheinen die Mörderin nicht gestört zu haben. Jedenfalls kam Renate Fischer auf die Todesliste als Nachfolgerin der Witwe.«

»Wenn ich an dieses merkwürdige Witchboard auf dem Rücken der Toten denke, dann bin ich mal gespannt, was die Witwe damals für einen Blödsinn im Prozess ausgesagt hat«, rief Müller-Berg.

»Das Witchboard sollte nur auf die Beschwörung von Toten hinweisen. Denn genau das hat damals die Witwe der Grete Münzhauser vorgeworfen. Ihr eigener verstorbener Ehemann sei ihr im Traum erschienen und habe sie inständig gebeten, etwas gegen Grete Münzhauser zu unternehmen, weil die dauernd durch Beschwörungen seine Totenruhe störe, um herauszufinden, ob er irgendwo Geld vergraben habe. Die Witwe war offenbar nicht so bibelfest wie die beiden anderen Zeugen, also haben in diesem Fall die Untersuchungsbeamten ergänzt, dass bereits die Bibel eine derartige Fähigkeit von Hexen erwähne. Denn im ersten Buch Samuel wird berichtet, dass König Saul in seiner Not zu einer Hexe gegangen ist, die für ihn den Geist des verstorbenen Propheten Samuel aus der Erde herausholte. Da nichts darüber berichtet wird, was aus dieser Hexe aus der Stadt En-Dor geworden ist, war unsere Mörderin völlig frei in der Wahl der Todesart.«

»In der Haut der Gerichtspsychologen, die sich mit dieser Mörderin herumschlagen müssen, möchte ich nicht stecken«, bekannte Großmann freimütig.

»Die Psychologen? Nein, die Kerle tun mir absolut nicht Leid«, knurrte Jungmann. »Was glauben Sie denn, wie oft wir schon furchtbare Verbrecher verhaftet haben und die dann vor Gericht mit einem blauen Auge davongekommen sind, nur weil diese feinen Herren und Damen Psychologen gemeint haben, sie müssten sich für die ach so armen Verbrecher stark machen?«

Wenzel stieß seinem Kollegen den Ellenbogen missbilligend in die Rippen, worauf Jungmann verstummte. Dann bat Wenzel höflich: »Könnten Sie bitte fortfahren, Herr Pfarrer Weixler?«

»Aber gern«, sagte Weixler, der diesen kurzen Streit zwischen den Polizisten mit etwas Vergnügen beobachtet hatte. »Das war also meine Situation, als ich heute Morgen die Chronik gelesen habe. Mir war klar geworden, dass die Mörderin bei diesen drei Verbrechen auf ihre ganz spezielle Art und Weise versucht hatte, die damaligen Zeugenaussagen gegen Grete Münzhauser zu rächen. Nun war da aber noch eine vierte Zeugin gewesen. Und da wurde mir bewusst: Die Mörderin wird versuchen, auch für diese vierte Zeugenaussage jemanden aus der heutigen Kirchengemeinde Radichheim bezahlen zu lassen. Deshalb las ich mit höchster Anspannung, was diese vierte Zeugin gesagt hatte, weil nun die Chance bestand, vielleicht einen Mord zu verhindern. Leider hat sich dann aber herausgestellt, dass die Hoffnung vergeblich gewesen war.«

Weixler stützte seinen Kopf auf die Hände und fuhr fort: »Die vierte Zeugin war eine Frau namens Martha Leinenweber. Auch sie war sozial engagiert, wie die beiden anderen Damen im Zeugenstand. Man darf nicht vergessen, dass 1666 der 30-jährige Krieg noch nicht lange vorbei war. Und dieser Krieg hatte sich unauslöschlich in das Gedächtnis der Leute eingebrannt, so entsetzlich war er gewesen. Nur etwa ein Drittel der deutschen Bevölkerung hatte diese furchtbaren Jahre überlebt, außerdem waren die meisten Städte, Dörfer und Landstriche völlig ausgeblutet und verarmt. Während des Krieges hatten Martha Leinenweber und ihr Mann ein Gelübde abgelegt. Es besagte: Falls wir beide mit dem Leben davonkommen werden und nach dem Krieg auch von unserem Besitz noch etwas übrig sein wird, dann werden wir uns nach Kriegsende um Waisenkinder kümmern. Ob es nun an dem Gelübde gelegen hat oder nicht – jedenfalls hat das Ehepaar den Krieg wirklich heil überstanden und auch einiges von seinem Vermögen retten können. Vermutlich hatten sie das Geld geschickt genug versteckt gehabt. Gelübde war Gelübde, und deshalb kümmerten sie sich von da an um Waisenkinder. Und von denen gab es natürlich viele in den Jahren und Jahrzehnten nach dem Krieg. Viele Kinder hatten ihre Mütter und Väter verloren; manche der Eltern, die noch überlebt hatten, starben in den Jahren darauf an Hunger und an Seuchen; und dann gab es da auch viele Leute, die ihre neugeborenen Kinder einfach aussetzten, weil sie nicht wussten, wie sie diese ernähren sollten. Um solche Kinder hat sich Martha Leinenweber nun gekümmert. Sie hat einige davon in ihr Haus aufgenommen und versorgt. Jedenfalls, solange die Kinder noch klein waren. Wenn sie älter wurden, wurden sie an Bauern der Umgebung vermittelt, welche ihnen freie Kost und Logis gaben und im Gegenzug die Kinder als Arbeitskräfte in Haus und Hof einsetzten. Man darf nicht vergessen, dass durch die Folgen des Krieges auch sehr viele Arbeitskräfte fehlten.«

»Bitte kommen Sie zur Sache!«, mahnte Wenzel erneut.

»Ich erzähle Ihnen das nur, damit Sie sich besser hineindenken können«, erklärte Weixler. »Ein Waisenhaus gibt es heutzutage in Radichheim nicht mehr, das habe ich den Dekan sofort gefragt. Also konnte man nur mutmaßen, wen die Mörderin als Ersatzopfer nehmen würde. Ich tippte auf die Leiterin des Kindergartens, und wie sich herausstellen sollte, lag ich damit richtig. Nun also zur Aussage dieser Martha Leinenweber, weil die uns einen Hinweis darauf geben konnte, was für ein Mordanschlag bevorstand. Bei der vierten Zeugin waren den Denunzianten im Dorf offenbar die angeblichen Verbrechen etwas ausgegangen. Jedenfalls war die Aussage von Frau Leinenweber recht schwammig. Sie hat nur behauptet, dass Grete Münzhauser versucht hätte, andere Leute zum Abfall von Gott anzustiften. Damit habe sie das gleiche Verbrechen begangen wie einst die so genannte Erzhexe Isebel.«

»Wer soll das denn sein?«, wollte Müller-Berg wissen. »Sollte man diese Dame kennen?«

»Du brauchst dir keine Hoffnungen auf Isebel zu machen, sie ist nämlich schon lange tot«, meinte Weixler. »Und außerdem hätte sie sich mit uns einfachen Leuten sowieso nicht abgegeben. Die Dame war nämlich eine Königin, Ehefrau von einem der Könige Israels. Sie stammte aber nicht aus Israel, sondern aus Sidon, das war eine phönizische Handelsstadt am Mittelmeer. Von dort hatte sie auch ihre eigene Religion mitgebracht, die Anbetung des Gottes Baal. Und sie machte mit Unterstützung des Königs kräftig Propaganda für ihren Götzen. Das hatte zur Folge, dass immer mehr Menschen in Israel vom Glauben an unseren Gott der Bibel abfielen. Das führte zu harten Kämpfen zwischen Isebel und den Propheten unseres Gottes, allen voran Elija. Und weil Isebel es eben geschafft hatte, so viele Leute aus dem Volk Gottes zum Abfall anzustiften, hat man ihr in der Tradition den wenig schmeichelhaften Namen ›Erzhexe‹ gegeben.«

»Und sie fand ein furchtbares Ende«, fügte Dekan Großmann hinzu. »Nachdem ein Offizier namens Jehu sich erfolgreich an die Macht geputscht hatte, marschierte er zu ihrem Palast und wollte sie umbringen. Isebel hatte das bereits erwartet und wollte wenigstens in Würde und überlegen sterben. Deshalb hat sie sich geschminkt und vom Fenster ihres Palastes aus den neuen König Jehu verhöhnt, als der zum Tor hereintrat. Doch Jehu ließ sich davon nicht beirren und befahl, Isebel aus diesem Fenster zu werfen. So geschah es, und Isebel platzte am Boden auf, und alle ihre Eingeweide quollen heraus.«

»Du meine Güte!«, flüsterte Wenzel fast tonlos. »Genauso hat es die Mörderin mit Mechthild Frauenreiter gemacht.«

Minutenlang sagte niemand mehr etwas. Dann ergriff Müller-Berg das Wort.

»An diesem Fall können wir auch sehen, wie zwiespältig es ist, die Öffentlichkeit nicht zu informieren. Wenn der Schreiber unserer Ortschronik Einzelheiten der Mordfälle in der Zeitung gelesen hätte, dann wäre er vielleicht schon früher darauf gekommen, was da ablief, und hätte eine Warnung aussprechen können.«

»Das glaube ich weniger«, sagte Großmann. »Er hätte das gar nicht zu Gesicht bekommen. Denn er wohnt schon seit einigen Jahren nicht mehr hier in Radichheim, sondern bei einem seiner Söhne in Mannheim. Und ob ihm seine beiden anderen Kinder, die noch hier leben, das berichtet hätten ...« Er zuckte mit den Schultern.

»Solche Spekulationen bringen uns nichts«, sagte jetzt Kommissar Wenzel. »Viel wichtiger ist die Frage, wie es weitergehen wird. Sehe ich es richtig, dass diese Mörderin alle damaligen Zeugenaussagen, äh, gerächt hat, und dass damit vermutlich die Mordserie beendet ist?«

»Woher soll ich denn das wissen?«, fragte Weixler zurück. »Ich habe doch keine Ahnung, wer diese Frau ist und warum sie auf die verrückte Idee gekommen ist, dass sie für Grete Münzhausers Tod Rache nehmen müsste. Ach ja, das ging vorhin völlig unter: Angesichts dieser Zeugenaussagen wurde Grete Münzhauser als Hexe verurteilt und starb in den Morgenstunden des 8. August 1666 hier in Radichheim auf dem Scheiterhaufen. Also, wie gesagt: Solange wir nicht wissen, was diese Mörderin angetrieben hat – solange kann niemand sagen, ob sie jetzt vielleicht losgehen wird, um einen anderen damaligen Justizmord zu ›bestrafen‹.«

»Im Klartext: Unsere Aufgabe ist zu Ende«, fügte Müller-Berg hinzu. »Alles Weitere liegt nun in den Händen der Polizei. Aber wenn Sie meinen persönlichen Rat hören wollen: Verschwenden Sie keine Zeit damit, jetzt zu spekulieren, ob diese verrückte Alte ihre Mission als beendet betrachtet oder nicht. Setzen Sie stattdessen alles in Bewegung, um sie möglichst bald zu finden und unschädlich zu machen.«

Die beiden Kommissare nickten. Dann fragte Wenzel noch: »Die Mörderin muss ja offenkundig die Ortschronik gekannt haben. Denken Sie, dass man sie vielleicht auf diesem Weg ermitteln könnte?«

»Das glaube ich kaum«, musste Großmann ihn enttäuschen. »Wenn ich recht weiß, sind davon ein paar tausend Exemplare gedruckt und auch verkauft worden. Aber das kann Ihnen der Verlag sicher genauer sagen. Wenn Sie möchten, können Sie mein Exemplar haben.«

Dieses Angebot nahmen die Beamten gerne an. Sie packten alles zusammen und verabschiedeten sich höflich, nachdem sie ihre Nummer hinterlassen hatten. Als sie gegangen waren, fragte Gisbert: »Und was machen wir jetzt? Uns irgendwo eine gute Pizza reinziehen? Ja, ich weiß schon, euch ist der Appetit vielleicht vergangen nach der grausigen Szene heute Morgen, aber mir hängt der Magen in den Kniekehlen.«

»Das muss leider noch einen Augenblick warten«, vertröstete ihn Weixler. Und als ihn die anderen fragend anschauten, fügte er hinzu: »Ich habe eben etwas gesehen, dem ich unbedingt nachgehen muss. Entschuldigt mich bitte einen Augenblick.«

Und mit diesen Worten verließ er den Raum.

160

Die Ergänzung

Habt ihr eine Ahnung, was den jetzt schon wieder gebissen hat?«, fragte Gisbert in den Raum. Doch keiner konnte ihm das Verhalten von Weixler erklären. Und so saßen alle etwas ratlos da und wussten nicht so recht, was sie jetzt machen sollten.

Doch ihre Geduld wurde nicht allzu sehr strapaziert. Bereits nach zwei Minuten öffnete sich wieder die Tür. Weixler erschien, der die sichtbar verwirrte und verlegene Dekanatssekretärin hinter sich her zog.

»Frau Hansinger«, sagte Großmann verwundert.

Weixler schob die Frau in die Mitte des Raumes, nahm einen Stuhl und bat sie, sich zu setzen. Sie kamen dieser Aufforderung zögernd nach.

Dann winkte Weixler den anderen zu, einen Kreis um Frau Hansinger zu bilden. Großmann überlegte kurz, ob er Einspruch einlegen sollte, verzichtete dann aber darauf. Er war neugierig, was der Pfarrer vorhatte.

Als die vier Männer im Kreis um die Sekretärin saßen, war die Atmosphäre sehr angespannt. Man merkte, wie unwohl sich Frau Hansinger fühlte. Dies wurde noch dadurch verstärkt, dass Weixler zunächst kein Wort sagte, sondern sie nur anschaute.

Schließlich öffnete er doch seinen Mund und sagte: »Haben Sie uns nicht vielleicht etwas zu sagen, Frau Hansinger?«

Sie schaute Weixler schuldbewusst wie ein kleines Mädchen an, das man dabei ertappt hatte, wie es aus der Speisekammer eine Tafel Schokolade stibitzte. Aber sie sagte kein Wort.

»Frau Hansinger«, tropfte Weixlers Stimme durch den Raum. »Ich kann gut verstehen, dass Sie eben nicht reden wollten, als die Polizisten mit im Raum waren. Aber ich denke, jetzt ist es an der Zeit, dass Sie Ihr Herz ausschütten.«

Die Sekretärin kämpfte sichtbar mit den Tränen. Großmann überlegte erneut, ob er Weixler stoppen sollte, aber entschied sich wieder dagegen. Auch für ihn war klar erkennbar, dass Frau Hansinger etwas zu verbergen hatte.

»Was wollen Sie eigentlich von mir?«, fragte die Sekretärin schließlich und versuchte vergeblich, forsch zu wirken.

»Das wissen Sie, denke ich, sehr genau«, gab Weixler zurück. »Als wir eben das Gespräch mit den beiden Kommissaren geführt haben, sind Sie mit einem Zettel für unseren Chef hereingekommen. Ob dieser Zettel wirklich der Anlass Ihres kleinen Besuchs oder nur ein Vorwand gewesen ist, kann ich nicht beurteilen. Jedenfalls sind Sie mit im Zimmer geblieben und haben zugehört. Und irgendwann habe ich aus den Augenwinkeln Ihr Gesicht kurz gesehen. Es sprach Bände. Sie wollten etwas sagen, haben es dann aber hinuntergeschluckt. Und zwar mit einem erkennbar sehr schlechten Gewissen. Und dann sind Sie, als Sie dachten, dass niemand Sie beobachten würde, wieder still und heimlich hinausgegangen. Deshalb nochmals meine Frage: Was haben Sie uns zu sagen?«

Die Sekretärin wand sich hin und her auf ihrem Stuhl. Dann murmelte sie schwach: »Ach, es war nicht so wichtig.«

»Wie wäre es, wenn Sie das uns entscheiden lassen würden, ob etwas für unsere Ermittlungen wichtig ist oder nicht?«, sagte Weixler mit sanfter Stimme. »Sie brauchen sich nicht unseren Kopf zu zerbrechen. Rücken Sie einfach mit dem heraus, was Ihnen Ihr Herz so schwer macht.«

Frau Hansinger wischte sich die Tränen aus dem Gesicht. Dann sagte sie, schon etwas gefasster: »Nachher sage ich etwas Falsches, und dann behindere ich nur die Ermittlungen. Verstehen Sie doch, hier geht es um so viel ...«

»Gerade deshalb brauchen wir Ihre Aussage«, schaltete sich nun Großmann ein. »Sie haben mir doch vor nicht allzu langer Zeit mal ein Kalenderblatt mit einem Spruch von Napoleon auf den Schreibtisch gelegt, der gesagt hat: ›Etwas Falsches zu tun, ist immer noch besser, als gar nichts zu tun.‹«

Sie grübelte vor sich hin. Dann hob sie schließlich ihren Kopf und schaute die Männer nacheinander gefasst an. Man konnte merken, dass sie sich zu einem Entschluss durchgerungen hatte.

»In Ordnung. Ich werde Ihnen sagen, was mir da so spanisch vorkam. Sie haben doch etwas aus dieser Chronik zitiert. Wegen des Prozesses gegen diese Grete Münzhauser oder wie die geheißen hat. Und da fiel mir wieder ein, dass ich schon einmal etwas darüber gehört habe. Es ist aber bestimmt schon 15 Jahre her. Damals hatte der Chronist, der Herr Leisler, einen Vortrag gehalten in unserem Frauenkreis. Er hat zu jener Zeit gerade an dieser Chronik gearbeitet und hat uns auf Einladung der damaligen Frau Pfarrer einige Begebenheiten aus der Geschichte von Radichheim erzählt. Es war wirklich sehr spannend. Auch wenn wir unglücklicherweise an dem Nachmittag nur ein sehr kleiner Kreis waren. Es war mitten im Sommer, und da arbeiten die meisten von uns Frauen im Garten. Jedenfalls hat der Leisler damals auch über diesen Prozess gegen die Münzhauser gesprochen. Und da hat er gesagt, dass die Frau keine Chance gehabt hätte, weil fünf Zeugen gegen sie ausgesagt hätten.«

»Wie bitte? Wie viele Zeugen?«, rief Weixler dazwischen. Alle vier Männer richteten sich kerzengerade auf.

Man konnte Frau Hansinger anmerken, dass dieses Erstaunen den letzten Rest von Unsicherheit bei ihr entfernt hatte. »Ja, Sie haben richtig gehört. Fünf Zeugen, hat Leisler damals gesagt. Ich weiß zwar nicht mehr, was er über diese Zeugen erzählt hatte, und es kam mir auch nicht wieder in Erinnerung, als eben Pfarrer Weixler darüber gesprochen hat – aber an die Zahl der Zeugen erinnere ich mich noch ganz genau. Er hat sie nämlich an seiner einen Hand abgezählt. Alle fünf Zeugen nacheinander. Komisch«, unterbrach sie sich plötzlich.

»Was ist komisch?«, wollte Müller-Berg wissen.

»Ich habe die Chronik seither bestimmt drei- oder viermal gelesen, aber das ist mir niemals aufgefallen. Dass er da aus irgendeinem Grund einen Zeugen nicht genannt hat, meine ich. Nun ja, man wird langsam alt.«

Weixler hielt es nicht mehr auf seinem Stuhl aus. Aufgeregt sprang er auf und begann, im Zimmer auf und ab zu gehen. Dabei sagte er laut: »Nicht auszudenken, wenn diese Mörderin das auch weiß! Dann haben wir den nächsten Mord bereits vorprogrammiert. Können Sie sich wirklich nicht daran erinnern, wer dieser fünfte Zeuge gewesen sein soll?«

Die Sekretärin zuckte bedauernd mit den Schultern. »Nein, das weiß ich nicht mehr. Aber das muss nichts heißen. Ich meine, an die anderen vier habe ich mich ja auch nicht mehr erinnert. Ich bin mir nur ganz sicher, dass er damals von fünf Zeugen gesprochen hat.«

Weixler blieb stehen. Dann schaute er den Dekan an. »Was haben Sie vorhin gesagt? Wo wohnt dieser Herr Leisler jetzt? War das in Mannheim gewesen?«

»Ja, wenn ich richtig weiß, lebt er in Mannheim bei seinem Sohn. Was denken Sie? Sollen wir die Polizei verständigen?«

»Das überlassen wir doch nicht den Bullen!«, protestierte Gisbert. »Nein, diesen Schreiberling knöpfen wir uns persönlich vor. So von Mann zu Mann. Wetten, dass er uns alles erzählen wird, wenn ich ihm mit meinem freundlichsten Gesichtsausdruck mitten in die Augen schaue?«

»Würde da nicht ein Anruf genügen?«, wandte Großmann ein. Man konnte ihm anmerken, dass ihm der Gedanke an eine eigenmächtige Fahrt nach Mannheim gar nicht behagte.

»Mit Verlaub, Herr Dekan, aber das wäre keine gute Idee«, antwortete ihm Müller-Berg. »Sie dürfen nicht vergessen, dass mit diesem fünften Zeugen irgendetwas faul sein muss. Sonst hätte der Leisler ihn ja in der Chronik erwähnt. Deshalb ist es wichtig, dass wir sein Gesicht sehen, wenn wir ihn danach befragen.«

Großmann stand noch immer unentschlossen im Raum. Weixler machte es langsam wütend. War diesem Mann denn gar nicht klar, dass ein weiteres Menschenleben unter seinen Mitarbeitern in Gefahr war?

»Wir wissen nicht einmal genau, wo er zu finden ist«, nannte nun der Dekan seinen nächsten Einwand. »Mannheim ist groß. Und ich habe keine Adresse von ihm.«

»Da kann ich Ihnen helfen!«, rief Frau Hansinger in den Raum. »Wir haben ihn vor zwei Jahren zur Diamantenen Konfirmation eingeladen. Er ist zwar nicht gekommen, aber von damals habe ich noch alle Adressen der Jubilare.«

Wenn Blicke töten könnten, dann wäre die Sekretärin jetzt durch ihren Chef hochgradig gefährdet gewesen, so wütend schaute er sie an. Trotzig erwiderte sie seinen Blick.

»Ich habe einen Vorschlag«, schaltete sich Müller-Berg ein. »Angesichts der neuen Entwicklung sollte einer von uns hier im Dekanat die Stellung halten und die Delegation in Mannheim über das Handy informieren, falls es dringende Neuigkeiten gibt. Könnten Sie diese Aufgabe vielleicht übernehmen, Herr Dekan?«

Damit erklärte sich Großmann sofort einverstanden. Und als die Detektive schließlich mit der Adresse des Chronisten in Weixlers Auto stiegen, sagte Gisbert halblaut: »Wie gut, dass wir dieses Weichei nicht mitnehmen müssen. Ist ja auch gut biblisch. Ich habe da neulich erst so eine Bestimmung im Alten Testament gelesen, dass vor jedem Feldzug alle nach Hause gehen durften, die bereits die Hosen voll gehabt hatten vor Angst, damit sie nicht die anderen auch noch anstecken konnten.«

Weixler antwortete nicht darauf. Ihm ging die Frage im Kopf herum, warum sein Chef plötzlich so zurückhaltend geworden war.

* * * * *

Die Fahrt nach Mannheim verlief ruhig. Alle drei Detektive waren durch die aufwühlenden Ereignisse an diesem Tag ziemlich erledigt und hatten daher keine große Lust, sich miteinander zu unterhalten. Dazu trug auch bei, dass die Hitze, die schon in Radichheim groß gewesen war, in der Rheinebene von einer fast unerträglichen Schwüle begleitet wurde. Allein schon das Atmen machte Mühe.

Als Weixlers Auto durch Mannheim rollte, herrschte zudem gerade die größte Mittagshitze. Der Asphalt schien zu kochen. Der einzige Vorteil dabei war, dass der Verkehr nicht so dicht war wie an normalen Tagen. Offenbar blieben heute alle, die es sich erlauben konnten, zu Hause oder in gekühlten Räumen.

Alle drei Detektive hatten ihre eigenen Erinnerungen an Mannheim. Müller-Berg hatte hier eine Weile studiert. Gisbert hatte sich während seiner wilden Jahre mehrmals monatelang in dieser Stadt aufgehalten. Und für Weixler war Mannheim eine Station in seinem beruflichen Werdegang gewesen. So waren alle mit sich selbst beschäftigt, so weit die Hitze ihnen noch das Denken erlaubte.

Schließlich erreichten sie ihr Ziel, eine Siedlung von Einfamilienhäusern im südlichen Stadtteil Rheinau. Dort sah ein Straßenzug so aus wie der andere. Trotzdem standen sie bereits nach kurzem Suchen vor dem Haus, dessen Adresse Frau Hansinger ihnen angegeben hatte.

Im Vorgarten planschte ein etwa zehnjähriger Junge in einem Pool. Als er die Detektive entdeckte, hörte er mit seinem Spiel auf und beobachtete sie neugierig. Müller-Berg ging auf ihn zu.

»Hallo! Wohnst du hier?«, sprach er den Jungen an.

»Ich weiß ja nicht, was du machst – aber ich bade normalerweise nicht in fremden Gärten«, gab der Junge schlagfertig zurück.

Weixler konnte ein Grinsen nicht unterdrücken. So hatte er die Mannheimer Kinder noch in Erinnerung. Immer etwas vorlaut und niemals um eine Antwort verlegen. Müller-Berg reagierte genau richtig und brach in ein schallendes Gelächter aus.

»Du hast Recht, das war eine blöde Frage von mir«, gab er zu. »Aber wenn du hier der Hausherr bist, dann kannst du mir sicher auch sagen, ob hier ein Herr Kurt Leisler wohnt.«

»Aber klaro. Das ist mein Opa«, antwortete der Junge. »Er sitzt übrigens dort drüben. Hey, Opa, da ist Besuch für dich!«

Die letzten Worte hatte er zu einer kleinen Gartenlaube hinüber gerufen, die neben dem Haus stand. Darin saß ein älterer Mann vor einem Glas Bier. Als er seinen Enkel rufen hörte, stand er auf und legte seine Handfläche über die Augen, um besser sehen zu können, wer da gerade in den Garten kam.

Die drei Detektive kamen auf ihn zu und schüttelten ihm die Hand. Dann stellten sie sich nacheinander vor, erwähnten aber nur ihren Namen und dass sie gerade aus Radichheim kamen. Von ihrem Anliegen erzählten sie noch nichts.

Kurt Leisler bat sie, bei ihm Platz zu nehmen. Er meinte: »So, so, ihr kommt aus meiner alten Heimat. Schön, dass man sich dort noch manchmal an mich erinnert. Wobei ich zugeben muss, dass schon eine Weile niemand mehr von dort bei mir gewesen ist. Ihr trinkt doch ein Bier mit mir?«

Gisbert stimmte begeistert zu, Müller-Berg auch mit Blick auf die sengende Sonne. Weixler war nicht so angetan von dem Gedanken, weil er später noch zurückfahren musste, aber er wollte den alten Mann nicht vor den Kopf stoßen. Deshalb willigte auch er ein.

»Sehr gut!«, lobte Kurt Leisler zufrieden. Dann rief er zu dem Jungen hinüber: »Felix, bist du bitte so lieb und holst für unsere Gäste ein paar kalte Bier aus dem Keller?«

Und wenn der Kleine auch etwas schnippisch gewesen war gegenüber den Fremden – bei seinem Opa hörte er aufs Wort. Es dauerte nur wenige Minuten, dann stand vor jedem der drei Detektive eine geöffnete Flasche.

Sie genossen das kühle Nass zunächst schweigend. Die Stille wurde nur durch Gisbert unterbrochen, der sich fluchend mit der Hand auf den Arm schlug.

Ihr Gastgeber lächelte. »Ja, ja, das ist einer der Nachteile von Mannheim. Diese Siedlung ist auf einem trocken gelegten Altrheinarm gebaut worden, deshalb haben wir hier Schnaken im Überfluss. Aber man darf auch die Vorteile nicht übersehen. Besonders die milden Winter haben es mir angetan. Ich mag die Kälte in der alten Heimat gar nicht, und dass ich hier keinen Schnee schippen muss, ist auch kein Schaden.«

Auf diese Liebeserklärung an Mannheim folgten ein paar Minuten Smalltalk. Als dann wieder eine Gesprächspause eintrat, nutzte ihr Gastgeber diese, um zu fragen: »Leute, ihr seid doch bestimmt nicht wegen meines guten Biers so weit gefahren. Also, was führt euch zu mir?«

Müller-Berg räusperte sich. Damit machte er den anderen klar, dass er dieses Mal das Gespräch führen wollte. Dann sagte er: »Wir wollten Sie etwas fragen wegen der Radichheimer Chronik.«

Leisler lächelte. »Ah, wegen meiner Chronik. Sagt bloß, dass ihr die gelesen habt?«

»Ja, warum denn nicht?«, gab Müller-Berg zurück.

Kurt Leisler zuckte mit den Schultern. »Ich habe schon lange nicht mehr reingeschaut. Wenn ich die Chronik heute noch einmal schreiben müsste, dann würde ich sie ganz anders aufziehen.«

»Was gefällt Ihnen denn nicht mehr daran?«

»Ach, sie ist viel zu langweilig. Ich habe den gleichen Fehler gemacht wie mancher andere, der so eine Ortschronik verbrochen hat. Ich habe viel geschrieben über die Adligen, über die Herrschaft, über die ganzen hohen Leute. Dabei war das gar nicht so wichtig, was die gemacht haben und gelassen haben. Heute würde ich viel lieber eine Chronik von unten schreiben, über das Leben der einfachen Leute. Und ich denke mal, dass das die Leser auch viel mehr interessieren würde.«

»Also uns hat die Chronik sehr geholfen«, versicherte Müller-Berg. »Und das ist auch der Grund, warum wir heute hier sind.«

»Lasst hören!«, forderte ihn Kurt Leisler auf.

»Erinnern Sie sich noch an den Fall Grete Münzhauser?«, wollte Müller-Berg wissen.

Ihr Gastgeber nickte langsam. »Natürlich erinnere ich mich daran. Das war schon eine Sauerei, was die mit der Frau gemacht haben. Wobei wir uns heute hüten müssen, überheblich über die Leute von damals zu urteilen. Die waren einfach

Kinder ihrer Zeit, so wie wir heute Kinder unserer Zeit sind. Und wahrscheinlich werden spätere Generationen ihre klugen Köpfe über uns schütteln.«

»Ja, und wegen einer Person, die das Ganze offenbar für eine Riesensauerei gehalten hat, sind wir heute hier«, sagte Müller-Berg. »Sie schreiben in Ihrer Chronik, dass bei dem Prozess vier falsche Zeugen ausgesagt hätten.«

»Kann hinkommen«, meinte Leisler mit einer leisen Spitze in der Stimme. »Wenn ich mich richtig erinnere, dann waren das vier Leute, die damals in der Kirchengemeinde sehr angesehen waren.«

»Gut. Nun gibt es aber eine Sache, die uns verwirrt. Als Sie damals die Chronik geschrieben haben, da haben Sie einen Vortrag gehalten im Frauenkreis von Radichheim. Und bei diesem Vortrag haben Sie auch über den Prozess gegen Grete Münzhauser gesprochen. Eine der Frauen, die damals zugehört hat, hat uns nun etwas Merkwürdiges erzählt. Sie hätten damals behauptet, dass bei diesem Prozess fünf Zeugen und nicht vier ausgesagt hätten.«

Leisler blinzelte. Dann sagte er: »Na gut, dann hat mich diese Frau eben falsch verstanden. Oder ich habe mich missverständlich ausgedrückt. Jedenfalls waren es vier Zeugen und nicht fünf.«

Müller-Berg schaute den alten Mann fest an. »Frau Hansinger, so heißt sie, war fest davon überzeugt, dass Sie die Zeugen mit den fünf Fingern einer Hand abgezählt hätten. Wie erklären Sie sich das?«

Der Chronist schaute ihn missmutig an. »Ach, ich kann mich nicht mehr so richtig erinnern. Wie gesagt, der Fehler kann auch bei mir gelegen haben. Bei historischen Forschungen läuft man auch manchmal in Sackgassen hinein. Da kann es vorkommen, dass ich nach der Lektüre bestimmter Quellen der festen Überzeugung bin, es sei so oder so gewesen, und dann neue Dokumente finde und meine Meinung ändern muss.«

»Aus welchen Quellen haben Sie denn die Informationen

über den Prozess gegen Grete Münzhauser gezogen?«, fragte Müller-Berg.

Leisler kratzte sich am Kopf. »Meine Güte, ihr stellt vielleicht Fragen! Das ist doch alles schon über zehn Jahre her. Ich habe damals sehr viele alte Dokumente gelesen. Ich weiß beim besten Willen nicht mehr, wo ich das mit diesem Hexenprozess gefunden habe.«

Gisbert hielt sich die Nase zu, ohne dass Leisler das bemerken konnte. Die anderen aber sahen es und verstanden die Geste. Hier stinkt es, der Kerl lügt, sollte das bedeuten. Und auch die anderen beiden Detektive waren fest davon überzeugt, dass der Chronist einen Test mit dem Lügendetektor nicht bestanden hätte.

»Bitte versuchen Sie doch, sich daran zu erinnern«, bat ihn Müller-Berg inständig.

»Was soll das ganze Gequatsche eigentlich?«, knurrte Leisler unwillig. »Ob vier oder fünf Zeugen, das spielt doch keine Rolle. Jedenfalls wurde die Frau am Ende verbrannt. Darauf kommt es doch an, dass das ein Justizmord war.«

Müller-Berg lehnte sich vor. Leise sagte er: »Leider spielt es doch eine Rolle, Herr Leisler. Ich habe vorhin gesagt, dass es eine Person gibt, die den Prozess gegen Münzhauser für eine Riesensauerei gehalten hat. Und diese Person fühlt sich offenbar berufen, den Justizmord zu rächen.«

Der alte Mann sah ihn verwirrt an. Anscheinend konnte er mit dieser Information nichts anfangen. Deshalb erklärte ihm Müller-Berg alles, was geschehen war. Der Bibliothekar erzählte von den vier Morden und von dem System, nach dem die Mörderin vorgegangen war. In dem Zusammenhang erläuterte er auch, welche Rolle die drei Detektive bei dieser Sache spielten.

Während Müller-Berg redete, nahm Leislers Gesicht einen immer ungläubigeren Ausdruck an. Als der Detektiv fertig war, vergrub der Alte das Gesicht in die Hände. Minutenlang war er zu keiner Reaktion fähig.

Schließlich hatte er sich wieder in der Gewalt. Langsam sagte er: »Um Gottes willen! Da wollte ich meinem Heimatort Radichheim einen Dienst erweisen, als ich die Chronik geschrieben habe. Und was kam dabei heraus? Ohne es zu ahnen, habe ich einem Mörder die Anleitung für seine Verbrechen geliefert. Oder ihn vielleicht sogar erst auf diesen Gedanken gebracht.«

Müller-Berg konnte gut verstehen, was in dem alten Mann vorging. Mit ruhiger Stimme sagte er: »Sie trifft keine Schuld an dem, was geschehen ist. Auch wenn ich Ihr Entsetzen gut verstehe. Nein, Sie können nichts dafür, dass da ein Mensch mit so einem kranken Gehirn herumläuft. Aber Sie können Einfluss darauf nehmen, dass diese Frau nicht noch einen weiteren Mord begeht.«

Leisler blickte wieder hoch. »Und wie soll ich das machen?«

»Ganz einfach. Wenn es wirklich einen fünften Zeugen gegeben haben sollte und die Mörderin das ebenfalls weiß oder erfährt, dann schwebt ein Mensch in Lebensgefahr. Und zwar genau die Person, welche die Mörderin in ihrer kruden Fantasie für den Nachfolger oder die Nachfolgerin des damaligen fünften Zeugen hält. Verstehen Sie jetzt, warum es unbedingt notwendig ist, dass Sie sich erinnern?«

Leisler nickte langsam. Dann sagte er fast tonlos: »Leider muss ich trotzdem bei dem bleiben, was ich gesagt habe. Es gab nur vier Zeugen.«

»Sie wissen sehr gut, dass das nicht stimmt«, erwiderte Müller-Berg mit entschlossener Stimme. »Denken Sie bitte daran, dass es hier um ein Menschenleben geht.«

»Was wisst ihr schon«, sagte der Alte mit verzweifelter Stimme. »Hier geht es nicht nur um ein Menschenleben. Hier geht es um das Schicksal vieler Menschen. Wenn ich rede, bedeutet das für viele eine Katastrophe.«

»Was meinen Sie damit?«

Leisler schüttelte nur den Kopf. Dann sagte er: »Steht so etwas nicht schon in der Bibel drin? Dass es besser ist, wenn ein Mensch für das Volk stirbt, als dass ein ganzes Volk sterben muss wegen dieses einen Menschen?«

Müller-Berg wusste nicht, was Leisler meinte. Doch Weixler sagte: »Ja, das steht in der Bibel. Das haben die Feinde von Jesus gesagt. Aber hier geht es um das Leben eines Menschen in Radichheim, das Sie retten können oder das Sie durch Ihr Schweigen in höchste Lebensgefahr bringen können.«

Kurt Leisler starrte ihn wortlos an. Er schien nachzudenken. Schließlich sagte er, mit einer merkwürdig veränderten Stimme: »Es tut mir Leid. Ich muss dabei bleiben. Es waren vier Zeugen und nicht fünf. Und jetzt geht bitte. Lasst mich allein.«

Die drei Detektive merkten, dass es dem Alten sehr ernst war. Sie tranken ihr Bier aus, bedankten sich bei Kurt Leisler für die Gastfreundschaft und das Gespräch, was er mit einem Kopfnicken zur Kenntnis nahm, und gingen dann zu ihrem Auto zurück.

Bevor er einstieg, schaute Weixler noch einmal zu der Gartenlaube hinüber. Trotz der Entfernung konnte er erkennen, wie dem alten Mann die Tränen über das Gesicht strömten.

172

Der Zettel

Am Morgen danach war Ausschlafen angesagt im Germstaler Pfarrhaus. Nach dem körperlich wie seelisch sehr anstrengenden Tag hatten die Detektive vereinbart, dass sie sich etwas schonen wollten. Zumal sie nun an einen Punkt geraten waren, bei dem sie erst einmal in Ruhe nachdenken mussten, wie es weitergehen sollte.

Gisbert allerdings als notorischer Frühaufsteher schaffte es einfach nicht, einmal länger zu schlafen. Als Weixler und Müller-Berg deshalb gegen zehn Uhr an den Frühstückstisch kamen, erwartete sie bereits ein reichhaltiges Frühstücksbüfett. Gisbert hatte sich selbst übertroffen und alles aufgetischt, was Küche und Speisekammer des Pfarrhauses zu bieten hatten. Er war sogar zu einem Bauern gegangen, der noch Milchvieh hielt, und hatte frische Milch für das Frühstück besorgt. Die beiden anderen spendeten ihm reichlich Beifall.

Sie vermieden es, während des Frühstücks über ihre Ermittlungen zu sprechen. Erst als sie bei einer abschließenden Schale Müsli saßen, brachte Müller-Berg das Thema wieder auf das Tablett.

»Ich will dir ja nicht zu nahe treten, Klaus. Aber wenn du schon einmal an einem Sonntag keinen Gottesdienst hast, dann könntest du dieses Geschenk von oben wenigstens nutzen, um dich auszuruhen. Stattdessen habe ich genau gehört, wie du vorhin schon lange Gespräche geführt hast am Telefon. Oder war da etwas Dringendes gewesen wegen unseres Falls?«

»Nun übertreib mal nicht, Rainer«, forderte der Pfarrer ihn auf. »Ich habe nicht Gespräche geführt, sondern nur ein einziges Gespräch. Mein Chef hat mich angerufen. Und ob das, was er mir da erzählt hat, wichtig ist, das müsst ihr schon selber entscheiden.«

»Würden wir ja gerne machen, Kumpel«, meinte Gisbert. »Vorausgesetzt, du gackerst nicht nur herum, sondern erzählst uns bitte, was Hochwürden auf dem Herzen hatte.«

»Nun, ich hatte bereits gestern Abend mit dem Dekan gesprochen. Als wir wieder zu Hause waren. Das habe ich euch noch nicht berichtet, weil ich mir gedacht habe, ich gönne euch etwas Ruhe, das reicht auch noch heute. Jedenfalls habe ich ihm gestern erzählt, was bei unserem Gespräch mit Leisler herausgekommen ist. Oder eben auch nicht herausgekommen ist.«

Weixler streute noch etwas Zucker auf sein Müsli. »Ihr habt ja gemerkt, dass der Chef gestern etwas komisch gewesen ist. Das hing wohl damit zusammen, dass er einfach sehr besorgt ist um seine Mitarbeiter, jetzt, wo er damit rechnen muss, dass noch eine weitere Person auf der Besuchsliste der Mörderin steht. Er will sich hinterher keinen Vorwurf machen müssen, dass er irgendetwas versäumt hat, was zum Schutz seiner Leute nötig gewesen wäre. Am liebsten hätte er ja schon gestern Mittag bei der Polizei angerufen. Aber er wollte uns zugestehen, dass wir zuerst mit Leisler reden. Und er plante, die Kripo erst danach zu verständigen, wenn wir mit dem Mann fertig sein würden. Das ist für mich okay. Jedenfalls hat er mir heute Morgen erzählt, dass er gestern Abend gleich nach unserem Telefonat wieder zum Hörer gegriffen und bei der Kripo angerufen habe. Jungmann und Wenzel waren offenbar noch da. Ja, nicht nur sie, sondern die ganze Sonderkommission. Die saßen offenbar zusammen und analysierten die vergebliche Jagd auf die Mörderin gestern. Wobei der Chef vermutet, dass es eher darum gegangen ist, jemandem dafür den Schwarzen Peter zuzuschieben. Das haben die ja gestern bereits mit uns versucht.«

»Das ist mir noch lebhaft in Erinnerung«, meinte Gisbert. »Ich hätte am liebsten was gesagt. Aber dann habe ich es doch bleiben lassen. Denn beim letzten Mal, als ich zu einem Bullen allzu ehrlich gewesen bin, bekam ich dafür eine Geldstrafe von 600 Mark aufgebrummt. Und ich hatte absolut keine Ahnung, wo ich das Geld hernehmen sollte.«

»Ja, Selbstbeherrschung ist eine große Tugend«, kommentierte Weixler. »Jedenfalls scheinen die Polizisten die Erzählung von der Hansinger nicht allzu ernst genommen zu haben. Oder die waren viel zu sehr mit sich selbst beschäftigt. Den Eindruck hat jedenfalls mein Chef bekommen, als er heute Morgen noch mal nachgehakt hat, ob sich was getan hat. Die haben offenbar nur anstandshalber bei ihren Kollegen in Mannheim angerufen und die gebeten, mal bei Leisler vorbeizuschauen und mit ihm eine Runde zu plaudern. Das haben die heute Morgen offenbar wirklich gemacht, kurz nach acht Uhr. Ist übrigens eine beruhigende Erfahrung, dass unsere Beschützer auch am Sonntag arbeiten, wenn es drauf ankommt.«

»Und? War unser spendabler Biertrinker den Polizisten gegenüber etwas gesprächiger als uns gegenüber?«, erkundigte sich Müller-Berg.

»Kann man nicht gerade sagen. Das Vögelchen war nämlich ausgeflogen«, antwortete Weixler.

»Im Ernst? Wo ist es denn hingeflattert?«

»Offiziell nach Italien. Leislers Sohn hat den Beamten jedenfalls erzählt, sein Vater sei heute Morgen in aller Frühe zu einer lange geplanten Reise nach Italien aufgebrochen. Er habe dort kein festes Ziel, sondern wolle von einem Campingplatz zum nächsten fahren und immer dort ein paar Tage bleiben, wo es ihm gerade gefällt. Unterwegs wolle er auch noch alte Freunde besuchen. Daher meinte der Sohn, er habe keine Ahnung, wie man seinen Vater erreichen könne. Zumal der Vater kein Handy mitgenommen habe.«

»Eiskalt aus dem Sattel geschossen«, warf Gisbert ein. »Und was wollen die jetzt machen, haben sie Leisler zur Fahndung ausgeschrieben?«

»Davon hat Großmann nichts erzählt. Das können die Bullen auch kaum bringen. Schließlich hat sich Leisler nichts zuschulden kommen lassen. Sie wollen offenbar nur im Radio einen Reiseruf senden lassen, dass er sich zu Hause melden soll.«

»Wenn die Bullen wirklich glauben, dass Leisler in Italien ist, dann schenke ich ihnen zu Weihnachten die Gebrüder Grimm«, amüsierte sich Gisbert. »Wenn ihr mich fragt: Unserem Freund ist der Boden unter den Füßen zu heiß geworden. Er konnte sich vermutlich an seinen fünf Fingern abzählen, dass er bald wieder Besuch bekommen und diesmal nicht so billig davonkommen würde wie mit uns.«

»Dem stimme ich völlig zu«, erwiderte Weixler. »Großmann hat sich jedenfalls furchtbar aufgeregt. Denn für die Polizei scheint damit die Sache mit dem fünften Zeugen bis auf weiteres erledigt zu sein. Die werden sich ganz und gar darauf konzentrieren, die Mörderin doch noch zu fassen. Also bleibt es wieder mal allein an uns hängen, Vorsorgearbeit zu leisten und den fünften Zeugen herauszufinden, bevor die Täterin wieder zuschlägt.«

»Prima Idee. Und wie willst du das machen? Willst du alle Frauen vom Frauenkreis abklappern, die damals bei dem Vortrag dabei gewesen sind, in der Hoffnung, dass sich irgendeine besser erinnert als Frau Hansinger?«, fragte Müller-Berg.

»Habe ich mir schon überlegt«, bestätigte Weixler. »Aber das wäre dann doch zu riskant. Wir müssen auf jeden Fall vermeiden, dass die Sache mit dem fünften Zeugen an die Öffentlichkeit kommt. Denn wenn darüber geredet wird, dann wird vielleicht auch die Mörderin erst auf die Idee kommen, dass ihr Werk noch nicht vollendet ist.«

»Gut, und was schlägst du stattdessen vor?«

»Wir gehen auf zwei verschiedene Arten vor. Zum einen wird der Dekan trotz des Sonntags dem Bürgermeister von Radichheim einen kleinen Besuch abstatten. Der Bürgermeister soll den Schlüssel herausrücken für das Archiv der Stadt und für die Städtischen Sammlungen. Dort stehen nämlich einige alte Akten, in denen etwas über diesen Prozess stehen könnte. Die müsste man in aller Gründlichkeit durcharbeiten.«

»Ist schon klar. Das ist natürlich meine Sache«, sagte Müller-Berg.

»Das ist deine Sache. Du bist schließlich der Fachmann dafür. Wenn Großmann Erfolg hat mit seiner Visite beim Bürgermeister, dann kannst du heute Nachmittag bereits anfangen. Trotz des Sonntags, schließlich handelt es sich um einen Notfall. Wobei ich nicht weiß, ob der Dekan dem Bürgermeister den wahren Grund dafür nennen oder ihm aus Gründen der Vorsicht einen Vorwand auftischen wird.«

»Und was soll ich machen?«, erkundigte sich Gisbert.

»Du kannst bei mir Händchen halten. Wir beide werden nämlich gemeinsam losziehen. Und zwar zu einem Mann hier in Germstal, der aus Radichheim stammt und dort im Heimatverein aktiv ist. Vielleicht weiß er, aus welcher Quelle unser Vögelchen getrunken hat.«

* * * * *

Am Montagmorgen gegen acht Uhr fuhr Weixler nachdenklich zum Unterricht ins Radichheimer Gymnasium.

Seine Laune war nicht die beste. Und er war sich klar darüber, dass er aufpassen musste, damit die Schüler darunter nicht leiden würden. Zumal er ihnen ja nicht erklären konnte, was ihn so beschäftigte.

Bei der Suche nach dem Dokument, das etwas über den fünften Zeugen verraten würde, waren die Detektive noch keinen Schritt weitergekommen. Müller-Berg hatte trotz der tropischen Temperaturen im Archiv des Radichheimer Rathauses (die ihm als Fachmann die Zornesröte ins Gesicht getrieben hatten, weil bei solchen Temperaturen die alten Unterlagen zwangsläufig Schaden nehmen mussten; das landeskirchliche Archiv, in dem Müller-Berg arbeitete, hatte selbstverständlich eine Klimaanlage) am gestrigen Sonntag den ganzen Nachmittag und Abend danach gesucht. Er hatte etwa eine Stunde gebraucht, um einen Überblick zu bekommen, was in diesem

Archiv vorhanden war und was nicht. Danach hatte er alle Dokumente durchgelesen, bei denen man annehmen konnte, dass vielleicht eine Information über den Prozess gegen Grete Münzhauser darin enthalten sein könnte. Doch es war vergeblich gewesen. Müller-Berg suchte zwar heute noch weiter, aber er war sehr pessimistisch, ob er in den verbleibenden Unterlagen noch etwas finden würde.

Und auch das Gespräch mit dem Mann aus dem Radichheimer Geschichtsverein war ein Schlag ins Wasser gewesen. Es hatte sich herausgestellt, dass Leisler ein Mann war, der alle wichtigen Arbeiten am liebsten alleine erledigte. Die anderen Mitglieder des Vereins zog er nur für niedere Hilfsdienste heran. Daher wusste keiner so recht, in welche Dokumente Leisler Einsicht genommen hatte und in welche nicht. Der Mann, mit dem Weixler und Gisbert gesprochen hatten, hatte sich nur erinnern können, dass der Verein im Auftrag von Leisler Dankesbriefe an einige Adelige verschickt hatte, welche die Archive ihrer Familien für Leislers Recherchen geöffnet hatten.

Weixler hatte nicht die leiseste Ahnung, an welchem Punkt man jetzt noch ansetzen sollte. Am liebsten wäre es ihm gewesen, wenn es der Polizei gelungen wäre, die Mörderin zu finden und so aus dem Verkehr zu ziehen. Doch danach sah es nicht aus. Wenn man einige Andeutungen der Kripo richtig verstanden hatte, dann plante die Polizei, in den nächsten Tagen mit einem Steckbrief an die Öffentlichkeit zu gehen. Wobei Weixler sehr skeptisch war, ob das viel bringen würde. Mittlerweile ging er nämlich davon aus, dass diese Frau ihr Äußeres bewusst verändert hatte.

Weixler kam an diesem Montagmorgen zugute, dass er in der ersten Stunde eine Klassenarbeit in der siebten Klasse über das Thema schreiben ließ: »Der Prophet Amos«. Während die Schülerinnen und Schüler mit den nicht allzu schwierigen Aufgaben beschäftigt waren, konnte er ungestört seinen eigenen Gedanken nachhängen. Auch die zweite Stunde plätscherte etwas dahin. Da Weixler nicht viel Zeit für die Vorbereitung gehabt hatte, hatte er für diese Stunde einen alten Stundenentwurf »aus der Konserve« geholt.

Auf dem Schulhof während der großen Pause fiel Weixlers merkwürdiges Verhalten auf. Wenn er wie an diesem Tag Aufsicht hatte, sorgte er normalerweise streng dafür, dass die Schüler der höheren Klassen die Kleinen nicht ärgerten. Doch heute war er offensichtlich mit seinen Gedanken ganz woanders und ließ daher einige Dinge durchgehen, die gewöhnlich den Schülern zumindest eine moralische Kopfwäsche eingebracht hätten.

Weixler war froh, als die Pause vorüber war. Jetzt stand ihm eine Freistunde bevor. Vielleicht würde er es in dieser Stunde schaffen, Ordnung in seine Gedanken zu bringen, damit er sich wieder innerlich auf den Unterricht einstellen konnte. Voller Bewunderung dachte er dabei an die Romanfigur des Sherlock Holmes. Eine der besonderen Eigenschaften des britischen Detektivs war es nämlich gewesen, dass er in Zeiten, in denen er nichts für seinen aktuellen Fall machen konnte, völlig davon abschalten und sich entspannen konnte. Eine solche Eigenschaft fehlte Weixler. Wenn er sich erst einmal festgebissen hatte, dann konnte er nicht so leicht wieder loslassen. Das war einer der Gründe gewesen, warum er so lange gezögert hatte, sich in diesem Fall zu engagieren.

Nach dem Ende der Pause ging Weixler erstmals an diesem Morgen ins Lehrerzimmer. An einem so heißen Tag war es nicht unbedingt der angenehmste Ort. Denn es hatte ein großes Südfenster, durch das die Sonne unbarmherzig knallen konnte. Aber das störte Weixler heute nicht. Er hatte nicht vor, sich allzu lange hier drinnen aufzuhalten.

Weixler ging zu seinem Fach und schaute nach, ob jemand etwas für ihn hinterlassen hatte. Er zog einen kleinen Stapel Papier heraus. Rasch schaute er ihn durch.

Oben lag ein Rundbrief des örtlichen Personalrats wegen des bevorstehenden Lehrerausflugs. Alle zwei Jahre hatten die Lehrer der Schule das Recht, einen Tag lang den Unterricht ausfallen zu lassen, um gemeinsam auf Ausflug zu gehen. In diesem

Jahr sollte Aschaffenburg das Ziel sein. Weixler hatte schon Lust, dabei zu sein, zumal ihm solche Gemeinschaftserlebnisse mit den Kolleginnen und Kollegen wichtig waren. Aber noch wollte er sich nicht anmelden. Solange die derzeitige Krise andauerte, war nicht daran zu denken, ohne zwingenden Grund einen Tag lang die Gegend zu verlassen.

Darunter fand Weixler eine weitere schriftliche Hausarbeit, die eine Zwölftklässlerin abgegeben hatte. Weixler runzelte die Stirn. Vom Abgabetermin her, der mit dieser Schülerin vereinbart worden war, hätte sie ihre Arbeit schon vor einer Woche bei ihm einreichen müssen. Weixler wusste, dass einige Kollegen eine solche verspätete Arbeit gar nicht mehr annehmen und es als eine nicht erbrachte Leistung werten würden. Er war sich nicht so ganz sicher, ob er dieser harten Linie folgen sollte oder nicht.

Als drittes lag ein Umschlag im Stapel, der nicht beschriftet war. Weixler schaute ihn zunächst verwundert von allen Seiten an, bevor er ihn öffnete.

Drinnen steckte ein zusammengefaltetes Stück Papier. Auf ihm war nur ein Satz zu lesen, nicht mit der Hand geschrieben, sondern erkennbar am Computer ausgedruckt. Aber dieser Satz hatte es in sich. Weixler las: »Wenn Sie etwas über den Prozess gegen Grete Münzhauser erfahren wollen, dann schauen Sie doch mal in das Buch des Kirchengemeinderats hinein!«

Weixler pfiff leise durch die Zähne. Dann sah er sich rasch um. Mittlerweile wirkte das Lehrerzimmer fast wie ausgestorben. Die meisten Kolleginnen und Kollegen waren bereits im Unterricht. Die anderen hatten sich vermutlich einen kühleren Platz auf dem Schulgelände gesucht. Nur der Deutschlehrer Heinz Weber saß einsam und verlassen an einem der Tische und korrigierte Hefte.

»Entschuldige, Heinz, aber hast du zufällig gesehen, wer mir etwas ins Fach gelegt hat?«, rief Weixler ihm zu.

»Tut mir Leid«, entschuldigte sich Weber. »Ich bin erst seit ein paar Minuten da, und in der Zeit ist mir nichts aufgefallen.

Warum denn? Stimmt was nicht?«

»Nein, nein. Ich habe hier nur einen Brief gefunden, auf dem kein Absender steht. Und ich habe keine Ahnung, wer mir den geschrieben haben könnte.«

Weber lachte. »Typisch für unsere chaotischen Schüler! Ich habe hier auch schon zwei Hefte gehabt, auf denen kein Name gestanden hat. Zum Glück kenne ich mittlerweile die meisten Handschriften. Man kann den Kids predigen, was man möchte, aber es gibt immer noch ein paar Schlamper dabei.«

Weixler grinste pflichtschuldigst. Dann drehte er sich rasch wieder um. Sein Gehirn arbeitete auf vollen Touren.

Nein, das war kein Versehen gewesen, dass da auf dem Umschlag kein Absender vermerkt worden war. Da wollte sich jemand nicht outen. Wer um alles in der Welt wusste von seinen Ermittlungen und hatte ihm da einen Hinweis gegeben?

Weixler wurde sich schnell klar, dass es ihm nicht gelingen würde, den Schreiber dieses Briefes herauszufinden. Dafür war das Lehrerzimmer des Radichheimer Gymnasiums einfach zu offen. Etwa 100 Lehrerinnen und Lehrer hatten hier ihren Platz, die Schülerinnen und Schüler gingen aus und ein, die Sekretärinnen und Putzfrauen und der Hausmeister manchmal auch, sodann kamen Gäste wie zum Beispiel Eltern, die zu einem bestimmten Lehrer wollten. Außerdem zirkulierten hier die Vertreter von Schulbuchverlagen, die in einer Ecke des Lehrerzimmers ihre neuesten Werke vorstellten. Mal ganz davon abgesehen, dass derjenige, der ihm diesen Brief ins Fach gelegt hatte, nicht unbedingt der Schreiber des Briefes sein musste. Wie oft schon hatte Weixler gehört, wie sich Schüler zugerufen hatten: »Gehst du gerade ins Lehrerzimmer? Ja? Kannst du dann bitte das mitnehmen und dem XY ins Fach legen?«

Erschwerend kam hinzu, dass Weixler nicht wusste, wie lange dieser Brief schon in seinem Fach lag. Nein, auf diese Weise würde er nicht weiterkommen. Darum beschloss er, sich ganz auf den Inhalt des Briefes zu konzentrieren.

Im ersten Moment sagte ihm dieser Brief nicht viel. Was für

ein Buch des Kirchengemeinderats sollte damit gemeint sein? Hatte der Kirchengemeinderat von Radichheim etwa eine eigene kleine Bücherei oder ein Archiv? Und selbst wenn so etwas vorhanden wäre – in welchem der Bücher sollte er dann nachschauen?

In Gedanken versunken nahm Weixler den Brief mit und holte sich erst mal unten bei der Bäckersfrau einen Kaffee. Dann setzte er sich auf das alte Ledersofa, das dort in einer Nische stand, und dachte weiter nach.

Buch des Kirchengemeinderats. Wusste der Kirchengemeinderat Radichheim etwas über den Prozess gegen Münzhauser? Oder war, so überlegte sich Weixler, damit vielleicht das Protokollbuch des Kirchengemeinderats gemeint? Immerhin hatten die Kirchengemeinderäte von Radichheim in den vergangenen Tagen mehrmals über die Sache gesprochen. War da vielleicht etwas erwähnt worden, was Großmann als gar nicht so wichtig eingestuft hatte, aber den Detektiven nun weiterhelfen konnte? Weixler konnte sich das nicht so richtig vorstellen, aber was sollte sonst damit gemeint sein?

Die Erkenntnis traf Weixler wie ein Schlag. Er war so aufgeregt, dass er den Kaffee verschüttete. Natürlich! Warum war er nicht schon viel früher und von selbst auf diese Idee gekommen! Meine Güte!

Es konnte natürlich nicht das aktuelle Protokollbuch gemeint sein, sondern das aus der Zeit, in der der Hexenprozess gegen Grete Münzhauser stattgefunden hatte. Immerhin war damals gemäß der calvinistischen Ordnung der Kirchengemeinderat so etwas wie eine moralische Richterinstanz gewesen. Er hatte zwar über so schwerwiegende Dinge wie Hexerei nicht zu entscheiden, aber mit Sicherheit war im Kirchengemeinderat darüber gesprochen worden. Gut möglich, dass etwas über die Zeugen ins Protokollbuch aufgenommen worden war ...

Nachdem Weixlers Gedanken lange Zeit leer gelaufen waren, lief nun der Prozess seines Nachdenkens sehr schnell ab. Weixler überlegte, wo er wohl dieses Protokollbuch finden würde.

Bestimmt nicht im Dekanat von Radichheim. So alte Bücher wurden normalerweise in das landeskirchliche Archiv nach Gerstadt gebracht, wo man sie sachgerecht aufbewahren konnte.

Weixler konnte sich ein Lachen nicht verkneifen. Da suchte Müller-Berg im städtischen Archiv von Radichheim nach der berühmten Stecknadel im Heuhaufen, und in Wirklichkeit befand sich das gesuchte Buch wohl an seinem Arbeitsplatz, dem landeskirchlichen Archiv, wo Müller-Berg jeden Winkel kannte ...

Weixler stand auf und lief los. Jetzt war schnelles Handeln erforderlich.

Er suchte so lange im Schulgebäude, bis er Max Morgenrath fand, der ebenso wie Weixler evangelische Religion unterrichtete. Und Weixlers Hoffnungen wurden nicht enttäuscht. Morgenrath erklärte sich dazu bereit, in der kommenden Stunde Weixlers Schüler mitzubetreuen. Die Zwölftklässler waren an diesem Tag sowieso alle auf einer Exkursion. Somit hatte Weixler den Rest des Tages unterrichtsfrei. Und das wollte er nutzen ...

* * * * *

»Meine Güte, das sind hier Zustände! Wenn man daran denkt, was für Schätze hier drin lagern ...«

Nicht nur Weixlers Laune war an diesem Morgen auf einen Tiefpunkt gesunken. Auch Rainer Müller-Berg war an einem Punkt angekommen, an dem er den ganzen Bettel am liebsten hingeworfen hätte. Da spielten eine Menge Sachen mit hinein. Der Frust, dass er nichts über den Prozess gegen Grete Münzhauser gefunden hatte; die schlechte Luft und große Hitze in den Räumen des Radichheimer Archivs; die unsachgemäße Lagerung der alten Dokumente in diesem Raum ... Zornig zog er einen Packen alter Bücher aus einem Regal und wirbelte dabei eine große Staubwolke auf, die ihm beinahe die Luft nahm. Er musste kräftig niesen und machte seinem Ärger lautstark Luft.

»Na, na, Dickerchen, wer wird denn da so schimpfen?«, hörte er eine Stimme durch die dichte Wolke hindurch. Der leise Spott, der darin mitschwang, war nicht gerade dazu geeignet, seine Laune wieder zu heben.

»Wenn du so große Töne spucken kannst, dann würde ich vorschlagen, dass wir beide mal für eine Stunde tauschen«, grunzte er, als Gisbert und Weixler schließlich vor ihm standen. »Wollen wir doch mal sehen, wie gut du dich als Oskar aus der Mülltonne machen wirst!«

Seine beiden Freunde lachten, was Müller-Berg nur noch verdrießlicher stimmte. Er drehte sich wieder um und wollte sich erneut mit den alten Büchern beschäftigen.

Da legte sich ihm eine Hand auf die Schulter. Und Weixlers Stimme fragte: »Sag mal, Rainer, du bist ja derzeit von deinem Dienst freigestellt. Hast du denn trotzdem das Recht, das Archiv in Gerstadt zu betreten?«

»Hat ein Hund das Recht, seine Hundehütte zu betreten?«, gab Müller-Berg zurück.

»Sehr gut. Dann würde ich vorschlagen, dass du dir mal den Staub aus den Kleidern klopfst, damit dich deine Kollegen dort überhaupt erkennen und nicht als Einbrecher verhaften lassen, und dann machen wir einen Abstecher dorthin.«

»Und was soll uns das bringen?«, erkundigte sich Müller-Berg mufflig.

»Ach, zum einen ist so schönes Wetter, da würden wir halt gerne mit dir einen Ausflug machen«, erklärte Weixler. »Und zum anderen möchte ich mir dort gerne ein Buch ausleihen, und ich habe den leisen Verdacht, dass sie dir das eher geben werden als mir. Obwohl ich einen Erlaubnisschein von Großmann in meiner Tasche habe.«

»Großmann? Der hat vielleicht hier was zu sagen, aber bestimmt nicht in unserem Archiv in Gerstadt«, knurrte Müller-Berg.

»In dem speziellen Fall gilt das nicht. Denn bei dem Buch handelt es sich um ein Protokollbuch des Presbyteriums von Radichheim aus dem 17. Jahrhundert. Oder, wie man heute sagen würde, des Kirchengemeinderats«, erklärte Weixler.

Und noch bevor Müller-Berg etwas dagegen einwenden konnte, schoben ihn vier kräftige Hände aus dem Archiv heraus zu Weixlers Auto, das bereits vor der Tür wartete.

Das Protokollbuch

»Wow, das ist ja wirklich ein edler Schuppen«, rief Gisbert anerkennend, als sie unter Müller-Bergs Führung in das Gebäude des landeskirchlichen Archivs in Gerstadt hineingingen. »Besonders die Temperatur hier drin lässt sich aushalten.«

Das war noch ziemlich untertrieben. Eine gewaltige Klimaanlage sorgte dafür, dass trotz der extremen Hitze an diesem Tag die Temperatur im Gebäude nicht über 20 Grad kletterte.

Müller-Berg schmunzelte. »Nun, es muss ja auch Vorteile bieten, wenn man hier drin arbeitet. Wegen unserer kostbaren Bücher und Dokumente darf die Temperatur im Haus nicht über eine bestimmte Grenze steigen, sonst schafft es die Klimaanlage nicht mehr, die den eigentlichen Archivbereich temperiert. Und da ist es ein nützlicher kleiner Nebeneffekt, dass auch die Mitarbeiterinnen und Mitarbeiter hier drin ordentlich temperiert werden.«

Mit diesen Worten schloss er die Tür zu seinem Arbeitszimmer auf. Und obwohl der alte Schlüssel im Schloss ziemlich laut quietschte, konnte er dennoch hören, wie Gisbert leise zu Weixler sagte: »Alles hat zwei Seiten, Kumpel. Wie soll unser Dickerchen eigentlich seine Pfunde loswerden, wenn man ihm hier drin die Chance nimmt, etwas Gewicht wegzuschwitzen?«

Müller-Berg packte Gisbert am Kragen und stieß ihn vor sich her in das Arbeitszimmer hinein. Gleich am Eingang wäre Gisbert beinahe über eine Kiste gestolpert, die auf dem Boden lag. Er konnte sich gerade noch abfangen.

Weixler schaute sich um. Das Zimmer hatte sich kaum verändert, seit er Müller-Berg während der Suche nach dem Schatz des Heiligenmeisters hier drin besucht hatte. Es sah nur noch etwas chaotischer aus als damals. Während Weixler bei seinem ersten Besuch noch geglaubt hatte, mit einem Kompass in der Hand die Unordnung bewältigen zu können, war er nun davon überzeugt, dafür einen Bulldozer zu brauchen. Er schaute seinen alten Freund missbilligend an und sagte: »Rainer, ich denke, dass ich dir mal Gisbert ausleihen sollte, damit er deine Bude auf Vordermann bringt!«

»Erinnere mich an diesen gemeinen Vorschlag, wenn ich das nächste Mal anfange, positiv über dich zu denken«, knurrte Gisbert. »Wirklich, wenn man solche Freunde hat, dann braucht man keine Feinde mehr!«

Weixler wollte darauf etwas erwidern, aber Müller-Berg schnitt ihm das Wort ab. »Frieden, Brüder, Frieden!«, rief er laut. »Ich habe dieses Zimmer schon vor fast 15 Jahren zur atomwaffenfreien Zone erklärt, übrigens sehr zum Ärger des damaligen Direktors. Seither dulde ich hier drin keinen Streit und keine Tätlichkeiten. Die Verliese hier im Archiv sind voll von Leuten, die sich nicht daran gehalten haben.«

Mit diesen Worten ging er zu dem kleinen Tisch, auf dem sein Computer stand. Er schaltete ihn ein und wartete ab, bis das Verwaltungsprogramm für das Archiv auf dem Bildschirm erschien. Dann meinte er: »So, jetzt wollen wir mal schauen, ob dieses Schätzchen wirklich in unseren heiligen Hallen zu finden ist. Wir bekommen nämlich jedes Jahr Ärger mit Kirchengemeinden, die felsenfest davon überzeugt sind, dass ihre alten Werke bei uns im Archiv sein müssen, wovon hier aber niemand etwas weiß.«

Müller-Berg gab die Suchbegriffe »Presbyterium« und »Radichheim« in die Suchmaske des Programms ein. Es dauerte nur einige Sekunden, bis das Ergebnis auf dem Bildschirm erschien. Weixler und Gisbert drängten sich interessiert näher, aber sie konnten mit den Angaben, die dort zu sehen waren, nichts anfangen. Müller-Berg dagegen nickte zufrieden.

»Da haben wir ja, was wir suchen. Die Radichheimer scheinen ordentliche Leute zu sein. Wenn ich es richtig sehe, sind aus dem Zeitraum von etwa 1600 bis 1870 alle Protokollbücher des Presbyteriums bei uns eingelagert. Genau nach den Empfehlungen des Oberkirchenrats, der möchte, dass alle alten Büchern mit Erscheinungsdatum vor 1870 in unsere Obhut kommen. Für uns interessant ist der dritte Band, der den Zeitraum von 1648, also dem Ende des 30-jährigen Krieges, bis 1682 umfasst. Und was das Beste ist: Dieses Buch ist so gut erhalten, dass es in die Kategorie B eingestuft worden ist.«

»Das freut mich für dich«, meinte Gisbert. »Und damit wir uns mit dir freuen können, könntest du uns freundlicherweise bei Gelegenheit erklären, was es mit dieser Kategorie B auf sich hat.«

»Nun, Bücher mit dieser Kategorie dürfen von autorisiertem Personal des Archivs – und damit meine ich mich – zu dienstlichen Zwecken ausgeliehen werden, zum Beispiel, um irgendwelche Recherchen durchzuführen. Wäre es dagegen in die Kategorie A eingestuft worden, dürfte es den eigentlichen Archivbereich nicht verlassen. Und für uns ist es auf jeden Fall einfacher, wenn wir das Buch mit nach Radichheim nehmen können. Also«, fügte er hinzu, während er sich von seinem Schreibtischstuhl erhob, »dann werde ich das Objekt unserer Begierde mal holen gehen.«

»Ist es da unten, wo eure alten Schinken eingelagert sind, noch kühler als hier?«, erkundigte sich Gisbert.

»Darauf kannst du dich verlassen!«, versicherte Müller-Berg. »Dort unten steigt die Temperatur niemals über 15 Grad.«

»Dann komme ich mit!«, erklärte Gisbert im Brustton der Überzeugung.

»Tut mir Leid, aber du wirst dein hitziges Gemüt schon auf andere Weise kühlen müssen«, bedauerte Müller-Berg. »Dort unten hat das normale Fußvolk keinen Zutritt. Nur die Prominenz darf rein. Rate mal, wen ich damit meine.«

Mit diesen Worten verließ er den Raum und verschwand. Weixler und Gisbert machten es sich auf zwei Stühlen bequem, wofür sie diese freilich erst freiräumen mussten von allem möglichen Papier.

Es dauerte eine ganze Weile. Als Müller-Berg schließlich wieder auftauchte mit einem dicken alten Buch in der Hand, meinte Gisbert: »Du bist schlecht ausgestattet, alter Freund. Oder wo hast du deine Minibar versteckt?«

»Alkohol ist hier drin strengstens verboten«, belehrte ihn der Bibliothekar. »Das könnten wir nämlich gerade noch brauchen, dass Schnapsdrosseln wie dir schlecht wird und wir dann hinterher die historischen Werke putzen dürfen.«

»Darauf kannst du lange warten«, entgegnete Gisbert. »Ich trinke zwar kaum mehr was seit dem Ende meiner wilden Tage, aber wenn es darauf ankommt, saufe ich dich problemlos unter den Tisch.«

»Nicht gerade etwas, womit man auch noch angeben sollte«, mischte sich nun Weixler ein. »Rainer, können wir jetzt mal in das Buch hineinschauen?«

»Nein, Klaus. Du weißt, dass Zeit ein sehr kostbares Gut ist. Deshalb werden wir jetzt die Zeit effektiver nutzen. Soll heißen: Wir fahren wieder los nach Radichheim und auf dem Weg macht Onkel Rainer eine Vorlesestunde für seine lieben Kinder. Zumal ich vermutlich der Einzige unter uns bin, der diese alten Schriften lesen kann.«

Dagegen hatten die beiden anderen Detektive nichts einzuwenden. Müller-Berg packte das Protokollbuch in eine spezielle Transportbox. Dann verließen sie das Gebäude des Archivs, wobei es sie fast wie ein Schlag traf, als sie draußen wieder in die Hitze kamen. Weixler nahm sich fest vor, das nächste Weihnachtsgeld dafür zu nutzen, um in seinem Auto eine Klimaanlage einbauen zu lassen. Falls es noch ein Weihnachtsgeld geben sollte, dachte er bei sich. Derzeit war gerade in der Diskussion, das Urlaubsgeld zu streichen und das Weihnachtsgeld zu kürzen.

* * * * *

Als die drei Detektive die Autobahn erreicht hatten, holte Müller-Berg auf dem Rücksitz das Protokollbuch heraus. Andächtig strich er über die Vorderseite. »Das war halt noch eine Qualität«, meinte er schwärmerisch. »Die heutigen Bücher dürften nicht so alt werden. Zumal man ja immer mehr nur in Computerdateien speichert. Und ich bezweifle sehr, dass die Computerprogramme in ein paar hundert Jahren in der Lage sein werden, unsere heutigen Dateien zu lesen. Na gut, das soll jetzt nicht unsere Sorge sein.«

Er öffnete das Buch. An der Art und Weise, wie er darin blätterte, erkannte man den Fachmann. Da saß jeder Handgriff. Mit der ruhigen Selbstverständlichkeit eines Experten suchte er so lange, bis er das gefunden hatte, was er wollte. Dann überflog er zunächst den Abschnitt, der sich mit dem Prozess gegen Grete Münzhauser beschäftigte.

»Nun ja«, meinte er schließlich. »Dieser Protokollführer wollte offenbar etwas angeben. Deshalb hat er immer wieder lateinische Wörter und Ausdrücke eingefügt. Das Problem ist nur, dass der Mann ungefähr so viel Latein konnte wie die Heidelberger Taxifahrer Englisch. Sprich, die Sätze sind teilweise ziemlich unsinnig. Aber ich werde schon durchkommen.«

Müller-Berg vertiefte sich nun eine Weile schweigend in den Text. Die anderen beiden störten ihn nicht, weil sie wussten, wie wichtig Konzentration bei so einer Sache war. Mehrmals nickte Müller-Berg, so als ob ihm etwas klar geworden wäre. Einmal pfiff er auch leise. Nach etwa 20 Minuten schaute er wieder auf, und Weixler und Gisbert wussten, dass er ihnen nun etwas erzählen wollte.

»Auf die eigentlich geplante Vorlesestunde sollten wir besser verzichten«, begann Müller-Berg. »Wie ich euch schon gesagt habe, ist der Text teilweise eine Zumutung. Da würdet ihr völlig den roten Faden verlieren. Ich habe den Faden nur behalten, weil ich immer den größeren Textzusammenhang vor Augen hatte. Deshalb möchte ich euch vorschlagen, dass ich euch im Überblick berichte, worum es da geht.«

Die beiden anderen waren einverstanden. Sie hatten bei der großen Hitze auch keine besondere Lust, sich auf einen schwierigen Text konzentrieren zu müssen. Deshalb waren sie Müller-Berg dankbar, dass er ihnen diese Arbeit abgenommen hatte. Sie kannten ihn gut genug, um zu wissen, dass er ihnen alles Wesentliche erzählen würde.

»Nun, das Presbyterium von Radichheim hatte öfter allen Grund, sich mit Grete Münzhauser zu beschäftigen. Ich muss leider sagen, dass diese Dame ein richtiges Luder gewesen ist, wenn man den Berichten Glauben schenken darf. Die Vorwürfe wegen Hexerei waren nur die Spitze des Eisbergs. Sie hatten eine lange Vorgeschichte. Man könnte fast den Eindruck gewinnen, dass die Münzhauser absichtlich versucht hat, die ganze Stadtgemeinschaft vor den Kopf zu stoßen und gegen sich aufzubringen.«

»Das ist aber ein harter Vorwurf«, warf Weixler ein.

»Mag sein. Aber ich kann mir nicht vorstellen, dass das Presbyterium alles erfunden hat, was hier steht. Man darf nicht vergessen, dass das Presbyterium damals dafür zuständig war, kleinere moralische Verstöße der Gemeindeglieder zu bestrafen. Wobei die Strafen immer erst der letzte Schritt waren, zunächst einmal wurde ermahnt. Dabei gab es mehrere Stufen, bis hin zu einer öffentlichen Vorladung vor das Presbyterium. Das nutzte aber bei Grete Münzhauser recht wenig. Ich darf mal einige Dinge nennen, die hier aufgeführt sind. Zum Beispiel wird zweimal erwähnt, dass sie nachts stark besoffen durch die Straßen gelaufen ist und unanständige Lieder gesungen hat. Dann geht es um den Ehebruch, wobei man ihr da vor dem Prozess wegen Hexerei nichts nachweisen konnte. Des Weiteren hat sie bei den regelmäßigen Sammlungen für die Armen so gut wie nie etwas gespendet.«

»Vielleicht hat sie einfach nichts gehabt. Einem nackten Mann kann man halt nicht die Tasche greifen«, meinte Gisbert.

»Nein, sie war sogar sehr reich. Aber dazu komme ich gleich noch. Bleiben wir bei der Liste der Verfehlungen. Als ihr alter

Vater pflegebedürftig wurde, hat sie sich nicht um ihn gekümmert. Das war damals ein großer Skandal. Am Ende musste das Presbyterium eine Nachbarin bitten, für den alten Mann zu sorgen. Mal ganz abgesehen davon, dass sich Grete Münzhauser aus allen Veranstaltungen und Aktivitäten der Gemeinschaft herausgehalten hat. Sowohl bei denen der Kirche als auch bei denen der Stadt.«

»Das muss aber nicht nur an ihr gelegen haben«, protestierte Gisbert. »Ich weiß ja selber aus eigener Erfahrung, wie das ist. Wenn man bei den Leuten im Dorf unten durch ist, dann ist man gar nicht mehr erwünscht bei den Festen und ähnlichen Dingen. Da wird man nur schräg angeschaut. Deshalb bleibt man von selbst irgendwann weg.«

»Ja, da hast du sicher Recht«, räumte Müller-Berg ein. »Aber diese Grete Münzhauser war doch ziemlich extrem, zumal nach den Vorstellungen der damaligen Zeit. Als alle Ermahnungen bei ihr nichts fruchteten, hat der Kirchengemeinderat, Entschuldigung, das Presbyterium, zu seiner stärksten Waffe gegriffen. Die Frau wurde mehrmals zu einer Geldstrafe verurteilt. Einmal über vier Gulden, einmal über neun Gulden und einmal sogar über zwölf Gulden.«

»Dann muss die aber ganz schön Moos an den Füßen gehabt haben«, sagte nun Weixler. »Denn das waren nach damaligen Verhältnissen ziemlich hohe Summen.«

»Das stimmt«, bestätigte Müller-Berg. »Ich hatte ja schon erwähnt, dass die Dame sehr reich gewesen ist. Das Presbyterium hat in seinem Protokollbuch genau aufgeführt, über welchen Besitz sie verfügt hat, weil sich danach die Geldstrafe bemessen hat. Sie hatte von einem ledig verstorbenen Onkel einen großen Besitz geerbt. Und zwar vor allen Dingen zwei Mühlen in der Nähe von Radichheim, die im Protokollbuch als die ›Obere Mühle‹ und die ›Beckmühle‹ bezeichnet werden. Rund um diese Mühlen lagen etliche Äcker, die wohl eine große zusammenhängende Fläche bildeten. Die ganzen Flurnamen dieser Äcker werden genau aufgeführt. Man darf nun nicht annehmen, dass die Münzhauser diese Mühlen und Äcker selbst bewirtschaftet hat. Sie hat sie vielmehr verpachtet und dann vom Pachtzins gelebt. Das war auch der Grund dafür, warum sie ein für damalige Verhältnisse so extravagantes Leben führen konnte. Während die meisten Frauen darauf angewiesen waren, zu heiraten und dann von einem Mann versorgt zu werden, konnte sie es sich leisten, ledig zu bleiben und ein Leben nach eigenem Geschmack zu führen. Heute würde man sagen, dass sie eine freie Frau war und sich selbst verwirklicht hat.«

»Na, ich weiß nicht so recht«, zweifelte Weixler. »Freiheit hin oder her. Mit Freiheit muss man auch umgehen können. Und das konnte sie offensichtlich nicht. Spätestens, wenn sie in andere Ehen einbricht, ist für mich Feierabend.«

»Das sehe ich genauso wie du. Auch die Geldstrafen haben offenbar bei ihr nicht die gewünschte Wirkung gehabt. Sie dachte gar nicht daran, ihren Lebenswandel aufzugeben. Damit waren die Möglichkeiten des Presbyteriums erschöpft. Jetzt wäre eigentlich das Ortsgericht zuständig gewesen, härtere Strafen zu verhängen. Aber dazu ist es nie gekommen, auch wenn das Presbyterium mehrmals deswegen protestiert hat.«

»Und warum nicht? War das Ortsgericht etwas liberaler als das Presbyterium?«, fragte Weixler.

»Nun, das wird in diesem Protokollbuch nicht ausdrücklich begründet. Aber durch die Zeilen hindurch kann man lesen, dass die Münzhauser offenbar auch ein Verhältnis gehabt hat mit wichtigen Leuten in der Stadt Radichheim. Und damit hatte sie diese Männer in der Hand. Die haben wohl dann dafür gesorgt, dass kein größerer Schaden gegen sie angerichtet wurde. Aber das hatte natürlich die Nebenwirkung, dass die öffentliche Empörung gegen die Münzhauser immer stärker wurde. Aus dem Protokollbuch geht hervor, dass sich das Presbyterium immer wieder mit Beschwerden beschäftigen musste, die aus den Reihen der Gemeinde kamen. Die Leute konnten einfach nicht verstehen, warum Grete Münzhauser so eine Narrenfreiheit hatte. Schließlich neigte man sogar dazu, zu glauben, dass sie von irgendwelchen dunklen Mächten geschützt wurde. Und damit war der Nährboden bereitet für ihre Anklage als Hexe.«

»Womit wir beim Thema wären«, sagte Gisbert.

»Richtig, womit wir beim Thema wären«, stimmte Müller-Berg zu. »Aber ich musste euch das andere erzählen, damit ihr besser versteht, was damals abgelaufen ist. Über den Prozess selbst steht auch einiges im Protokollbuch. Wobei die Informationen nicht zusammenhängend sind, sondern mal hier etwas steht und mal da etwas. Eben so, wie sich das Presbyterium mit der Sache beschäftigt hat. Auf jeden Fall werden die vier Zeugen bestätigt, die auch die Chronik von Radichheim nennt. Es gab im Presbyterium harte Diskussionen darüber, ob diese vier Gemeindeglieder aussagen sollten oder nicht. Ob das der Sache Gottes schaden oder nützen würde. Am Ende hatte man sich dazu durchgerungen, ihnen keine Steine in den Weg zu legen.«

»Jetzt komm bitte zum Punkt«, forderte Gisbert. »Gab es einen fünften Zeugen oder nicht?«

»Ja, den gab es. Und es ist auch sehr spannend, warum dieser Mann eigentlich notwendig gewesen ist. Man musste nämlich plötzlich etwas befürchten, was damals bei den Hexenprozessen nur sehr selten vorkam. Der Prozess gegen die Münzhauser drohte zu scheitern. Ja, sogar ein Freispruch wäre möglich gewesen.«

»Warum das denn? Ist sie nacheinander mit den Richtern ins Bett gegangen?«, warf Gisbert ein.

»Nun, das erste Problem waren die vier Zeugen selbst. Besonders die Verteilung von Männlein und Weiblein. Ihr werdet euch erinnern können, dass darunter drei Frauen waren und nur ein Mann. Und in der damaligen Zeit galten die Aussagen von Frauen als nicht allzu glaubwürdig. Schon von daher wollte man gerne einen weiteren Mann als Zeugen aufführen. Zumal bei dem sehr geschickten Schachzug, den Grete Münzhauser nun gemacht hat.«

»Spann uns nicht so auf die Folter!«, rief Weixler.

»Die Münzhauser hat etwas gemacht, was damals sehr ungewöhnlich war. Sie hat einen Juristen damit beauftragt, sie vor Gericht zu verteidigen.«

»Was ist denn daran so ungewöhnlich?«, wunderte sich Gisbert. »Das kennt man doch von jedem amerikanischen Krimi. Sie haben das Recht auf einen Anwalt. Wenn Sie kein Geld haben, um einen zu bezahlen, wird Ihnen einer vom Staat gestellt.«

»Das mag heute so sein, aber damals noch nicht«, antwortete Müller-Berg. »Zumal nicht bei Hexenprozessen. Klaus hat uns ja erzählt, wie kritisch es für Leute gewesen ist, die als Zeugen bei einem derartigen Prozess ausgesagt haben. Und das galt natürlich noch mehr für die Personen, die es wagten, die Angeklagte zu verteidigen. Denn sie gerieten sofort in den Verdacht, mit der Hexe unter einer Decke zu stecken oder gar ein Mitwisser oder Mittäter zu sein. Wer also damals als Verteidiger auftreten wollte, der musste sich sehr warm anziehen und am besten vorher sein Testament machen.«

»Und doch hat die Münzhauser jemanden gefunden?«, hakte Weixler nach.

»Und ob. Und nicht irgendjemanden. Ihr zur Seite stand einer der gewieftesten Juristen der damaligen Zeit. Ein durchtriebener Mann, mit allen Wassern gewaschen. Sein Name wird übrigens nicht erwähnt. Offenbar spielte das keine Rolle. Wie die Münzhauser an ihn gekommen ist, wird auch nicht gesagt. Vielleicht war er ein Verwandter von ihr, vielleicht war sie sein Betthäschen gewesen, vielleicht hat sie aber auch nur gut genug bezahlt. Tatsache war jedenfalls, dass nun auf einmal der Ausgang des Prozesses fraglich war. Zumal eben bei diesen wackeligen Zeugen. Es waren liebe und nette Leute, die aber kaum in der Lage sein würden, es vor Gericht mit so einem hartgesottenen Juristen aufzunehmen. Nur eine Unsicherheit, und er würde sie auseinander nehmen wie eine Weihnachtsgans. Deshalb brauchte man unbedingt einen fünften Zeugen. Einen Mann, der reden konnte wie ein Wasserfall und der gleichzeitig ein hohes Ansehen bei den Leuten hatte.«

»Eines verstehe ich nicht so recht«, gab Gisbert zu. »Wenn die Regierung wirklich ein Todesurteil wollte – warum konnte sie dann nicht einfach den Richtern sagen, was sie zu entscheiden hatten? Dann hätte doch der Verteidiger reden können, was er wollte.«

»Du musst bedenken, was für ein Gericht für diesen Fall zuständig war«, erklärte Müller-Berg. »Für die Blutsgerichtsbarkeit war in Radichheim wie an vielen anderen Orten das so genannte Zentgericht zuständig. Das war das Gericht eines ganzen Bezirks, in dessen Mittelpunkt Radichheim lag. Das Urteil wurde eben nicht von normalen Richtern gefällt, auf welche die Obrigkeit hätte Einfluss nehmen können. Das Urteil fällten stattdessen zwölf Schöffen, und das waren einfache Leute aus den Ortschaften. Bauern, Handwerker usw. Die meisten von denen waren nicht aus Radichheim selber, hatten also nichts gegen Grete Münzhauser und waren von der Stimmung gegen sie nicht angesteckt worden. Die würden also neutral urteilen. Und wenn da jemand aufstehen würde und entsprechend reden konnte – dann war die Gefahr sehr groß, dass diese Schöffen dem Verteidiger folgen und die Münzhauser freisprechen würden.«

»Dann präsentiere uns mal bitte den großen Star, den man da geholt hat, den berühmten fünften Zeugen«, sagte Weixler, nun schon etwas ungeduldig.

»Du willst ihn haben? Du bekommst ihn. Der Mann hieß Gunther Oettinger. Er war ein Kaufmann in Radichheim, stammte aber ursprünglich nicht aus dem Ort. Daher hatte er auch nicht das Bürgerrecht. Dieser Mann jedenfalls war redegewandt und angesehen. Die ideale Besetzung für den fünften Zeugen. Das Problem war nur, dass Oettinger keine Lust dazu hatte.«

»Was ist denn da schief gelaufen?«, wollte Weixler wissen.

»Wie du bereits gesagt hast – Zeuge zu sein bei einem Hexenprozess brachte nichts ein, sondern höchstens den Zeugen in Gefahr. Zumal gewisse Leute Oettinger eine besondere Aussage in den Mund legen wollten. Er musste ja etwas sagen, was den Ausschlag geben würde beim Prozess. Und so kam man auf die Idee, dass er erzählen sollte, Grete Münzhauser habe ein Verhältnis mit ihm angefangen, nachdem sie ihn mit einem Liebeszauber verhext habe.«

»Ich glaube, ich habe da was falsch verstanden. Hat Klaus nicht gesagt, dass auf Ehebruch die Todesstrafe stand? Wie konnte man dann dem Mann zumuten, so etwas freiwillig zuzugeben?«, wandte Gisbert ein.

»Das war eben ein Plus bei diesem Oettinger: Der Mann war nicht verheiratet. Somit war es ein Verhältnis zwischen zwei ledigen Menschen. Immer noch unmoralisch und verboten, aber bei weitem nicht so gefährlich wie ein Ehebruch. Trotzdem, es wäre auch etwas an Oettinger hängen geblieben. Kein Wunder, dass er keine Lust dazu hatte. Doch dann machte man ihm offenbar ein Angebot, das er nicht ausschlagen konnte.«

»Was denn?«

»Das wird nicht gesagt«, meinte Müller-Berg. »Es fällt jedenfalls auf, was nach dem Ende des Prozesses geschehen ist. Normalerweise fiel das Eigentum einer verurteilten Hexe entweder an den Staat oder an die Kirche. Aber in diesem Fall wurde es irgendwie so geregelt, dass der fünfte Zeuge den Besitz von Grete Münzhauser bekam: die beiden Mühlen und die ganzen Äcker. Ein wahrhaft fürstlicher Lohn für eine falsche Aussage vor Gericht. Und damit bleibt festzuhalten, dass dieser fünfte Zeuge ein völlig anderes Kaliber war als die anderen vier. Die vier Zeugen aus der Kirchengemeinde waren nette Leute, die einfach dachten, mit ihrer Aussage der Allgemeinheit einen Gefallen zu tun. Doch Oettinger war eiskalter Geschäftsmann, der sich für einen Justizmord bezahlen ließ. Zumal er eben wirklich die Erwartungen erfüllt hat, die in ihn gesetzt worden waren. Gegen seine Aussage kam auch der gerissene Verteidiger nicht an. Der Prozess endete mit dem gewünschten Todesurteil.«

Nach dieser Erklärung von Müller-Berg war Schweigen im Auto. Schließlich war es wieder Weixler, der zuerst die richtigen Worte fand.

»Gut. Was damals abgelaufen ist, das wissen wir jetzt dank deiner guten Arbeit, Rainer. Vielen Dank dafür. Jetzt ist es Zeit, dass wir in die Gegenwart zurückkommen. Und unser gegenwärtiges Problem lautet, herauszufinden, welche Person heute gefährdet sein könnte, weil die Mörderin diese Person als Nachfolger von Gunther Oettinger ansieht. Hat einer von euch einen Vorschlag?«

»Es fällt mir schwer, mich in ein so krankes Hirn hineinzudenken«, musste Gisbert zugeben. »Aber wenn ich mir die Logik anschaue, die hinter den ersten vier Morden steckt, dann dürfte es denjenigen Mann oder die Frau erwischen, der heute dieses unrechte Gut gehört. Ich meine, in dessen oder deren Besitz diese beiden Mühlen und die Äcker sich heute befinden.«

»Ja, das sehe ich ähnlich wie du«, bestätigte Weixler. »Deshalb werde ich mal auf den nächsten Parkplatz rausfahren und mir etwas genauer anschauen, was ich in meiner Tasche habe.«

Als die Detektive den Parkplatz erreicht hatten, stiegen sie aus und gingen hinüber zu einem großen Holztisch, der fest im Boden verankert war. Weixler holte aus seiner Tasche eine Karte heraus.

»Es ist doch gut, wenn man seine Sachen immer bei sich hat. Das hier ist ein Plan von Radichheim und Umgebung, den mir Großmann ziemlich am Anfang unserer Ermittlungen gegeben hat. Wenn ich mich richtig erinnere, sind auf diesem Plan auch viele der alten Flurnamen verzeichnet. Rainer, könntest du bitte in dem Protokollbuch noch mal nach der Stelle schauen, an der aufgeführt wurde, was alles im Besitz von Grete Münzhauser gewesen ist?«

Und während Müller-Berg im Protokollbuch blätterte, breitete Weixler die Karte auf dem Tisch aus. Neugierig blickte Gisbert über seine Schultern. Gisbert fand sich rasch auf dieser Karte zurecht. Ausgehend von der Straße, die nach Germstal führte, erschloss er sich die gesamte Gegend. Schließlich räusperte sich Müller-Berg.

»Hier habe ich es gefunden, Klaus. Magst du mal einen Blick darauf werfen?«

Weixler machte das, aber er kam mit der alten Schrift nicht zurecht. Deshalb half ihm Müller-Berg beim Entziffern des Eintrags. Nach jeder genauen Bezeichnung von Grundstücken warf Weixler wieder einen Blick auf die Karte. Die anderen beiden merkten, dass er sich seiner Sache immer sicherer wurde. Aber noch wollte er nicht mit dem herausrücken, was er gefunden hatte.

Schließlich faltete er die Karte wieder zusammen und schaute seine beiden Freunde an. »Rainer, ich weiß, dass du derzeit außer Dienst bist. Und es gibt Leute, die an solchen Tagen ihren Arbeitsplatz möglichst nicht sehen wollen. Ich selber fahre ja auch meist weg, wenn ich Urlaub habe. Nun haben wir dir heute schon einmal zugemutet, in das Archiv zu gehen, um etwas für uns zu suchen. Würdest du es als große Unverschämtheit betrachten, wenn ich dich noch einmal bitten würde, jetzt gleich in diese heiligen Hallen zurückzukehren?«

Müller-Berg lachte dröhnend. Dann fing er sich wieder und sagte: »Du weißt doch, dass ich gerne etwas aufschneide. Und wo könnte ich euch meine Überlegenheit besser beweisen als in dem Haus, wo ich mit jeder Spinne und Fliege per du bin?«

»Nun gut, dann werden wir bei der nächsten Ausfahrt wenden. Keine Angst, ich mute dir keine stundenlangen Recherchen zu. Ich bräuchte nur eine kleine Information aus den sicher auch dort eingelagerten alten Radichheimer Kirchenbüchern, um zu wissen, ob sich mein Verdacht bestätigt.«

»Magst du mir schon einmal verraten, nach was ich suchen soll, damit ich mich innerlich darauf einstellen kann?«, erkundigte sich der Bibliothekar.

»Ich möchte eigentlich nur wissen, mit wem dieser Gunther Oettinger verwandt war und ob er Kinder hatte.« Und bei diesen Worten huschte ein bedrohliches Grinsen über Weixlers Gesicht.

Das Familienerbe

Herr Eschhagen, draußen stehen drei Herren, die Sie unbedingt sprechen möchten«, tönte die Stimme der Sekretärin aus dem kleinen Lautsprecher auf Eschhagens Schreibtisch.

»Wer ist es denn?«, erkundigte sich der Fabrikant. »Sind es vielleicht die Ingenieure von der Firma Technoprop, die heute vorbeikommen wollten?«

»Ich weiß es nicht, aber offen gestanden kann ich mir das nicht so recht vorstellen«, sagte die Sekretärin. »Darf ich die Herren zu Ihnen vorlassen?«

»Als rein mit ihnen«, erlaubte Eschhagen schmunzelnd. »Heute habe ich Sprechstunde.«

Eine Erlaubnis, die er noch bitter bereuen sollte ...

Sekunden später öffnete sich die Tür zu seinem Büro. Im Eingang erschienen Weixler, Müller-Berg und Gisbert. Ihre Mienen waren undurchdringlich. Eschhagen meinte sogar eine gewisse Feindseligkeit bei ihnen zu erkennen.

»Einen schönen guten Tag«, begrüßte er sie. »Bringen Sie mir Neuigkeiten wegen der Suche nach der Mörderin? Oder brauchen Sie meine Hilfe?«

Die drei Detektive antworteten nicht darauf. Sie taten gerade so, als wäre der Fabrikant gar nicht im Raum. Müller-Berg spazierte zu einem kleinen Tisch, auf dem Prospekte der Firma Eschhagen auslagen, und griff zu einer Broschüre, in der anlässlich des letzten Firmenjubiläums die Geschichte der Firma niedergeschrieben worden war. Er blätterte ganz vorne, wo es um die Anfänge ging.

»›Die Firma Eschhagen wurde im Jahr 1692 durch August Eschhagen gegründet‹«, las er vor. »›Er nutzte die Wasserkraft

200

von ehemaligen Mühlen, um die ersten Maschinen anzutreiben, die nach heutigem Standard zwar sehr primitiv waren, aber für damalige Verhältnisse eine revolutionäre Neuerung darstellten.‹ – Was meinst du, Klaus«, drehte er sich nun zu Weixler um. »Denkst du nicht auch, dass diese Broschüre etwas zu spät einsetzt?«

»Unbedingt, alter Freund«, gab Weixler zur Antwort. »Man müsste rund 30 Jahre früher beginnen. Und zwar ungefähr so: ›1666 kamen durch eine vorsätzliche Falschaussage, welche zu einem skandalösen Justizmord führte, ein großes Gelände und zwei Mühlen in den Besitz von Gunther Oettinger. Nach dessen frühem Tod ging der durch das himmelschreiende Unrecht erworbene Besitz an seine Schwester Maria über, die mit August Eschhagen verheiratet war. Auf diesem Gelände wurde dann die Firma gegründet.‹ – Was denkst du, Rainer: Wäre das nicht ein viel besserer Beginn?«

»Du kannst so gut formulieren«, lobte Müller-Berg. »Wie würde die Bibel so etwas nennen? Blutgeld?«

»Nein, sondern allerhöchstens Judaslohn«, meinte Weixler. »Wobei das noch eine Beleidigung für Judas sein würde.«

»Und diese Familientradition muss natürlich lebendig gehalten werden«, spielte nun Müller-Berg den Ball wieder zurück. »Was meinst du, Klaus? Wenn der Teufel dem Gunther Oettinger einen Tag Urlaub geben würde und der hier oben sehen könnte, was der Nachkomme seiner Schwester in den letzten Wochen angerichtet hat – ob er wohl stolz auf ihn wäre?«

»Mit Sicherheit!«, bestätigte Weixler. »Er würde wahrscheinlich sagen: Bravo, mein Sohn! Hauptsache, der Ruf der Firma nimmt keinen Schaden! Da kann man ruhig auch über Leichen gehen. So habe ich das damals gemacht, und so machst du es heute noch. Schön, dass der alte Stil unserer Familie weiterhin gepflegt wird.«

Nun schaltete sich Gisbert ein, der sich bisher im Hintergrund gehalten hatte. Er ging auf Eschhagen zu, der im Verlauf des Gesprächs zwischen Weixler und Müller-Berg immer blasser geworden war und ganz offensichtlich am liebsten im Boden versunken wäre. Doch daraus wurde nichts. Im Gegenteil. Gisbert packte ihn am Kragen und zog ihn aus seinem Ledersessel hoch, bis sein Gesicht nur noch wenige Zentimeter von Eschhagens Gesicht entfernt war. Der Fabrikant wehrte sich nicht. Er wirkte eher wie ein Hund, der sich duckt, weil er Prügel befürchtet.

»Und nun zu dir, du Kretin«, spuckte Gisbert dem Fabrikanten förmlich ins Gesicht. »Du hast die ganze Zeit gewusst, was los war. Nach den ersten beiden Morden war dir bereits klar geworden, was hinter dieser Mordserie gesteckt hat. Und was hast du Feigling gemacht? Du hast es verheimlicht und vertuscht, damit ja kein Schatten auf deine ach so schöne Firma fällt. Und dadurch hast du ganz bewusst in Kauf genommen, dass noch mehr Menschen sterben würden. Pfui Spinne, was bist du nur für ein mieses Aas!«

»Lassen Sie mich sofort los!«, stammelte Eschhagen.

»Nur zu gern!«, schnaubte Gisbert und stieß ihn zurück in seinen Sessel. »Mit dir mache ich mir die Hände nicht mehr schmutzig.«

Weixler gab ihm einen Wink, dass er sich zurückhalten sollte. Widerwillig trat Gisbert einen Schritt zurück und schaute den Fabrikanten zornig an. Der atmete erst einmal tief durch und sagte dann: »Ja, Sie haben Recht. Meine Firma geht auf den Besitz von Gunther Oettinger zurück. Und natürlich habe ich kein Interesse daran, dass das in der Öffentlichkeit bekannt wird. Aber tun Sie bitte nicht so, als hätte ich nichts für die Aufklärung des Falles getan. Schließlich bin ich gleich nach dem zweiten Mord zu Ihnen gekommen und habe versucht, Ihnen etwas Dampf zu machen, damit die Ermittlungen schneller vorankommen!«

»Noch so ein Blödsinn und ich werde Gisbert nicht mehr zurückhalten«, sagte Weixler böse. »Bei Ihrem besagten Besuch haben Sie doch nur versucht, die Ermittlungen zu sabotieren. Sie haben probiert, uns auf die falsche Fährte zu locken, nämlich darauf, dass Aschhauser und Steiner umgebracht worden wären, weil sie bei Ihrer Firma gearbeitet haben. Russenmafia! Dass ich nicht lache! Damit wollten Sie uns weglocken von der Spur, die für Sie so peinlich geworden wäre.«

»Man kann alles negativ sehen«, protestierte Eschhagen schwach. »Aber nicht einmal Sie können leugnen, dass ich eine Belohnung von 100.000 Euro auf die Ergreifung der Mörderin ausgesetzt habe.«

»Aber natürlich!«, spottete Weixler. »Das war in dem Moment, als Ihnen klar wurde, dass die Polizei nicht schnell genug war und die Mörderin deshalb ihren Weg unerbittlich zu Ende gehen würde. Und Sie wussten ganz genau, wen die Dame ganz zuletzt besuchen würde. Kein Wunder, dass Sie jeden Anreiz geben wollten, um sich diesen Besuch zu ersparen!«

»Woher hat dieser Gauner eigentlich gewusst, was es mit den Zeugenaussagen auf sich gehabt hat?«, warf nun Gisbert ein.

»Hören Sie auf, mich mit solchen Schimpfwörtern wie Gauner zu belegen!«, forderte Eschhagen. »Ich werde es Ihnen sagen. Sie kommen sich sicher sehr schlau vor, dass Sie das mit der Verbindung zwischen Zeugenaussagen und den Morden herausgefunden haben. Nun, mir war das tatsächlich schon früher klar gewesen als Ihnen. Das liegt daran, dass mir als Familienforscher sehr wohl bekannt war, auf welche Weise unsere Familie zu ihren Grundstücken gekommen ist, auf denen sich ihre Firma angesiedelt hat. Mein Freund Christoph, der für mich die Recherchen durchführt, ist auch auf das Protokollbuch des Presbyteriums gestoßen und hat es mir beschrieben. Er hat mir auch die Bibelstellen herausgesucht, auf die sich die ersten vier Zeugen berufen haben. Aber es versteht sich von selbst, dass ich ihn zum Stillschweigen verdonnert habe. Ich selbst aber habe mir die Sache immer wieder durch den Kopf gehen lassen. Und auch wenn Sie sich das nicht vorstellen können – ich habe mich deswegen geschämt.

Hinzu kam noch etwas. Vor ein paar Wochen erst hat unsere Vorstandsetage einen Betriebsausflug gemacht. Als wir zum Abschluss noch in einer Wirtschaft einkehrten und ein paar

Viertelchen getrunken hatten, kam es zu einem heftigen Streitgespräch. Unser Vertriebschef hat erzählt, dass er vor kurzem aus der Kirche ausgetreten ist. Als andere ihn nach dem Grund gefragt haben, da hat er eine flammende Rede gegen die Kirche gehalten und unter anderem auch das furchtbare Verbrechen der Hexenprozesse genannt, das er voll und ganz der Kirche angelastet hat. Ich wurde hellhörig, eben wegen unserer Familiengeschichte. Das ließen sich Steiner und Aschhauser nicht gefallen und verteidigten die Kirche, erwähnten dabei auch ihr ehrenamtliches Engagement. Und ich weiß noch, wie ich mir damals gedacht habe: Hoppla, die machen ja was Ähnliches wie zwei der Zeugen im Münzhauser-Prozess.

Kurz darauf wird Aschhauser ermordet. Und zwar durch eine Schlange. Bei dem Stichwort Schlange hat was in meinem Kopf geklingelt. Ich weiß allerdings nicht, ob ich drauf gekommen wäre, wenn ich nicht durch den Ausflug sensibilisiert gewesen wäre. Aber noch habe ich das als Unsinn abgetan.

Dann aber wurde auch Steiner ermordet und zwar durch ein scheuendes Pferd. Jetzt war für mich Pommern am Brennen. Das konnte kein Zufall mehr sein.«

»Aber nicht nur Ihr toller Freund Christoph hat Ihnen da Informationen geliefert. Derselbe Christoph, der die Gastfreundschaft des Dekans so missbraucht hat«, sagte Weixler. »Während Rainer vorhin noch im Archiv gewesen ist, habe ich mit Frau Hansinger telefoniert. Sie hat mir bestätigt, dass die alte Mutter von unserem Prachtstück hier damals bei dem Vortrag von Kurt Leisler dabei gewesen war. Natürlich hat die alte Dame sofort gewusst, was los war, und hat es ihrem Sohn gesteckt. Aber wollen wir nichts Böses mehr über sie sagen, denn mittlerweile ist sie verstorben.«

»Apropos Leisler«, meldete sich nun Müller-Berg wieder zu Wort. »Gehe ich Recht in der Annahme, dass Sie etwas damit zu tun haben, dass die Information über den fünften Zeugen Gunther Oettinger nicht mehr in der schriftlichen Fassung der Chronik aufgetaucht ist?«

204

»Nein, das war der freiwillige Entschluss von Herrn Leisler«, behauptete der Fabrikant. »Ich kann allerdings nicht abstreiten, dass ich ein klärendes Gespräch mit ihm gehabt habe. Ich habe ihn darauf hingewiesen, was für Konsequenzen eine derartige Geschichte haben würde. Es könnten sich Nachfahren der Familie von Grete Münzhauser melden und Anspruch auf das ganze Firmengelände erheben. Und das wäre das Ende der Firma Eschhagen. Herr Leisler ist ein vernünftiger Mann. Er weiß genau, welche furchtbaren Folgen das für den ganzen Ort Radichheim haben würde. Nicht zu vergessen, dass zwei seiner Kinder auch in meiner Firma arbeiten.«

»Ach deshalb hat er etwas gesagt von: Besser ein Mensch stirbt, als dass viele in eine Katastrophe gehen«, murmelte Müller-Berg.

»Sie wissen natürlich, dass das rechtlich ein völliger Unsinn ist«, sagte nun Weixler. »Dass die Übertragung des Besitzes von Münzhauser an Oettinger damals rein rechtlich nichts mit seiner falschen Zeugenaussage zu tun gehabt hat und damit nicht rückgängig gemacht werden kann?«

Eschhagen sagte nichts dazu, sondern grinste nur schwach. Das war ein Fehler. Denn Gisbert sah das Grinsen und rastete aus. Sein erster Schlag traf die Nase des Fabrikanten, der zweite nur noch das Ohr, weil Müller-Berg ihn wieder zurückriss.

Eschhagen versuchte, auch in dieser Lage Haltung zu bewahren. Er holte sein Taschentuch heraus und tupfte damit seine blutende Nase ab. Dann meinte er: »Und was gedenken Sie jetzt zu tun, meine Herren? Sie werden kaum so dumm sein, diese Geschichte in die Öffentlichkeit zu bringen. Denn dann wären Sie für einen furchtbaren Schlag gegen den größten Arbeitgeber der Region verantwortlich. Wollen Sie also die Suche nach der Mörderin fortsetzen?«

»Warum sollten wir das machen?«, erwiderte Weixler verächtlich. »Wir haben damals diese Aufgabe übernommen, um unschuldige Menschen in der Kirchengemeinde Radichheim zu beschützen. Das ist uns leider nicht gelungen, weil Sie uns dabei so, äh, *geholfen* haben. Und nun sollen wir weitermachen, damit die Mörderin die einzige Person nicht erwischt, die bei der Sache Dreck am Stecken hat? Nein, das können Sie nicht von uns erwarten.«

»Aber wenn ich sterbe ...«, setzte Eschhagen an, wurde aber sofort wieder von Weixler unterbrochen.

»Dann ist das auch kein Schaden. Die Firma wird auch ohne Sie weiter existieren.«

Eschhagen sank in sich zusammen. Schließlich sagte er leise: »Und was soll ich jetzt Ihrer Meinung nach machen?«

»Was Sie jetzt machen sollen? Das ist uns so egal wie nur etwas«, gab Müller-Berg zurück. »Sie sind erledigt, Eschhagen. Sie haben nur zwei Möglichkeiten. Entweder Sie gehen zur Polizei, legen alle Karten auf den Tisch, geben alles zu und beantragen dann Personenschutz. Dann wird bald bekannt werden, was für ein Kerl Sie sind. Oder Sie lassen es bleiben. Dann ist es nur noch eine Frage der Zeit, bis unsere gute alte Bekannte Sie erwischen wird.«

»Und Sie denken im Ernst, dass ein Personenschutz mich retten kann vor dieser Frau?«, fragte Eschhagen zweifelnd.

»Vor der Frau? Vielleicht. Aber vielleicht auch vor den Angehörigen der Menschen, die wegen Ihres feigen Schweigens sterben mussten. Denn Sie können sich ja vermutlich vorstellen, was die mit Ihnen machen werden, wenn das in die Öffentlichkeit dringt.«

»Und vielleicht schaffen die es sogar, dich vor mir zu retten. Denn wenn ich mit dir fertig sein werde, passt du nicht einmal mehr in einen Big Mac«, sagte Gisbert drohend.

Beschwichtigend legte ihm Weixler die Hand auf die Schulter. Dann verließen die drei Detektive wieder den Raum. Krachend schlug die Tür hinter ihnen zu

Eschhagen saß minutenlang wie erstarrt da. Dann griff er zu seinem Telefonhörer.

Das Profil

»Also, Jungs, haut rein, falls euch der unappetitliche Eschhagen nicht jede Lust auf Essen genommen hat«, forderte Gisbert seine beiden Freunde auf.

Das ließen sich Müller-Berg und Weixler nicht zweimal sagen. Nach dem langen und ereignisreichen Tag hatten sie kräftig Hunger. Und so hörte man in den nächsten Minuten nur zufriedenes Kauen im Esszimmer des Germstaler Pfarrhauses.

Als man merkte, dass alle keinen rechten Appetit mehr hatten, sondern nur noch ein wenig naschten, fragte Gisbert: »Und was haben wir heute Abend vor, Kameraden?«

Weixler wiegte seinen Kopf. »Nun, ein wenig müssen wir noch arbeiten. Aber ich denke mal, spätestens um acht Uhr sollten wir für heute aufhören und uns einen freien Abend gönnen. Ich denke, dass wir uns das nach diesem erfolgreichen Tag verdient haben.«

Damit stieß er auf einhellige Zustimmung. Müller-Berg wollte noch wissen: »Und welche Arbeit hast du jetzt konkret im Auge, Klaus?«

»Das Einzige, was noch übrig ist«, erklärte Weixler. »Die Suche nach dem fünften Zeugen ist erfolgreich beendet. Ich denke, außer Eschhagen ist niemand als Nachfolger des fünften Zeugen in Gefahr. Und ob er sich schützt oder nicht, das ist jetzt allein seine Sache. Er bräuchte dafür nicht mal Personenschutz von der Polizei. Der Mann hat genug Geld, um sich einen privaten Wachdienst leisten zu können. Also, damit haben wir nichts mehr zu tun. Es bleibt nur noch eine Kleinigkeit übrig. Die Mörderin zu fassen.«

»Und damit wäre dann auch der Gerechtigkeit Genüge getan«, erwiderte Müller-Berg.

207

»Auf jeden Fall!«, stimmte Weixler zu. »Aber es geht nicht nur um die Gerechtigkeit. Es geht auch darum, dass wieder Friede sowohl in Radichheim als Ortschaft als auch in die Kirchengemeinde Radichheim einziehen kann. Und solange niemand weiß, wer für diese Morde verantwortlich ist, wird wirklicher Friede nicht möglich sein. Und noch etwas anderes spielt mit hinein. Und das ist die Psyche dieser Mörderin.«

»Hast du Angst, dass die Dame noch einmal zuschlagen könnte? Ich meine jetzt, mal abgesehen von Eschhagen, der es vielleicht sogar verdient hätte?«, erkundigte sich Gisbert.

»Den letzten Satz will ich nicht gehört haben«, wies Weixler ihn zurecht. »Natürlich hat der Mann Dinge getan, die das Allerletzte gewesen sind. Und trotzdem hat er den Tod nicht verdient. Es ist unsere Aufgabe, auch in seinem Interesse die Mörderin rechtzeitig zu finden. Aber du hast Recht, mir ging es eigentlich um etwas anderes. Unsere ganz spezielle Freundin hat bekanntlich auch eine sehr spezielle Art und Weise zu denken. Niemand kann sagen, ob sie nicht morgen auf die Idee kommen wird, einen neuen Rachefeldzug zu starten. Nicht mehr wegen Grete Münzhauser, aber Anlässe gäbe es sicher genug, wenn man mit einem kranken Gehirn danach sucht.«

Das leuchtete allen ein. Und so versammelten sich die Detektive eine Viertelstunde später im Hauptquartier unten im Hobbykeller. Müller-Berg brachte ein Blatt mit, das die anderen beiden neugierig beäugten.

»Ei, liebe Kinder, gebt fein Acht, ich hab euch etwas mitgebracht«, zitierte Müller-Berg den berühmten Satz des Sandmännchens. »Als ich mich in der vergangenen Nacht eine Zeit lang schlaflos hin- und hergewälzt habe, bin ich irgendwann aufgestanden und an den Computer von Gisbert gegangen. Denn ich hatte entdeckt, dass Gisbert ein sehr gutes Grafikprogramm besitzt, mit dessen Hilfe man unter anderem auch Phantombilder anfertigen kann. Und da dachte ich mir, weil ich der Einzige bin, der unsere spezielle Freundin zweimal gesehen hat, dass ich mal ein solches Bild von ihr anfertige. Na, was sagt ihr zu dem Ergebnis?«

»Mann, Dickerchen, damit hast du dich wirklich selbst übertroffen«, lobte Gisbert überschwänglich. »Ich habe die Schnalle zwar nur kurz gesehen. Aber wenn ich mir dieses Bild anschaue, dann ist das so lebensnah, dass ich fast wieder den Stein auf mich zufliegen sehe.«

Auch Weixler war davon überzeugt, dass das Bild dem Gesicht der Mörderin sehr nahe kam. Darum nahm er es in die Hand und heftete es in die Mitte einer großen Tafel, die er kurz zuvor im Hobbykeller aufgestellt hatte. Übrigens sehr zum Amüsement von Gisbert, der etwas von »einmal Lehrer, immer Lehrer« gesagt hatte.

Der Pfarrer bedeutete seinen beiden Freunden, dass sie sich in die bequemen Sessel setzen sollten. Er selbst blieb vor der Tafel stehen. Dann sagte er: »Keine Angst, ich möchte mit euch keinen Unterricht abhalten. Und trotzdem wäre es notwendig, einiges an der Tafel zu notieren. Denn für unsere weitere Suche sollten wir einmal ein Profil der Mörderin erstellen.«

»Was ist denn das?«, erkundigte sich Gisbert misstrauisch.

»Profil bedeutet, dass wir möglichst viele Informationen über diese Frau in kompakter Form sammeln, damit sie uns vor Augen steht«, erklärte Müller-Berg. »Denkst du wirklich, Klaus, dass wir schon genug wissen für die Erstellung eines Profils?«

»Ich denke schon. Wir können es zumindest mal versuchen. Ohne feste Ordnung, sondern jeder sagt das, was ihm gerade einfällt. Und ich werde dann Stichpunkte an die Tafel schreiben.«

»Als Erstes: Die Type ist hässlich wie die Nacht«, rief Gisbert.

Die beiden anderen lachten. »Das brauchen wir nicht in das Profil aufzunehmen, weil wir ja schon ihr liebreizendes Bild an der Tafel bewundern können«, sagte Weixler.

»Dann würde ich als ersten Punkt notieren, dass die Frau außerordentlich intelligent sein muss«, schlug Müller-Berg vor. »Es gehört einiges dazu, eine derartige Mordserie so genau zu planen und dabei auch noch unentdeckt zu bleiben.«

Weixler nickte und schrieb in Druckbuchstaben INTELLIGENT neben das Phantombild.

»Irgendwie glaube ich nicht, dass die Alte Komplizen gehabt hat«, meldete sich Gisbert. »Wir wissen doch, wie es in so einem Kaff wie Radichheim zugeht. Da ist es schon schwer genug, geheim zu halten, was eine einzelne Person macht. Aber wenn mehrere darin verstrickt gewesen wären, dann wäre irgendetwas durchgesickert.«

Obwohl Weixler nicht völlig überzeugt war, schrieb er den zweiten Stichpunkt EINZELTÄTERIN an die Tafel.

»Ein gesunder Geist in einem gesunden Körper, heißt es so schön«, ergänzte Weixler selbst. »Das scheint auch für diese Frau zu gelten. Für ihr Alter ist sie außerordentlich sportlich. Zumal sie es ja irgendwie geschafft hat, an der Hausfassade von der Wohnung herunterzuklettern, in der sie Mechthild Frauenreiter um die Ecke gebracht hatte.«

»Und als ich ihr nachgerannt bin, da ist sie davongewuselt wie ein junger Gott«, fügte Gisbert hinzu. Als er sah, wie die beiden anderen die Stirn runzelten, fügt er schnell hinzu: »Gut, gut, ich streiche das mit dem jungen Gott. Aber rennen kann sie wirklich.«

Sekunden später konnte man auch den Begriff SPORTLICH an der Tafel lesen.

»Gisbert hat gerade eben das mit der Flucht erwähnt«, meinte Müller-Berg. »Die Polizei hat sie trotz sofort eingeleiteter Fahndung nicht erwischt. Das ist für mich nur dann vorstellbar, wenn die Dame sich hier in Radichheim sehr gut auskennt. Ich vermute mal, dass sie aus dem Ort selbst ist.«

»Sagen wir mal vorsichtiger nur, dass sie sich auskennt«, erwiderte Weixler und schrieb das Wort ORTSKUNDIG dazu.

»Vielleicht seht ihr das anders als ich. Aber ich habe den starken Eindruck, dass diese Frau sich nicht nur in Radichheim gut ausgekannt hat, sondern auch zumindest die ersten drei Ermordeten persönlich gekannt hat«, gab Weixler als Nächstes zu bedenken.

»Warum das denn?«, wandte Gisbert ein. »Weil sie viel über sie wusste? Die kann die Leute doch einfach nur eine Zeit lang observiert haben oder wie dieses Fremdwort heißt.«

»Das glaube ich weniger. Auch durch noch so viel Beobachtung von außen kann sie beispielsweise nur schwer herausgefunden haben, dass Corinna Aschhauser Schlangen gehalten hat. Und auch die Strecke, auf der Ralf Steiner regelmäßig geritten ist, ist schwer auszukundschaften. Da wäre sie auf jeden Fall irgendjemandem aufgefallen. Und wenn sie Leute danach befragt hätte, dann hätten die sich bestimmt hinterher daran erinnert.«

»Ergänzend möchte ich etwas hinzufügen, was mir dieser Erich Lehmann erzählt hat, bevor die Polizei eingetroffen ist«, erzählte Müller-Berg. »Er meinte, dass er gar nicht verstehen könnte, warum Renate Fischer eine fremde Person in die Wohnung gelassen hätte. Denn normalerweise sei sie Fremden gegenüber sehr misstrauisch gewesen. Das würde auch dafür sprechen, dass sie in irgendeiner Form dem Opfer persönlich bekannt war, auch wenn ich mir beim besten Willen nicht vorstellen kann wie.«

Weixler nickte. Und so kam es zum nächsten Stichpunkt: PERSÖNLICH BEKANNT.

»Mir kam auch in den Sinn, dass die Frau bestimmt nicht zu den Ärmsten der Armen gehört hat«, fuhr Müller-Berg fort. »Ich musste die ganze Zeit an diese Schlange denken. Es war eine relativ seltene Giftschlange, die unter Artenschutz steht. So etwas kann man normalerweise nur auf dem schwarzen Markt kaufen. Und dort muss man horrende Preise für ein derartiges Tier bezahlen. Oder ist euch was davon bekannt, dass es irgendwo gestohlen und als vermisst gemeldet worden ist?«

Die beiden anderen fanden diese Argumentation etwas schwach. Darum benutzte Weixler nun zum ersten Mal ein Fragezeichen. Und schrieb an die Tafel: VERMÖGEND?

»Wie steht es eigentlich mit diesem Knallkörper, mit dem sie das Pferd von Steiner erschreckt hat?«, fragte Gisbert. »Großmann hat gesagt, dass dieser Kracher selbst gebaut worden sei. So etwas findet man nicht auf der Straße, zumal nicht mitten im Jahr. An Silvester vielleicht noch.«

»Du hast Recht«, bestätigte Weixler. »Und es gehört auch Geschick dazu, ein solches Ding so herzustellen und zu handhaben, dass es genau im richtigen Augenblick explodiert. Nehmen wir also an, dass sie sich ein wenig mit Chemie auskennt.« Und noch bevor jemand etwas dazu sagen konnte, hatte er den Begriff CHEMIEKENNTNISSE hinzugefügt.

Dann entstand eine kurze Pause, in der alle intensiv nachdachten. Schließlich sagte Gisbert: »Mir geht dieses Bild nicht aus dem Kopf, das sie der Renate Fischer auf den Rücken gemalt hat. Dieses Witchboard. Auch wenn ich als langjähriger Totengräber strikt dagegen bin, Leichen zu verunstalten – irgendwie sah das Bild doch so aus, als ob die Frau malen könnte.«

»Ganz deiner Meinung«, schloss sich Müller-Berg an. »Wir dürfen auch nicht die Jahreszahlen vergessen, die so geschickt gemalt worden sind, dass sie im ersten Blick wie ein Muttermal ausgesehen haben.«

Weixler sah es genauso. Und so entstand der Stichpunkt: KÜNSTLERISCH BEGABT.

»Ich möchte noch einen Augenblick bei diesem Witchboard bleiben«, sagte Weixler, als er die Kreide wieder abgesetzt hatte. »Ich habe euch ja erzählt, dass man solche Bretter beim Beschwören von Toten verwendet. Sie sind aber recht selten. Normalsterbliche Menschen kennen vielleicht noch das Gläserrücken auf dem so genannten Ouija-Board, aber nicht das Witchboard. Und trotzdem hat die Mörderin es fehlerlos aufgemalt, bis in die Details hinein. Deshalb vermute ich mal, obwohl das auch in die falsche Richtung gehen könnte, dass diese Frau sich mit Okkultismus auskennt und dort speziell mit Spiritismus.«

Gisbert und Müller-Berg erkannten an, dass Weixler in dieser Frage der Fachmann war. Daher hatten sie nichts dagegen, dass er nun noch ERFAHRUNG MIT TOTENBESCHWÖRUNGEN an die Tafel schrieb.

»Sie kennt sich aber nicht nur mit der Beschwörung von Toten aus, sondern auch mit der Kriminalistik«, ergänzte Müller-Berg. »Zwar wissen wir nicht so genau, was die Spurensicherung der Polizei ergeben hat. Aber ich denke mal, wenn sie irgendwo verwertbare Spuren oder Fingerabdrücke hinterlassen hätte, dann hätten Wenzel oder Jungmann etwas davon erwähnt.«

»Da kennst du unsere Polizei aber schlecht«, hielt Gisbert dagegen. »Die fragen einem immer ein Loch in den Bauch, aber selber rücken sie keine Informationen raus, wenn sie nicht unbedingt müssen.«

Und da auch Weixler skeptisch war, beharrte Müller-Berg nicht auf seiner Meinung. Es entstand wieder ein längeres Schweigen.

Schließlich sagte Weixler: »Kommen wir zum mysteriösesten Punkt des Profils. Diese Frau muss sich in irgendeiner Form mit Grete Münzhauser verbunden fühlen. Aus irgendeinem Grund hat sie sich intensiv mit dieser Gestalt beschäftigt und kam nun auf den Gedanken, den Justizmord an Münzhauser nach fast 350 Jahren zu rächen. Was um alles in der Welt mag sie wohl dazu getrieben haben?«

»Da wäre ich vorsichtig, Klaus«, wandte Müller-Berg ein. »Es kann doch auch so sein, dass sich unsere spezielle Freundin nur zufällig Grete Münzhauser ausgesucht hat. Ich stelle mir gerade vor, dass sie sich für eine moderne Hexe hält. Das ist doch heutzutage ein ziemlich großer Trend. Und deshalb kam sie auf die Idee, die berühmteste Vorgängerin hier in Radichheim zu rächen. Um ein Zeichen zu setzen, dass die Hexen wieder da sind.«

»Das habe ich mir auch schon überlegt«, erwiderte Weixler. »Aber das ist doch sehr unwahrscheinlich. Wenn diese Frau als Ziel gehabt hätte, ein Fanal zu setzen, dann hätte sie das irgendwie deutlich gemacht. Dann hätte sie dafür gesorgt, dass die Öffentlichkeit von dieser Rache erfährt. Aber sie hat alles im Verborgenen und Geheimen gemacht. Ohne die kleinen Zeichen von ihr wären wir gar nicht auf die Idee gekommen, dass es irgendetwas mit Grete Münzhauser zu tun haben könnte. Nein, das war keine Aktion für die Öffentlichkeit. Hier ging es ganz speziell um Grete Münzhauser. Eher diskret sollte Rache genommen werden. Aber warum? Wie kommt eine Frau des 21. Jahrhunderts auf die Idee, eine leichtlebige Dame des 17. Jahrhunderts rächen zu wollen?«

»Ja, damit hast du wohl Recht«, stimmte Müller-Berg zu. »Ich habe eben noch überlegt, ob es vielleicht irgendein symbolträchtiges Datum gibt, wegen dem die Morde ausgerechnet jetzt stattgefunden haben. Vielleicht eine Art Jahrestag oder dergleichen. Aber das ist nicht der Fall. Weder von der Jahreszahl noch vom Monat her. Deshalb müssen wir wohl davon ausgehen, dass sich die Mörderin erst vor kurzem mit dem Fall von Grete Münzhauser beschäftigt hat und dann zur Tat übergegangen ist.«

»Das leuchtet mir nicht ein«, protestierte Gisbert. »Kann es nicht auch so gelaufen sein, dass sie sich schon vor längerer Zeit damit beschäftigt hat und einfach mit der Idee schwanger gegangen ist, bis der böse Plan endlich reif war zur Durchführung?«

»Ja, das könnte sein«, musste Müller-Berg erneut einen Rückzieher machen. Schließlich einigten sich die drei Detektive auf den kleinsten gemeinsamen Nenner: INTENSIVE BESCHÄFTIGUNG MIT GRETE MÜNZHAUSER.

Erneut entstand eine Pause zum Nachdenken. Aber keinem der drei Detektive fiel mehr etwas ein, was er dem Profil hätte hinzufügen können.

Schließlich sagte Weixler: »Da haben wir eine Menge gesammelt, auch wenn nicht alles unbedingt stimmen muss. Aber das meiste dürfte zutreffen. Und wenn ich mir diese vielen Stichpunkte anschaue – dann will mir nicht in den Sinn, warum man diese Frau nicht sehr schnell findet. Es kann doch in Radichheim nicht so viele Damen geben, auf die all diese Kriterien zutreffen!«

Müller-Berg hob seine Hand. »Sei mal nicht so vorschnell, Klaus. Es kann durchaus sein, dass einige dieser Eigenschaften der Umgebung noch niemals aufgefallen sind. Nehmen wir beispielsweise mal an, unsere spezielle Freundin hätte diese Mordserie bereits seit langem geplant. Und hat sich dann genügend Kenntnisse in Chemie angelesen oder hat das nötige Kleingeld für die Schlange gespart. Dann wird die Sache mit diesem Profil schon schwieriger. Womit ich es nicht abwerten möchte. Ich denke mal, dass wir damit einen großen Schritt vorangekommen sind.«

Die anderen beiden Detektive teilten seine Meinung. Schließlich beendete Weixler die Sitzung um kurz vor acht Uhr, wie es vereinbart worden war. Und als sie die Treppe hinaufgingen in Richtung Wohnzimmer, sagte er noch: »Ich denke mal, wenn wir aufgrund all der Punkte des Profils irgendwann die Mörderin finden, dann werden wir uns mit der Hand vor die Stirn schlagen, dass wir nicht viel eher auf sie gekommen sind.«

* * * * *

Für den Fernsehabend machten es sich die drei Freunde so richtig gemütlich. Gisbert holte aus dem Keller einige Flaschen Hefeweizen, Weixler sorgte für die Knabbereien und Müller-Berg rückte unterdessen die Sessel im Wohnzimmer zurecht und studierte die Fernsehzeitung. Es gab dann noch eine kurze Diskussion darüber, welcher Film angeschaut werden sollte. Müller-Berg hätte einen Reisebericht über Schottland bevorzugt, aber die beiden anderen verlangten zur Entspannung nach einer Komödie. Und so einigte man sich schließlich auf den »Prinz von Zamunda« mit Eddy Murphy in der Hauptrolle.

Es war eine richtig schöne und leichte Unterhaltung, die ihnen sehr gut tat. Auch Gisbert hatte offenbar seine Probleme mit der früheren Ehefrau weit hinter sich gelassen. Denn er konnte herzhaft über die Suche des jungen Prinzen nach einer geeigneten Frau lachen, ohne dabei schmerzhaft an eigene alte Zeiten erinnert zu werden.

Erst als im Nachspann des Filmes deutlich wurde, dass sowohl Eddy Murphy als auch sein Partner gleich mehrere Rollen gespielt hatten, ohne dass man das während des Filmes hätte erkennen können, wurde Weixler sehr nachdenklich. Immer wieder schaute er auf die Schauspieler, doch dann trat ein Ausdruck auf sein Gesicht, den seine beiden Freunde gut kannten. Er zeugte davon, dass der Pfarrer innerlich sehr konzentriert an einem Problem arbeitete.

Sie überlegten gerade, ob sie den Pfarrer darauf ansprechen sollten, als es an der Tür klingelte. Gisbert stieß ein unwilliges Grunzen aus, als er auf die Uhr schaute. Es war kurz vor halb elf. »Welcher Halbdackel muss denn um diese Zeit noch durch die Gegend wandern und anständige Leute belästigen«, maulte er vor sich hin, ging dann aber doch zur Haustür.

Selbst Weixler erwachte nun aus seiner Nachdenklichkeit und lauschte ebenso gespannt wie Müller-Berg, wer da kommen würde. Sie hörten, wie Gisbert die Tür öffnete und dann einen erstaunten Laut von sich gab. »Na, wen haben wir denn da!«, rief Gisbert aus. »Je später der Abend, desto vornehmer die Gäste! Was für ein Glanz in unserer bescheidenen Hütte! Also hereinspaziert!«

Wer auch immer da durch die Tür kam – er oder sie reagierte nicht auf diesen leisen Spott von Gisbert. Schwere Schritte näherten sich. Und dann standen zwei Männer im Wohnzimmer, die sich unmissverständlich als Kommissar Wenzel und Kommissar Jungmann entpuppten.

»Suchen Sie nach einem dritten Mann für ein Skatspiel oder sind Sie trotz der späten Stunde noch dienstlich unterwegs?«, erkundigte sich Weixler, indem er sich aus seinem Sessel erhob.

»Nun halten Sie mal die Luft an«, gab Jungmann verärgert zurück. »Schließlich liegt es nur an Ihnen, dass wir nicht schon längst Feierabend haben.«

»Das tut mir aber aufrichtig Leid«, versicherte Weixler. »Was haben wir denn so Schlimmes angestellt?«

»Wir beide sind vorhin extra nach Gerstadt gefahren, um

dort im landeskirchlichen Archiv ein Buch zu holen« erklärte Wenzel. »Wir mussten sogar dafür den Notdienst aus dem Feierabend holen. Aber der gute Mann hat uns dann nach einem Blick in den Computer freudestrahlend erklärt, dass das gewünschte Protokollbuch des Radichheimer Presbyteriums nicht mehr im Archiv sei, sondern von einem Mitarbeiter namens Rainer Müller-Berg mitgenommen worden sei. Dieser Mitarbeiter sei gerade vom Dienst freigestellt, habe aber eine Adresse hinterlassen, unter der man ihn derzeit erreichen könne. Und Sie können sich unser großes Entzücken vorstellen, als wir lasen, dass diese Adresse das Pfarrhaus hier in Germstal ist.«

»Und da sind Sie extra noch bei uns vorbeigekommen, um das Buch zu holen!«, lobte Müller-Berg, der sich mittlerweile ebenfalls erhoben hatte. »Ich finde es prima, wie ernst Sie es mit Ihrer Arbeit nehmen.«

»Ja, ja, macht euch ruhig über uns lustig«, brummelte Jungmann. »Wenn wir jetzt um das Protokollbuch bitten dürften ...«

»Ist gut, ich hole es ja schon«, meinte Gisbert und machte sich auf den Weg in den Hobbykeller. Die anderen blieben im Wohnzimmer stehen.

»Also sind Sie auch darauf gekommen, wo man etwas über den fünften Zeugen finden kann«, meinte Weixler zu den Polizisten.

»Ja, wobei es uns natürlich das Herz erwärmt hat, wie kooperativ Sie drei gewesen sind«, entgegnete Wenzel. »Sie hätten uns ruhig etwas über dieses Buch sagen können. Aber Sie sehen, dass unsere Polizei auch ohne die Hilfe von drei Hobbydetektiven ihre Arbeit erledigen kann.«

»Nehmen Sie trotzdem einen kleinen Tipp von uns an?«, wollte Müller-Berg wissen.

Die beiden Kommissare wechselten einen raschen Blick. Dann meinte Jungmann: »Wir sind verpflichtet, allen Hinweisen aus der Bevölkerung nachzugehen. Also, schießen Sie los!«

»Wir haben bereits herausgefunden, wer der fünfte Zeuge

gewesen ist und wer heute als Nachfolger dieses fünften Zeugen in Frage kommt«, erklärte Müller-Berg.

»Das hört sich gut an«, sagte Wenzel, nun schon deutlich interessierter. »Wen vermuten Sie denn?«

»Es ist mehr als eine reine Vermutung. Wir haben mit dem Mann bereits gesprochen und bekamen alles bestätigt. Wir nennen Ihnen nur den Namen und den Rest können Sie selbst mit ihm besprechen.«

»Und wer ist der Glückliche?«, erkundigte sich Jungmann.

»Julius Eschhagen«, sagte Müller-Berg knapp.

Die beiden Polizisten wirkten nicht sonderlich überrascht. Es hatte den Anschein, als hätten sie mit dieser Person bereits gerechnet. Wenzel meinte nur: »Eschhagen? Zu dem fahren wir heute aber nicht mehr. Ich werde nur veranlassen, dass sofort ein Personenschutz für ihn eingerichtet wird. Sie sehen, wie sehr wir uns auf Ihre Angaben verlassen.«

»Zu viel der Ehre«, erwiderte Müller-Berg mit einer leichten Verbeugung.

Da kam auch schon Gisbert mit dem Protokollbuch aus dem Keller herauf. Die beiden Kommissare nahmen es entgegen, bedankten sich knapp und gingen dann sofort. Sie zogen die Haustür lauter hinter sich zu, als eigentlich notwendig gewesen wäre.

»Habt ihr sie etwa verärgert?«, erkundigte sich Gisbert grinsend.

Finale

Am Morgen darauf saß Müller-Berg gegen neun Uhr einsam und verlassen am Frühstückstisch, als plötzlich die Tür aufging und Weixler im Morgenmantel ins Zimmer kam.

»Morgen, Klaus«, begrüßte Müller-Berg seinen alten Freund erstaunt. »Warum bist du denn noch hier? Ich dachte, du wärst dienstags fast den ganzen Tag in der Schule?«

»An sich schon, aber heute ist mal eine Ausnahme«, erklärte Weixler. »Heute finden im Gymnasium die mündlichen Abiturprüfungen statt. Und da fällt für einen Tag der gesamte Unterricht aus. Wenn man wie ich in diesem Jahr keine Abiturienten betreut und auch nicht bei einem Kollegen als Protokollant helfen muss, dann hat man einen Tag lang frei.«

»Praktische Einrichtung«, meinte Müller-Berg vergnügt und griff nach einem weiteren Toast. »Dann ist also Gisbert der Einzige unter uns, der heute was tun muss für sein Geld.«

»Warum denn? Wo steckt denn unser Kleiner?«

»Er hat in aller Frühe einen Anruf von seinem Chef bekommen. Von diesem Computerfritze. Und der Chef hat darauf gedrängt, dass Gisbert unbedingt heute einen Computer fertig machen soll, der schon seit ein paar Tagen bei ihm steht. Der Kunde macht offenbar Druck. Nun gut, das ist eben die freie Wirtschaft. Die kümmert sich nicht darum, ob jemand in seiner Freizeit Detektiv spielt. Deshalb hockt Gisbert jetzt unten im Keller und schraubt an dem Gerät herum.«

Weixler schenkte sich einen Kaffee ein. Großen Hunger hatte er heute Morgen nicht, aber er wusste, dass er wenigstens ein bisschen was essen musste. Sonst drohte ihm höllisches Kopfweh. Nebenbei versuchte er, einen Blick auf die Zeitung zu werfen, die neben Müller-Berg auf dem Tisch lag.

»Was meinst du: Haben wir überhaupt eine Chance, die Frau zu kriegen? Oder sollten wir die ganze Sache jetzt der Polizei überlassen?«, erkundigte sich Müller-Berg schließlich.

»Frag mich was Leichteres«, gab Weixler zurück. »Gut, wir haben ein Profil erstellt. Wir wissen jetzt so ungefähr, nach wem wir suchen müssen. Aber mehr auch nicht. Uns stehen halt nicht die Mittel zur Verfügung, die unsere Polizei hat. Und auch unser Profil ist vermutlich ziemlich stümperhaft gegen das, was die Polizeipsychologen ausarbeiten können. Deshalb habe ich mir etwas überlegt.«

»Und was?«

»Wir versuchen noch bis zum Ende der Woche, diese Frau zu finden. Wir können dabei auch den Dekan mit einbeziehen, falls er will. Und wenn wir bis Freitag nicht weitergekommen sein werden, dann geben wir die Sache auf und kehren in unseren Alltag zurück. Ich denke, wir haben alles getan, was in unserer Macht stand.«

Müller-Berg dachte eine Weile über diesen Vorschlag nach. Dann sagte er zögernd: »In Ordnung. Es ist wirklich gut, wenn wir uns ein zeitliches Limit setzen. Aber wird Gisbert damit auch einverstanden sein? Ich habe das Gefühl, er würde es sehr persönlich nehmen, wenn wir diese Frau nicht schnappen.«

»Fragen wir ihn doch am besten selbst!«, schlug Weixler vor.

»Warum eigentlich nicht?«, entgegnete Müller-Berg und stand schwerfällig von seinem Stuhl auf.

* * * * *

Auch Grete zögerte ziemlich an diesem Morgen. Ihr Plan war fertig und dieses Mal recht einfach. Aber gerade weil er so einfach war, würde er funktionieren.

Doch Grete konnte sich nicht so recht durchringen. Dieser letzte Mord würde andere Folgen haben als die vier bisherigen.

220

Dieses Mal würde sie vom ganzen Ort verflucht werden. Und Grete wusste genau, dass sie keine Chance hatte, noch einmal davonzukommen. Sie hatte den Personenschutz für Julius Eschhagen erwartet, und nun war er tatsächlich eingetreten. Grete war klar, dass sie hinter Gittern sitzen oder tot sein würde, noch bevor die Sonne wieder untergehen würde. Verflucht und verachtet von allen anderen ...

Doch dann fiel ihr wieder ein, dass sie das schon einmal erlebt hatte. Damals, 1666, waren auch alle im Ort gegen sie gewesen, hatten sie verflucht und gehasst. Und nun hatte sie die Chance, dafür endlich Rache zu nehmen.

Nein, sie musste ihren Weg zu Ende gehen. Ihre Sache war so klar, wie zwei und zwei vier ergaben.

* * * * *

Weixler und Müller-Berg gingen die Treppe hinunter in den Keller. Dabei hörten sie ein Piepsen, das Weixler mittlerweile gut kannte. Man vernahm es immer dann, wenn Gisbert einen bestimmten Test an einem Computer durchführte.

Sie fanden ihren dritten Mann im Hobbykeller. Er winkte ihnen fröhlich zu. »Nur noch einen Augenblick, Freunde!«, rief er. »Die Kiste hier ist gerade fertig geworden. Alles läuft wieder so, wie es sein sollte. Ich muss sie nur noch zuschrauben.«

Plötzlich bückte sich Weixler und hob etwas vom Boden auf. »Was liegt denn da für ein Papier herum?«, wollte er wissen. »Das habe ich ja noch nie gesehen!«

Müller-Berg nahm es ihm aus der Hand. Etwas verwundert schaute er darauf. »Das ist eine Kontrollkarte. Die Dinger stecken in allen Büchern mit der Kategorie B in unserem landeskirchlichen Archiv. Wenn jemand so ein Buch im Leseraum einsehen möchte, wird er auf der Kontrollkarte eingetragen. Nun ja, das ist auch ein Auslaufmodell. Noch vor Jahresende sollen diese Kontrollkarten durch eine elektronische Registrierung ersetzt werden.«

»Und wie kommt das Ding in unseren Keller?«, fragte Weixler.

»Ich glaube, das muss ich auf meine Kappe nehmen«, bekannte Gisbert. »Ich schätze mal, dass mir das Kärtchen aus dem dicken Schinken herausgefallen ist, den ich heute Nacht aus dem Keller geholt habe. Aus diesem Protokollbuch.«

»Stimmt«, bestätigte Müller-Berg. »Da oben steht der Titel. Protokollbuch des Presbyteriums Radichheim, Band 3.«

Weixler warf noch einmal einen Blick darauf und wollte sich dann wieder abwenden. Doch plötzlich wurde sein Blick starr. Als Müller-Berg die Karte weglegen wollte, schoss Weixlers Hand nach vorne und umklammerte das Handgelenk des Bibliothekars. Er nahm ihm die Karte aus der Hand und schaute unbeweglich darauf. Gisbert und Müller-Berg sahen sich ratlos an, aber sie konnten sich das Verhalten ihres Freundes wieder einmal nicht erklären.

Schließlich erwachte der Pfarrer aus seiner Erstarrung. Leise murmelte er vor sich hin: »Natürlich ... das passt ...«

Er ging zu der Tafel hinüber, wo seit gestern das Phantombild und das Profil der Mörderin zu sehen waren. Man konnte ihm anmerken, dass er zunächst das Bild musterte und nach irgendetwas suchte. Dann ging er offensichtlich das Profil noch einmal durch, wenn man seinem Gemurmel Glauben schenken durfte, und nickte immer wieder vor sich hin.

Und plötzlich, wie beim Ausbruch eines Vulkans, kam Leben in Weixler. Er explodierte förmlich. »Los, kommt, wir dürfen keine Zeit verlieren!«, schrie er seine Freunde an.

»Wo willst du denn hin?«, wollte Gisbert wissen.

»Wir müssen zu Eschhagen! Meine Güte, gebe Gott, dass es noch nicht zu spät ist!«

»Nun mal halblang«, wollte Müller-Berg ihn beschwichtigen. »Um Eschhagen müssen wir uns keine Sorgen machen. Er steht unter Polizeischutz.«

»Das wird ihm einen ganz großen Dreck nützen! Versteht ihr denn nicht! Es geht um Leben und Tod! Macht, was ihr wollt, aber ich fahre los!«

Weixler wartete die Reaktion seiner Freunde nicht mehr ab. Er rannte die Treppe hinauf. Kopfschüttelnd folgten ihm die beiden anderen. Sie holten ihn gerade noch ein, als er bereits ins Auto stieg. Die Pfarramtssekretärin, die durch das Schreien aufmerksam geworden und an die Tür gekommen war, sah nur noch, wie das Auto in einer großen Staubwolke aus dem Hof raste.

* * * * *

Grete war sich ihrer Sache mittlerweile sicher. Das Zögern und die Unsicherheit waren wie weggeblasen.

Sie holte die Pistole aus ihrer Tasche und lud einmal durch. Alles schien damit in Ordnung zu sein. Grete wusste genau, dass sie vermutlich nur einen Schuss haben würde. Dann stand zu befürchten, dass die Polizisten auf den Plan treten würden, die Eschhagens Leben schützen sollten.

Grete entsicherte die Waffe. Ein metallisches Klicken ertönte. Sie steckte die Pistole in den Saum ihres Rockes und schaute ein letztes Mal auf die Uhr. Noch allerhöchstens fünf Minuten, dann würde es so weit sein.

* * * * *

Die beiden Polizisten, die vor der Tür von Eschhagens Haus postiert waren, schreckten hoch und zogen instinktiv ihre Waffen, als ein Auto mit hoher Geschwindigkeit vor dem Gebäude vorfuhr und eine Vollbremsung machte. Drei Männer sprangen heraus, von denen sie einen als den Pfarrer von Germstal erkannten. Als die drei Männer sahen, dass die Waffen der Beamten auf sie gerichtet waren, hoben sie instinktiv ihre Hände.

»Nicht schießen! Wir wollen Herrn Eschhagen nichts Böses tun. Im Gegenteil, wir sind gekommen, um ihn zu retten.«

»Was soll das denn heißen?«, fragte einer der Polizisten misstrauisch, ließ dann aber seine Pistole ebenso sinken wie sein Kollege.

Weixler trat an die Klingel und klingelte so lange, bis sich Eschhagens Stimme an der Sprechanlage meldete. Noch während er mit dem Fabrikant sprach, durchsuchten die Polizisten ihn und Müller-Berg und Gisbert nach Waffen. Als sie keine fanden, traten sie schon etwas beruhigter einen Schritt zurück.

»Herr Eschhagen, ich bin es, Pfarrer Weixler! Bitte machen Sie auf, wir müssen unbedingt zu Ihnen!«

»Was zum Teufel ...«, meinte der Fabrikant, fuhr dann aber fort: »In Ordnung. Kommen Sie herein!«

Begleitet von den Blicken der Polizisten, traten Müller-Berg und Weixler und Gisbert in die große Vorhalle. Mit einem raschen Blick überschaute Weixler die Räumlichkeiten. Die Halle zog sich bis unter das Dach hoch und wurde von einem Glasdach abgeschlossen. Dadurch erlaubte sie einen Blick in die einzelnen Stockwerke des Hauses. Vor jedem Stockwerk war eine Treppe angebracht, auf der man in die Vorhalle hinabsteigen konnte.

Hier im Inneren des Hauses waren keinerlei Polizisten zu sehen. Wie die Detektive später erfahren sollten, war dies auf einen ausdrücklichen Wunsch von Julius Eschhagen zurückzuführen. Er hatte den Ordnungshütern schriftlich bestätigen müssen, dass es auf seine Verantwortung geschah. Nur für den Fall des Falles ...

Mitten in der Vorhalle standen der Fabrikant und seine Frau. Eschhagen sah ihnen misstrauisch entgegen. Kein Wunder, dachte sich Weixler, nach der denkwürdigen Begegnung, die wir gestern mit ihm gehabt haben.

Der Blick von Eschhagens Frau war eher aufgeregt als misstrauisch. »Was wollen Sie denn hier?«, keifte sie den drei Detektiven entgegen. »Reicht es nicht, was Sie gestern mit meinem Mann gemacht haben? Müssen Sie ihm unbedingt noch mehr zusetzen, bis er völlig am Boden liegt?«

Weixler würdigte sie keines Blickes. Stattdessen weiteten sich

224

plötzlich seine Augen. Er starrte zum ersten Stockwerk hinauf. Dann rannte er vor, packte Eschhagen und warf ihn hinter sich zu Boden. Frau Eschhagen schrie angstvoll auf.

»Da ist sie!«, brüllte Müller-Berg plötzlich. Er zeigte mit dem Finger hinauf zum ersten Stock. Alle, auch Eschhagen, folgten mit den Augen seinem Finger.

Und was sie da sahen, ließ ihnen das Blut in den Adern gefrieren. Auf der Treppe stand Grete und hatte bereits mit der Pistole auf den Fabrikanten angelegt. Nur die spektakuläre Einlage von Weixler hatte bisher den tödlichen Schuss verhindert. Doch nun visierte sie erneut ihr Opfer an, das wie gelähmt liegen blieb und die Mörderin entsetzt anblickte.

Weixler ging noch einen weiteren Schritt vor, sodass er jetzt genau zwischen Grete und Eschhagen stand. Er deckte das Schussfeld völlig ab.

»Machen Sie, dass Sie da wegkommen!«, gellte Grete.

Doch Weixler blieb unbeirrt stehen. Dann rief er Grete zu: »Ich gehe nicht weg. Wenn schon, dann musst du mich zuerst erschießen, Peter.«

Grete erstarrte, als sie diesen Namen hörte. Langsam ließ sie ihre Hand sinken. Die Pistole polterte zu Boden.

Dann drehte sie sich um und wollte wegrennen. Doch Weixlers Stimme nagelte sie auf ihrem Platz fest. »Lass es bleiben, Peter. Das Spiel ist aus. Du hast keine Chance mehr. Warum willst du dich von den Polizisten auf der Flucht erschießen lassen?«

Ungläubig schauten sich alle anderen diese Szene an. Der Pfarrer ging zur Treppe und hob zunächst die Pistole auf. Dann stieg er die Treppe hinauf, bis er Grete erreicht hatte.

Grete schaute ihn fassungslos an. Jetzt erst wurde ihr offenbar bewusst, was geschehen war. Ihre Erstarrung löste sich und mit einem lauten Aufschrei stieß sie Weixler zurück.

»Lass mich in Ruhe!«, zeterte sie lautstark, während ihr die Tränen erst in die Augen schossen und dann über das Gesicht liefen. »Ich habe einen Auftrag zu erfüllen und an dem darf mich nichts und niemand hindern!«

Erneut wollte sie sich zur Flucht wenden. Doch der Pfarrer griff blitzschnell zu und hielt sie mit einem eisernen Griff fest.

Erst machte Grete Anstalten, sich gegen diesen Griff zu wehren. Doch als Weixler nicht locker ließ, brach ihr Widerstand rasch zusammen. Mit lautem Schluchzen blieb sie regungslos stehen.

Der Pfarrer packte sie mit der freien Hand an den Haaren. Mit einem Ruck riss er die Perücke herunter.

Dann wischte er mit der Hand mehrmals über Gretes Gesicht. Schnell ging die Schminke herunter, die durch die Tränen schon aufgeweicht war. Und schließlich entpuppte sich Grete als ein junger Mann von etwa 18 Jahren.

Fassungslos schaute Frau Eschhagen zu ihm hinauf. »Peter«, hauchte sie, bevor eine gnädige Ohnmacht sie umfing. Müller-Berg fing sie auf und legte sie neben ihren Mann auf den Boden.

In diesem Augenblick stürzten die beiden Polizisten, die vor dem Eingang gestanden hatten und durch die lauten Stimmen alarmiert worden waren, mit vorgehaltener Waffe in die Halle. Offenbar hatten sie etwas Zeit gebraucht, um zu entscheiden, ob sie trotz Eschhagens ausdrücklichem Verbot das Haus betreten sollten oder nicht. Weixler schaute sie fest an. »Sie kommen zu spät, meine Herren. Die Sache ist bereits vorüber. Von diesem jungen Mann geht keine Gefahr mehr aus. Ich möchte Sie bitten, dass Sie noch ein paar Minuten draußen warten, bis wir hier drin etwas besprochen haben werden. Dann können Sie ihn gerne mitnehmen.«

Man konnte den beiden Beamten ansehen, dass ihnen diese Worte von Weixler nicht behagten. Aber als Eschhagen aufstand und ihnen zunickte, kamen sie zögernd der Aufforderung nach und gingen wieder vor die Tür. Man hörte aber, wie sie in ihr Funkgerät sprachen. Allen Anwesenden war klar, dass nun das Anwesen hermetisch abgeriegelt werden würde, um jeden Fluchtversuch von vornherein zu vereiteln.

»Verdammt, wer ist das eigentlich?«, fauchte Gisbert mit einem Blick auf den jungen Mann, als er endlich seine Sprache wiedergefunden hatte.

»Wer das ist?«, wiederholte Weixler. »Dieser junge Mann heißt Peter Oberhauser. Er ist der Stiefsohn von Julius Eschhagen. Frau Eschhagen hat ihn damals mit in die Ehe gebracht. Peter ist gleichzeitig der designierte Firmenerbe und Nachfolger von Herrn Eschhagen. Auch wenn daraus nun wohl nichts mehr werden wird.«

»Und woher kennst du den Kerl?«, fragte Müller-Berg fassungslos.

»Ganz einfach. Er ist Schüler meiner 12. Klasse im Radichheimer Gymnasium«, erklärte Weixler ruhig.

* * * * *

Fünf Minuten später saßen Herr und Frau Eschhagen, die drei Detektive und Peter auf einer Sitzgruppe, die in der Vorhalle stand. Peter trug mittlerweile Handschellen. Das hatten die Polizisten zur Bedingung gemacht, nachdem sie Rücksprache mit ihren Vorgesetzten gehalten hatten. Sie standen in einiger Entfernung an der Tür der Vorhalle und behielten das Geschehen wachsam im Auge.

Frau Eschhagen ging es mittlerweile wieder etwas besser. Doch sie stand noch erkennbar unter Schock. Julius Eschhagen wirkte gefasster. Sein Blick, der auf seinem Stiefsohn ruhte, schwankte zwischen Wut, Ratlosigkeit und Besorgnis.

»Wie kamen Sie eigentlich auf mich?«, wandte sich Peter an Weixler. Die Tränen waren versiegt, der Schock von ihm gewichen. Er wirkte mittlerweile ruhig und abgeklärt.

»Nun, das ist eine lange Geschichte«, gab Weixler zurück. »Ich muss zugeben, dass ich noch gestern Abend niemals an jemanden wie dich gedacht hätte. Doch dann haben meine Freunde und ich einen Film gesehen, in dem deutlich wurde, wie gut sich Menschen verkleiden können. So, dass man sie nicht mehr wiedererkennt. Und da wurde mir schlagartig klar, dass die Mörderin in Wirklichkeit wohl ein verkleideter Mann gewesen ist. Es passt auch viel besser zu der Kraft, mit der beispielsweise Mechthild Frauenreiter aus dem Fenster geworfen wurde. Und wenn ich mich recht erinnere, bist du ein guter Schauspieler. Du hast letztes Jahr bei der Aufführung von Goethes Faust durch unsere Theater AG die Rolle des Mephistopheles gespielt, des teuflischen Begleiters von Faust. Ich habe dich bewundert. Da hast du dich doch so gut verkleidet und geschminkt, dass dich kaum ein Mensch wiedererkannt hätte.«

»Schauspieler gibt es viele«, gab der junge Mann zurück. »Das erklärt noch lange nicht, wie Sie auf mich gekommen sind.«

»Nun, heute Morgen fiel mir die Kontrollkarte des Protokollbuches vom Presbyterium Radichheim in die Hände. Auf dieser Kontrollkarte sind alle Leute vermerkt, die das Buch im Archiv ausgeliehen haben, um es im Lesesaal anzuschauen. Da stand auch dein Name darauf. Du hast es vor drei Wochen ausgeliehen und angeschaut. Vermutlich hast du dir von einem der netten Bibliothekare dabei helfen lassen, die Schrift zu entziffern. Und als ich da deinen Namen gelesen habe, wurde mir sehr schnell alles klar.«

»Meine Hausarbeit?«, vermutete Peter.

»Ganz genau. Deine nicht gemachte Hausarbeit. Du hast mir vor einer Woche erzählt, dass du deine Hausarbeit über Hexenprozesse in Radichheim aufgegeben hättest, weil außer den spärlichen Informationen in der Ortschronik nichts darüber zu finden gewesen wäre. Das war eine glatte Lüge, wie die Kontrollkarte beweist. Du hast sehr wohl noch mehr Informationen gehabt. Aber warum hast du mich angelogen? Ich kenne dich als einen ehrlichen jungen Mann. Du lügst nicht ohne Grund. Tja, und nun kam das Profil ins Spiel.«

»Das Profil?«, kam nun von Eschhagen.

»Ja. Das Profil. Gestern haben wir ein Profil des Täters oder, wie wir damals noch gedacht haben, der Täterin erstellt. Und als ich die Kontrollkarte gesehen hatte, da wurde mir rasch bewusst, wie genau dieses Profil auf Peter passt.«

»Intelligenz, Reichtum, Kenntnisse in Chemie«, begann Müller-Berg aufzuzählen.

»Genau. Das wichtigste Merkmal hast du natürlich erfüllt, Peter. Ich hatte es schwarz auf weiß, dass du dich erst vor kurzem intensiv mit Grete Münzhauser beschäftigt hast.

Gehen wir es einmal Punkt für Punkt durch. Zunächst einmal die Intelligenz. Wir wussten, dass der Täter einiges auf dem Kasten haben musste. Und das trifft zweifellos auf dich zu. Du bist einer der besten und ehrgeizigsten Schüler der 12. Klasse.«

An dem stolzen Blick, den Frau Eschhagen jetzt auf ihren Sohn warf, erkannte Weixler, dass sie immer noch etwas weggetreten war und den Ernst der Lage nicht erfasste.

»Machen wir weiter. Uns war auch klar, dass der Mörder keine Komplizen haben konnte. Auch das passt zu dir. Du hast auch im Unterricht alle Aufgaben immer schon am liebsten alleine bewältigt. Gruppenarbeit hat dir noch niemals behagt. Du bist ein Einzelkämpfer!

Sportlich bist du auch. Ich habe schon manchmal gesehen, dass du nach Schulende in das Fitnessstudio in Radichheim gegangen bist. Und an der Art und Weise, wie du neulich vor der Klassenarbeit die Tische im ganzen Zimmer umgestellt hast, konnte ich erkennen, was für Kräfte mittlerweile in dir stecken.«

Gisbert langte kurz zu dem jungen Mann hinüber und befühlte dessen Muskeln. Dann lehnte er sich wieder zurück. »Diese Muckis haben immerhin gereicht, um mir kräftig eine mit dem Stein auf die Nase zu geben«, erklärte er.

»Nichts für ungut«, erwiderte Peter.

»Ortskundig bist du natürlich als Radichheimer«, fuhr Weixler fort. »Deshalb dürfte es wirklich kein Problem gewesen sein, nach dem Mord an Frauenreiter auf Schleichwegen aus dem kritischen Gebiet herauszukommen. Zumal, wenn du da keine Verkleidung mehr angehabt haben solltest.

Wir Detektive hatten auch gefolgert, dass der Täter zumindest den ersten drei Opfern persönlich bekannt gewesen sein muss. Und dass er einiges über deren Privatleben gewusst haben muss, zum Beispiel, dass Corinna Aschhauser Schlangen in ihrer

Wohnung gehalten hat. Auch das ließ sich natürlich bestens erklären, wenn der Mörder der Sohn vom Firmenchef gewesen ist. Du wurdest ja systematisch zum Nachfolger deines Stiefvaters aufgebaut und kanntest deshalb zumindest alle höher gestellten Leute in der Firma persönlich. Es ist auch klar, warum Renate Fischer keine Bedenken gehabt hat, dich in die Wohnung zu lassen. Sie wusste ja, wer du bist. Und hat vermutlich gedacht, du kämest im Auftrag deines Vaters. Darf ich vermuten, dass du zu diesem Zeitpunkt noch nicht verkleidet gewesen bist?«

Peter nickte. In seinen Augen konnte man Anerkennung für die Kombinationsgabe von Weixler lesen. »Ja, ich hatte die Sachen in einer Tüte bei mir. Das war ziemlich riskant, weil mich einer beim Betreten des Hauses hätte beobachten können. Aber da ich den Weg durch den Keller gewählt hatte, wo ich übrigens durch das Kellerfenster eingestiegen war, hat nicht einmal der neugierige alte Mann unten im Erdgeschoss etwas gemerkt.«

»Des Weiteren wussten wir oder haben wir besser gesagt vermutet, dass der Täter über einiges Geld verfügt haben musste«, sagte Weixler. »Denn es ist nicht so ganz einfach, sich eine derartige geschützte Giftschlange auf dem schwarzen Markt zu besorgen. Rainer, ich muss dir Abbitte leisten. Du hattest Recht mit dem großen Vermögen. Unser junger Mann hier konnte sich natürlich alles leisten, was er wollte.«

Müller-Berg lächelte schwach.

»Die Zeichnung des Witchboards auf dem Rücken von Renate Fischer war ein echtes Kunstwerk«, lobte Weixler. »Doch so schön sahen auch deine Hefte aus, als ich in der 11. Klasse noch Heftnoten bei euch gemacht habe. Du hattest alles hervorragend mit Bildern verschönert, um eine bessere Note zu bekommen. Auch das passte also zu dir.«

Mittlerweile schaffte es Frau Eschhagen nicht mehr, sich über das Lob zu freuen.

»In Chemie bist du sehr gut, wenn ich mich richtig erinnere«, führte Weixler die Aufzählung fort. »Und man brauchte einige Kenntnisse in Chemie, um solche Kracher selbst zu bauen, mit denen das Pferd von Ralf Steiner angegriffen worden ist. Mir kam in den Sinn, dass du am Ende der 11. Klasse einen Sonderpreis für Naturwissenschaften erhalten hast. Und eine derartige Auszeichnung bekommt man an unserer Schule nur, wenn man in allen Naturwissenschaften eine Eins im Zeugnis hat.«

In dem Augenblick hielt es Julius Eschhagen nicht länger auf seinem Sitz. Erbost sprang er auf. »Verdammt noch mal! Mich interessiert nicht, wie dieser Pfaffe darauf gekommen ist! Ich möchte wissen, warum du das gemacht hast!« Und er packte seinen Stiefsohn am Kragen und wäre wohl tätlich geworden, wenn nicht die Polizisten hinzugeeilt wären. Eschhagen stieß Peter wieder zurück und schaute ihn wütend an.

»Ich habe dir alles gegeben«, zischte Eschhagen. »Du hattest alle Chancen! Obwohl du nicht mein leiblicher Sohn bist, habe ich dich immer als solchen behandelt! Und jetzt hast du Schande gebracht über unsere Familie! Schande über die gesamte Firma!«

»Sag mal, du alter Knöselkopp, kennst du nicht das biblische Sprichwort: ›Was siehst du den Splitter im Auge deines Bruders, und den Balken in deinem eigenen Auge siehst du nicht?‹«, rief nun Gisbert dazwischen. »Denke doch erst mal daran, was du selber angerichtet hast! Oder hast du unser gestriges Gespräch schon wieder vergessen?«

Eschhagen fuhr zu ihm herum. Mit gefährlich leiser Stimme sagte er: »Dann erkläre du mir doch mal, warum der Junge das gemacht hat, du blödes Großmaul!«

»Nur die Ruhe!«, schaltete sich nun wieder Weixler ein. »Ich bin mir zwar nicht sicher. Aber ich kann versuchen, es Ihnen zu erklären. Und Peter muss sagen, ob es stimmt oder nicht.«

»Dann fangen Sie mal an«, forderte Peter ihn auf. Trotz seiner schlechten Lage schien er daran interessiert zu sein, was sein Lehrer über ihn wusste und was nicht. Eschhagen ließ sich wieder in seinen Sessel fallen und starrte vor sich hin.

»Ich möchte die Geschichte von einem jungen Mann erzählen«, begann Weixler. »Diesem jungen Mann schien alles in den Schoß zu fallen. Denn er war der zukünftige Erbe einer großen und reichen Firma. Aber es genügte ihm nicht, später einmal von Hauptberuf Sohn zu sein. Er wollte aus dem Schatten seines übermächtigen Stiefvaters heraustreten. Deshalb lernte er wie verrückt und wurde geradezu krankhaft ehrgeizig. Die Lehrer an seinem Gymnasium konnten ein Lied davon singen.

Doch auch dieser junge Mann hatte natürlich ein Seelenleben. Mit seinen Eltern konnte er kaum darüber reden, was in ihm vorging. Der Stiefvater war selten zu Hause, die Mutter ganz auf den Stiefvater fixiert. Deshalb beschritt der junge Mann irgendwann gefährliche Wege. Er wandte sich der Esoterik zu. Das fiel auch seinem Religionslehrer auf. Aber der Lehrer hatte natürlich keine Handhabe, etwas dagegen zu unternehmen. Das war schließlich Sache des jungen Mannes.

Doch auch die Esoterik gab dem jungen Mann nicht das, wonach er eigentlich suchte. Deshalb wandte er sich den noch tieferen Wassern zu. Er begann mit Okkultismus, Zaubersprüchen, vielleicht auch Satanismus. Alles Möglichkeiten, die einem Menschen mehr Macht versprechen. Und in dem Zusammenhang fing er auch irgendwann an, zusammen mit anderen Schülerinnen und Schülern aus dem Gymnasium Tote zu beschwören. Er kannte sich damit gut aus. Ja, er war sogar mit dem Witchboard vertraut, dem Hexenbrett. – Stimmt es so weit, Peter?«

Der junge Mann nickte nur stumm. »Ja, so ungefähr ist es gewesen. Auch wenn Sie von meinem Seelenleben keine Ahnung haben.«

»Und dann kam der Tag, an dem er eine schriftliche Hausarbeit anfertigen wollte über Hexenprozesse in Radichheim. Denn dieses Thema hat ihn aus verständlichen Gründen sehr interessiert«, machte Weixler weiter. »Auch das wollte er hundertprozentig machen. Daher traf es ihn hart, dass offenbar kaum Quellen über diese Prozesse vorhanden waren. Aus der

Ortschronik von Radichheim kannte er allerdings einen Namen und zwar von der angeblichen Hexe Grete Münzhauser. Und da kam er in seiner Verzweiflung auf die Idee, das anzuwenden, was er gelernt hatte. In der nächsten spiritistischen Sitzung mit seinen Freunden aus der Schule versuchte er, den Geist von Grete Münzhauser zu beschwören. Er stellte diesem Geist die Frage, wo er noch mehr über den Prozess erfahren könnte. Und tatsächlich, er bekam eine Antwort. Ob da wirklich ein Geist geantwortet hat, ob ein anderer Schüler oder Schülerin aus Spaß das Herz geschoben hat, oder ob Peter einfach eine recht willkürliche Folge von Buchstaben so gedeutet hat – jedenfalls bekam er folgende Antwort nach seiner eigenen Überzeugung: ›Buch des Kirchengemeinderats‹.«

Peter gab einen überraschten Laut von sich. Er schaute seinen Lehrer verwirrt an. Man konnte erkennen, was hinter der Stirn vorging. Der junge Mann überlegte krampfhaft, woher sein Lehrer das wissen konnte.

»Quäle dich nicht damit, Peter«, meinte Weixler. »Ich habe einen Zettel in meinem Fach gefunden, auf dem der Satz stand: ›Wenn Sie etwas über den Prozess gegen Grete Münzhauser erfahren wollen, dann schauen Sie doch mal in das Buch des Kirchengemeinderats hinein!‹ Und ich vermute mal, dass mir dieser Zettel von einem anderen Mitglied des Kreises zugeschoben worden ist.«

»Von wem? Welches Stück Dreck hat mich verraten?«, stieß Peter hervor.

»Ich habe zwar einen Verdacht, aber ich werde mich hüten, den zu äußern«, erwiderte Weixler. »Machen wir weiter mit deiner Geschichte! Du hast jedenfalls schnell herausgefunden, dass damals der Kirchengemeinderat genau Buch geführt hat über das, was die Leute gemacht haben und was nicht. Ich vermute mal, dass du einen der Geschichtslehrer danach gefragt hast. Und für einen intelligenten jungen Mann wie dich war es danach kein großes Problem, herauszufinden, wo die alten Protokollbücher von Radichheim gelagert sind. Und so kam es zu deinem Besuch im Archiv von Gerstadt, der dich jetzt am Ende verraten hat.«

Peter sagte nichts dazu. Aber seine Augen sprachen Bände.

»Jedenfalls warst du Grete Münzhauser sehr dankbar, dass sie dir deiner Meinung nach diesen Tipp gegeben hat. Und was nun passiert ist, das kann ich nicht beschreiben. Das werden wohl die Psychologen vor Gericht erklären müssen. Irgendwie kam es bei dir – vermutlich bei weiteren spiritistischen Sitzungen – zu einer immer tieferen Identifikation mit Grete Münzhauser. Am Ende fühltest du dich berufen, ihren Tod zu rächen. Ich vermute mal, dass du diesen Befehl ebenfalls von dem Geist bekommen hast. Oder dass du das wenigstens vermutest.«

Eschhagen rückte ein Stück weit von seinem Stiefsohn weg. Aus der Wut war so etwas wie Angst geworden. Man konnte ihm deutlich anmerken, dass er nicht mehr wusste, wie er Peter einschätzen sollte.

Zum ersten Mal widersprach nun Peter direkt der Darstellung von Weixler. »Sie haben doch keine Ahnung! Befehl erhalten, pah! Ich bin Grete Münzhauser! Wiedergeboren in dem Körper von Peter Oberhauser, um das Werk der Rache vollbringen zu können! Die Vorsehung wusste genau, warum ich in diesem Körper bin und in keinem anderen!«

Er drehte sich zu Eschhagen um. »Ich hatte alle Chancen, sagst du?«, knallte er ihm unbarmherzig ins Gesicht. »Vielleicht die Chance, die dein verbrecherischer Vorfahre mir gelassen hat, als er mich auf den Scheiterhaufen gebracht hat? Oder meinst du etwa die Chance, diese Gangsterfirma zu erben, die auf meinem eigenen Grund und Boden aufgebaut worden ist, bezahlt mit meinem Blut? Nein, Julius, du hast alles von mir bekommen, von Grete Münzhauser. Du stehst in meiner Schuld und nicht umgekehrt. Daher erzähle mir nichts von Chancen.«

Als Peter merkte, dass nun auch seine Mutter ihn entsetzt anstarrte, verstummte er, machte sich klein und sprach von da an kein Wort mehr.

Alle schauten den jungen Mann fassungslos an. Minuten vergingen. Dann räusperte sich Weixler und schaute Eschhagen an.

»Nun, die Arbeit von uns Detektiven ist damit erledigt. Wir werden jetzt gehen und Ihnen beiden Gelegenheit geben, sich von Peter zu verabschieden. Zwar erscheint es nicht ganz gerecht zu sein, dass er für seine Verbrechen bestraft werden wird und sein Sticfvater scheinbar ungestraft davonkommen wird. Doch es gibt eine Gerechtigkeit, die höher ist als unsere menschliche Gerechtigkeit. Sie begnügt sich auch nicht damit, dass nun der Ruf der Firma Eschhagen unwiederbringlich zerstört ist und die große Hoffnung für die Zukunft, dieser junge Mann hier, nicht mehr zur Verfügung stehen wird. Diese Gerechtigkeit wird noch viel gründlicher arbeiten.«

Eschhagen schaute Weixler verstört an. Doch der Pfarrer sagte nichts mehr und stand auf. Müller-Berg und Gisbert folgten seinem Beispiel. Doch dann drehte sich Gisbert noch einmal zu Eschhagen herum.

»Glaub mir: Ich war einmal in einem Sumpf gewesen, der viel tiefer und zäher war als der, in dem du jetzt steckst. Doch ich habe gemerkt, dass es einen gibt, der einem auch dort noch helfen kann. Bisher habe ich dich verachtet. Jetzt, wo es so knüppeldick für dich kommen wird und du auch noch deinen Stiefsohn verlieren wirst, tust du mir eher Leid. Ich weiß, was es heißt, einen Sohn zu verlieren. Ich werde ab jetzt jeden Tag für dich und Peter beten. Er kann auch auf euren krummen Linien noch gerade schreiben.«

Mit diesen Worten verließen die Detektive den Saal. Alle schauten ihnen nach, bis sich die Türen hinter ihnen geschlossen hatten.

Weitere Bücher von Stefan Albert:

Der Schatz des Heiligenmeisters

Pb., 180 S., Nr. 393.455, ISBN 3-7751-3455-7

Holliwinden, im Jahre des Herrn 1636
»Erschöpft bricht Jakob Schuler das Sterbegebet ab. Sein schwerer Körper sinkt auf das Kissen zurück … Jakob lacht grimmig auf. Sollen sie doch seinen Leichnam foltern – ob der ihnen wohl das Geheimnis verraten wird?«

Holliwinden, Ende des 20. Jahrhunderts
In der Gemeinde herrscht helle Aufregung: In kürzester Zeit muss eine Menge Geld aufgetrieben werden, damit die Pfarrstelle nicht gestrichen wird. Da hört der Pfarrer vom Gerücht um den Schatz des Heiligenmeisters aus der Zeit des »Dreißigjährigen Krieges«. Welches Geheimnis verbirgt sich dahinter? Ein lebensgefährlicher Wettlauf mit der Zeit beginnt …

Mord in der Kühle der Nacht

Pb., 200 S., Nr. 393.675, ISBN 3-7751-3675-4

Anno 1801 …Tiefe Schwärze liegt über dem Dorf Uiffingen. Der Nachtwächter zieht seine Runden: »Hört, ihr Leute, lasst euch sagen/die Uhr hat Mitternacht geschlagen …« Da reißen Schreie die Dorfbewohner aus ihrem Schlaf … Die Sturmglocke ertönt …

Jäh ist der Frieden der kleinen Dorfgemeinde gestört und sie gerät in das Fadenkreuz der großen Politik: Ein Mord an vier Kindern ist geschehen und wird unvermittelt zum Politikum.
Drohender Krieg zwischen Kurmainz und Kurpfalz …
Eine spannungsgeladene Erzählung vor historischem Hintergrund. Ein Leseabenteuer, das Sie in Atem halten wird …

Bitte fragen Sie in Ihrer Buchhandlung nach diesen Büchern!
Oder schreiben Sie an den Hänssler Verlag, D-71087 Holzgerlingen.

hänssler

Das Thorhammer-Komplott
Pb., 256 S., Nr. 393.896, ISBN 3-7751-3896-X

»Jetzt wird die Staatsanwaltschaft vermutlich erst mal den Leichnam der Gerichtsmedizin übergeben für eine Obduktion, um die genaue Todesursache feststellen und jedes Fremdverschulden ausschließen zu können. Das kann eine Weile dauern, bis sie ihn freigeben werden …«

Horst Buchemann, ein auf antike Handschriften spezialisierter Wissenschaftler, wird tot aufgefunden … Sein Gemeindepfarrer Klaus Weixler erhält Zugang zu Informationen, die ihn an der von der Polizei akzeptierten Selbstmordtheorie zweifeln lassen.
Weixler und seine Freunde geraten bei ihren Recherchen in das Fadenkreuz des rechtsradikalen Thorhammer-Netzwerkes … Erst nach Warnungen des Verfassungsschutzes ahnen sie, worauf sie sich eingelassen haben …

Bitte fragen Sie in Ihrer Buchhandlung nach diesem Buch!
Oder schreiben Sie an den Hänssler Verlag, D-71087 Holzgerlingen.